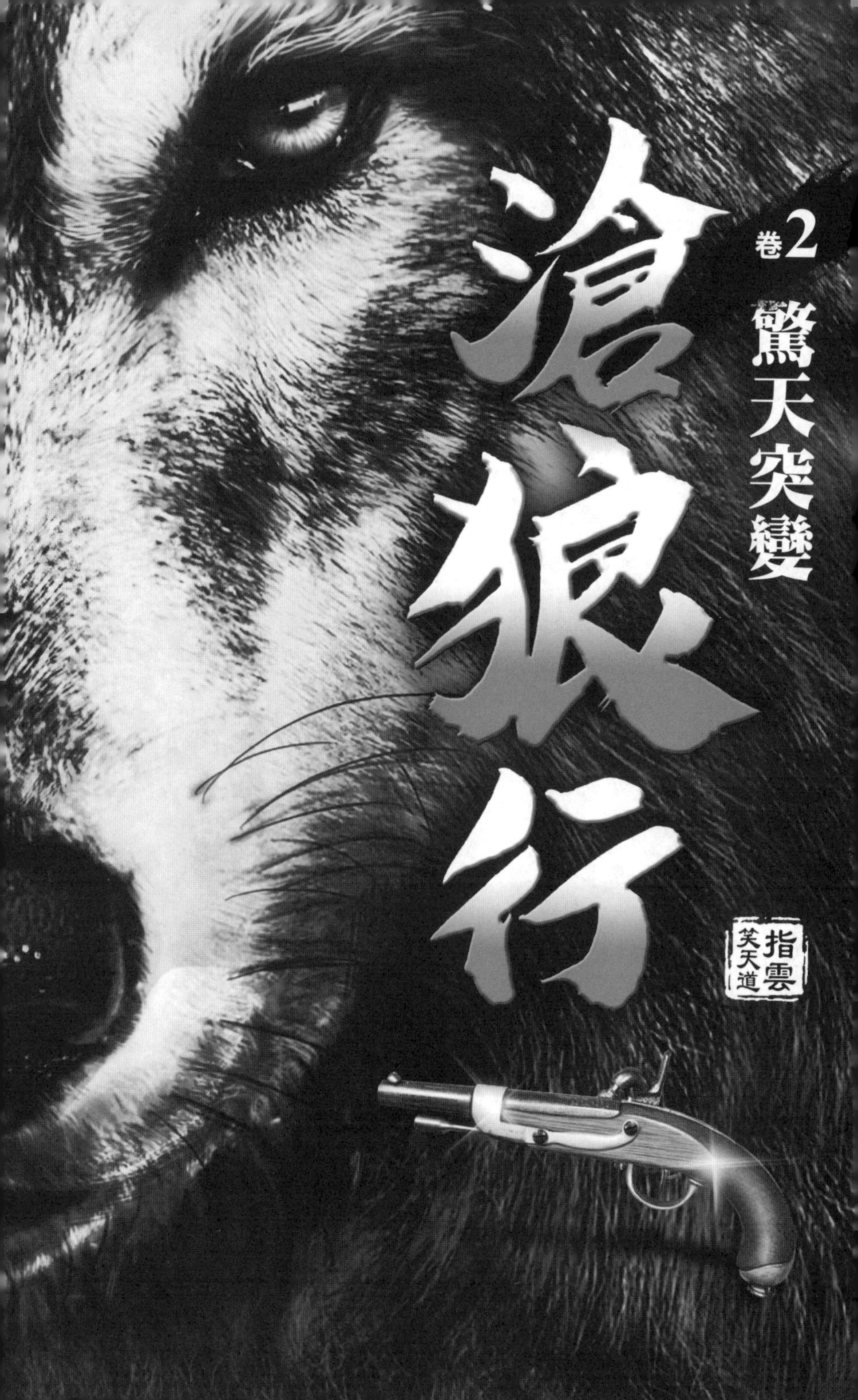
蒼狼行
卷2
驚天突變
指雲笑天道

目錄

CONTENTS

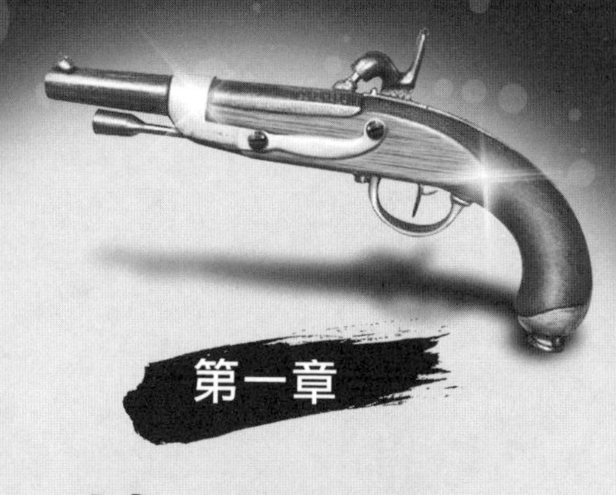

第一章

英雄門

隨著一陣緊鑼密鼓的梆子聲，
英雄門殺手腳下的地面突然現出十幾個大坑，
二十多名殺手一下子陷了進去，
緊接著傳來一陣利刃入體的聲音，塵土裡，
一下子躍出了四五十名白衣蒙面的白蓮教徒，
抬手一陣密集的暗器雨。

赫連霸脣上的黃鬚動了動：「後來我又派了人去找你，和你約定絲綢交易的事，此事我讓二弟出面，就是想再摸摸你的底，看看你是不是跟錦衣衛有瓜葛；另一方面，大汗在趙全的挑唆下也一直給我施壓，要我弄來一批絲綢，你知道我們蒙古騎兵打仗主要是騎射，絲綢內衣可以極好地防箭傷。」

天狼「嗯」了一聲：「這是我當時就知道的事，料定了你們非做成這筆交易不可，所以才在那次交易時如此強硬。」

赫連霸笑了笑：「經此一事，我知道了你果然和錦衣衛還有聯繫，而且，我知道你肯定會繼續利用陸炳立功心切，又想把你重收門牆的心理，以把漢那吉為誘餌，引陸炳全力助你成事，等大功告成後，你再想辦法扔掉陸炳獨佔此功，順利地進入朝堂。天狼，你跟徐階的關係，陸炳不知道吧？」

天狼嘆了口氣：「**真應該好好查查錦衣衛裡，誰才是你的那個內線**。不錯，陸炳現在還不知道我已經和徐大人作了約定，還指望著能立下大功呢。可是赫連門主，我有一事不明，**你又是如何猜到我讓楊瓊花去的是陸炳那裡呢？**」

赫連霸回道：「很簡單，本來救展慕白並不在你的計畫當中，但是你也一直不想跟陸炳真的深入合作，如果我真的中了你的計，跟大汗起了嫌隙，被扣住了回不來，你可以很輕鬆地對付我的二弟三弟。這樣就用不著那陸炳出馬了，畢竟請神容易送神難，如何打發陸炳，也是件讓你非常頭疼的事。

「但如果是像現在這樣的情況，我早早地回來掌控了局面，那你就很清楚，光靠你和你那幾個厲害朋友，是對付不了我這英雄門的，所以你就和我談判，由我來負責這次抓捕趙全的行動，而你卻暗中讓那楊瓊花去給陸炳送信，讓他帶人守住平安客棧，甚至運氣好的話，還可以吃掉我的突襲部隊。

「為此，你故意製造了一個楊瓊花受辱離去的假象，就是想騙過我的耳目，因為你怕你讓其他的朋友去，會被我半路截殺，而楊瓊花這種樣子離開，沒人會覺得奇怪。但是我很奇怪，火松子的耳朵很好，你們在房中的話他全能聽見，你又是怎麼告訴楊瓊花自己這個計畫的？」

天狼哈哈一笑：「那些話是故意說給火松子聽的，至於如何通知楊女俠，那是在下的一個小秘密了，恕難見告。當時我其實是在房子裡治傷，把右胸的膿血擠了出來，正好弄到楊女俠的裙子上，做得更逼真一些。」

天狼看著赫連霸，意味深長地道：「而且赫連門主為什麼昨天夜裡不去主動截住楊女俠呢，只怕當時你人也在平安客棧附近吧，難道會不知道她的去向？」

赫連霸「嘿嘿」一笑：「我為什麼要攔著她？她可以引來陸炳，而我想要的，**就是把陸炳也消滅掉**，錦衣衛一旦沒了陸炳，幾年內都不會恢復元氣，到那時我想稱霸中原武林，只需要全力對付江湖門派就可以了。」

天狼無奈地搖了搖頭：「看來我是自作聰明，為你製造了一個除掉陸炳的好機會，滅掉他的錦衣衛殺手隊伍以後，你還可以順手把把漢那吉拿下，甚至可以抓住我的那些朋友們來要脅我。」

赫連霸越發地得意，他撫了撫自己如雄獅鬃毛一樣的鬍鬚：

「不，我不會把陸炳全滅掉的，殺了陸炳以後，我會留幾個活口回去。天狼，你不是喜歡害人嗎？不是喜歡設個交易的套，來讓大汗猜忌我英雄門嗎？這回本座原樣奉還，我早就下令放幾個錦衣衛回去，就說是你天狼和我勾結的。甚至為了以防萬一，我早在火松子出發扮作阿力哥打入你們那裡前，就讓他為兩個人易了容，一個是他的師弟火雲子，就是你看到那個去接你的假冒火松子，也是剛才攻進小鎮的那個；還有一個嘛，就是找了個體形和你差不多的，易容成你的樣子，跟著大部隊去消滅陸炳。」

赫連霸越說越高興，哈哈大笑起來：「天狼，你一直在算計別人，可曾想過，**陸炳臨死前要是看到是你帶人殺他的，會有多震驚，多難過。**」

天狼的眼睛都快噴出火來，身上也開始隱隱地泛起一陣紅氣。

赫連霸感覺到了天狼的殺意，笑道：「天狼，我能理解你的憤怒，但你現在心神已亂，動起手來也殺不了我。我其實很欣賞你，雖然比起我來，你這次棋差一招，但也是非常難得了，如果我不是走了最妙的一招，也就是直接動用可敦的部落兵馬，而不是大汗自己的兵馬，只怕你也會看出破綻。」

天狼咬牙切齒地道：「我千算萬算沒想到你膽子這麼大，不惜背叛俺答汗，去動用可敦部落的兵馬。赫連霸，**你這種行徑無異於背叛俺答汗，他能饒得過你？**」

赫連霸胸有成竹地道：「這件事我在居延海的時候就和他說清楚了，大汗和我是多年的兄弟，能明白我的良苦用心，當時就准了我這個方案。畢竟我們都是蒙古人，而你和你背後的明朝，卻是我們幾十年來的敵人。」

赫連霸的眼睛炯炯有神，嘴上滔滔不絕：「大汗帶兵出來時，也跟可敦對此事協商過，他答應把板升漢人的草場讓給可敦娘家部落，而且他現在除了指揮得動自己的本部兵馬，像沃兒部、可敦的娘家部落這些大部落，早已不聽他的號令了，除了按我的方案行事外，他沒有別的選擇。」

天狼恨恨地道：「赫連霸，你一再表示過要和大明友好相處，放下刀兵的意思，這回你把事情做得這麼絕，就不怕這個關市永遠也不能再開，戰爭要永遠持續下去？」

赫連霸聳了聳肩：「天狼，雖然說互通關市比打仗要來得合算，損失也小，但我們蒙古人沒你們漢人會算計，在沒有軍事優勢的情況下開關市，還是我們吃虧，就算為了在談判桌上爭取一個更好的條件，這仗也是非打不可。」

天狼「呸」道：「你明知道大明內部鬥爭激烈，徐閣老和嚴嵩一黨為了開關市的事在互相攻擊，你這麼搞，我這徐閣老特使的身分一曝光，那支持開關市的徐閣老一失勢，**你以為嚴嵩一黨會跟你們講和？**」

赫連霸哈哈大笑：「嚴嵩如果得了勢，對我們來說也不是壞事，楊博這傢伙太扎手，雖然他也不是徐階舉薦的，但是嚴嵩肯定也不喜歡一個非自己同夥的人待在這裡，只怕此事一過，他就會把楊博調往他處，換一個自己的親信過來，到時候我們還怕打不進關，搶不了自己所要的東西嗎？」

天狼這下子被嗆得再也說不出話來，最後只能長嘆一聲，悻悻地道：「一步錯，步步錯，赫連霸，這回我算是栽到家了，**想不到我天狼機關算盡，卻只不過是你的棋子而已**。願賭服輸，赫連霸，你現在想讓我做什麼？」

赫連霸的眼中神光一閃：「天狼，**你肯不肯正式加入我們英雄門，當我的副手？**」

天狼搖搖頭：「赫連門主，我現在只不過是一具行屍走肉，所有的自信心都被你擊碎，你願意要我這樣的一個廢人當副手嗎？」

赫連霸滿意地拍了拍天狼的肩膀：「輸給我一招，你也不算丟人，畢竟你還年輕，還輸得起！天狼，我現在給你個重建自信的機會，就是用最少的傷亡把這白蓮教攻下，你不會連這件事也做不到吧？」

天狼咬咬牙：「你給我多少人？」

赫連霸看向小鎮，長槍一指：「以老弟的本事，攻破趙全的第二條防線只怕早已有辦法了，我給你三百精銳應該足夠了。」

天狼想了想，微一頷首：「這三百人武功如何？不會是充數的吧。」

赫連霸不滿地道：「天狼，你也看到了，這次我帶來的全是總壇精銳，英雄門每個堂的堂主都是像逐風蒼狼或者鬼聖一樣強的一流高手，堂主以下，每個堂從舵主香主到骨幹殺手，足有五六十人，這些人至少都是二流高手以上，站崗放哨的普通弟子，我這次都沒帶來，兵貴精不貴多，你手上有六個堂的實力了，還嫌不夠？」

天狼微微一笑：「那像火松子，為什麼他剛才加上鬼聖剩下的人，兩個堂的實力也就三十多人？」

赫連霸搖搖頭：「他們來的時間太短，而且這兩個人都是大派的叛徒，帶來的人也都是跟自己一樣叛出原門派的，我本想派些新來投奔的人進入他們的分堂，可是他們都推脫不要，說要自己找人，哼，以為我不知道他們的心思，不就是想掛個英雄門的牌子，趁機發展自己，找機會再自立嘛！」

「所以你就趁這次機會讓他們徹底斷了這念想，鬼聖從魔教帶來的那批人全死了，鬼堂也滅了，火松子的人，除了一個火雲子外，也全死在小鎮裡，接下來這兩個人成了光杆司令，你可以隨便向他們的堂裡派人，**這一招借刀殺人用來對付自己人，是不是太狠了點？**」天狼冷冷地說道。

赫連霸的眼中閃過一絲殺意：「他們自己起了不臣之心，作為門主，我當然不能允許這種打著自己小算盤的手下存在，鬼聖沒經過我同意就去追殺你們，自己被殺也是活該，而火松子則一直不肯真正接受我的控制，想在自己的堂裡搞獨立，我留他一命已經很客氣了。」

天狼嘆了口氣：「這幾年，火松子以百變神君的身分也幫你出了不少力，你卻因為他有點小小的私心就讓他的人全部送死，這樣一來，以後還指望他會為你盡心效力嗎？」

赫連霸冷冷地道：「這是給他的一個教訓，所以我這次故意讓他策劃搶回把漢那吉的行動，我連二弟和三弟都搭出去了為他的計畫服務，他還有什麼可說的?!如果不是我有後招，這會兒只怕我的二弟三弟都已經被你和陸炳的人所擒，他計畫失敗，我就是殺了他也沒話說。」

天狼的臉上閃過一絲頓悟的表情：「原來是這樣，你剛才跟他說門規什麼的，並不是真想殺了他，而是讓他先覺得必死，再赦免了他，如此一來，火松子自然是對你感恩戴德，以後也不敢生出二心，你堂而皇之地往他的堂口裡安插自己人，他還會覺得是好事呢。」

赫連霸滿意地道：「不錯，**恩威並施才是馭下的手段**，我跟著大汗這麼多年，學到的就是這一手。天狼，**這世上，人心是最難掌握的**，我不知道你是怎麼能讓你的那六個朋友肯為你千里而來賣命，但我敢肯定，如果你的手下是六十個，你這套作法就很難行得通，要是六百個，那基本就是做夢。」

天狼微微一笑：「也許吧，但我還是覺得**以誠對人才能換來真心**。赫連門主，你這次跟俺答汗也算是翻了臉，你容不下火松子，難道他就能容得下一個跟自己的可敦合謀來逼自己就範的屬下？還有你的二弟三弟，這次也成了你的棋子，他們知道真相後又會對你怎麼想？」

赫連霸的瞳孔猛的收縮了一下，他沉聲說道：「事已至此，說這些已經沒用了，兄弟情義是靠不住的，**維繫彼此間關係的還是實力二字**，對大汗，只要可敦那邊的力量足夠強大，對他形成牽制，而我則主動地到中原去發展，不危及他草原上的霸主地位，那應該面子上至少過得去，畢竟我對他有用。至於我的那兩位兄弟，就不勞你費心了，這個計畫是火松子提出的，他們要恨也恨不到我頭上。」

天狼勾了勾嘴角，意味深長地道：「可是你現在對我把自己所有的計畫都和盤托出了，你就這麼信得過我？你不怕我去告訴你的兩個兄弟，你是如何利用他們，置他們於險地的？」

赫連霸緊緊地盯著天狼的雙眼，周身現出了一股強大的氣場，語調微微地提高了一些，透出一股霸氣和自信：

「天狼，你現在已經無路可走，害死陸炳，你在大明已成叛徒，無論是皇帝還是徐階，甚至是嚴嵩，都會追殺你。而你的朋友們都在我的手上，不按我說的做，就是個死。今天你滅了白蓮教，改天我還會派你去滅了華山，再去挑掉魔教的某個重要分舵，如此一來，你在江湖裡也混不下去，中原正邪兩道都會不遺餘力地追殺你這個叛徒加上異族走狗，除了一輩子跟著我們英雄門外，你還有別的出路嗎？」

天狼無奈地搖了搖頭：「不錯，我所有的退路都給你封死了，以後也只能給你當條狗驅使，這也是我棋差一招的結果。」

赫連霸的臉色稍稍地舒展了一些，露出了一絲笑容，而他的語調也緩了下來：「老弟，別這樣說嘛，跟了我，你不會吃虧的，英雄門以後早晚會傳給你，門派強了，好處終歸會是你的。」

天狼笑了笑：「黃左使會同意赫連門主的這個安排嗎？他可是你的結拜兄弟，幾十年的交情了，武功智謀也屬一流。」

赫連霸的臉色一下子又沉了下來：

「在我眼裡，**只看能力，不看人情**，你這次用行動證明了你的能力在他之上。現在是打天下的階段，人才難得。再說了，二弟也有他自己的打算，在地牢的時候，你不是也把他的心思分析得很到位嗎？他如果在乎兄弟感情的話也不會把三弟當工具使。天狼，此事我已經決定了，那天你離開地牢後也跟二弟和三弟交代過，以後如果有我的授權，你甚至可以直接指揮他們行動，這事不用多問了。但反過來，如果你有了異心，或者辦事不力，嘿嘿，你也知道我的手段。」

天狼不再接話，看向了遠處的小鎮，天已經黑透，今天晚上的天氣很好，沒有大規模的風沙，上百個大火堆的照耀下，小鎮那裡的能見度很高，在他這雙鷹一樣的眼睛裡一目了然。

天狼想了想，轉過頭來對著赫連霸說道：「赫連門主，你是希望我盡快攻下來，還是儘量減少傷亡？」

赫連霸「嘿嘿」一笑：「你既然肯以一個英雄門的人角度來判斷，那此事就由你全權決定。不過有一件事我需要強調一下，**那趙全需要生擒**，以後和明朝談判的時候，一個活著的趙全比一個死了的屍體更有價值。」

天狼點了點頭：「我也是這樣想的，這個狗賊應該被押到大明接受千刀萬剮的凌遲之刑。」

赫連霸冷冷地說道：「天狼，別忘了，從這一刻開始，你已效忠我們英雄門了，也就是你嘴裡所說的漢奸。如果你不想落得像趙全那樣的下場，就最好乖乖地按我的吩咐去做，趙全的結局是因為他已經沒用了，而你得時刻證明自己還是有用的。」

赫連霸的眼光落在了天狼背後那把一直裹著黑布的武器上，臉色一沉：「從你今天穿的這身冰蠶寶甲來看，你的這把兵刃必是極品，而且到現在你還把它藏著不露出來，**難不成會是古代神兵嗎？**」

天狼搖了搖頭：「赫連門主，在下的兵器邪門得很，要麼不出，一出必見血，而且我一拿上它，心智都會受影響，進入不分敵我的殺戮狀態，能不用我也不希望用。到時候還希望我亮兵器後，你的人離我能遠一點。」

赫連霸的臉上閃過一絲驚異：「難不成是**傳說中的上古神刀『斬龍』**？」

天狼的面色凝重，點了點頭：「正是，此刀上飽飲過多個皇帝的龍血，邪門的緊，我自從得到至今，也就用過一次。」

赫連霸神色一變，驚問到：「你是說你離開錦衣衛時，一戰格殺上百鷹組殺手的那次？」

天狼嘆了口氣：「正是，其實這些人裡不少人都跟我行動過，多少也算有些交情，但這把刀一入手，我卻滿心只有著殺戮的渴望，完全停不下手。」

赫連霸點了點頭，對著遠處叫道：「傳我的令，**馭風，狂沙，雷電，烈火，破空，土行**六個堂的堂主過來一下。」

稍後，六名堂主匆匆地趕了過來，身著五顏六色的衣服，但是胸前都是紋著金線，畫著一個碩大的狼頭，表示他們堂主之尊的身分。

天狼和這六個人互相打了招呼，這幾個人他全都認識，除了破空堂的堂主是一個正宗的蒙古高手以外，其他五個都是中原正邪各派的叛徒，有僧有道有乞丐，一個個都是眼中精華內斂，太陽穴高高鼓起的內家高手。

天狼和這些人簡單地把計畫說明了一下，馭風和狂沙兩個堂打頭陣，土行堂的人多會地行之術，則暗中從黃沙中穿行，順便掃清對方可能埋伏在地底的伏兵，雷電和烈火兩堂的人主要是以暗器和火器為主，在敵方大批部隊出現時負責定點清除。

最後的破空堂則是那個蒙古高手沙爾汗統領，有五十名大漠射鵰手，都是以前可汗衛隊裡退役的精兵，箭射得既快又狠，這些人則作為預備隊，提供遠端火力壓制，重點射擊敵方的傳令人員。

方案既定，六名堂主回去分頭行事，而天狼也長出一口氣，活動了一下筋骨，扭頭對著一直在沉思的赫連霸說道：「赫連門主，我這就去了。」

赫連霸點了點頭：「一切當心，如果情況不對也不要太勉強，我這裡還有後援。」

天狼大踏步的前行，向著在鎮前開始集結的那三百多名殺手走去，而他的話遠遠地順著風飄了過來：「**你放心吧，一切看我的。**」

一切按照計畫行事，一百多名殺手在馭風和狂沙兩個堂的堂主帶領下，分成四五人一組的戰鬥小組，相互間掩護著同伴的側面和背後，或從第一條大道的通道中直行，或登上房頂，很快就通過了那四五十步的街道，來到了第二條街道前的那個十字路口，雷電和烈火堂的人則直接跟進。

天狼站在鎮門口處，與破空堂主沙爾汗並肩而立，在他的身後，除了幾個持火把的人以外，五十多名蒙古射手已經彎弓搭箭，蓄勢待發。

沙爾汗道：「天狼，前面的人已經到位了，好像很順利啊，白蓮教的人會不會人手不足，不敢出來了？」

天狼搖搖頭：「他們第一道防線就能放上四五十個人，應該現在至少還有一百多個，加上機關消息，實力並不比我們弱到哪裡，千萬不可以輕敵。通知烈火堂和雷電堂，先向第二條街的地面扔雷火彈和震天雷。」

沙爾汗抓了抓頭：「不是先讓馭風和狂沙兩個堂的人打頭陣嗎？」

天狼面沉似水：「現在敵方沒有任何動靜，我總覺得有些不對頭，炸一炸再說。」

話音未落，第一條街的機關房突然傳出一陣響動，天狼臉色一變：

「不好！」

話還沒說完，就聽破空之聲不絕於耳，第一道街的機關房裡一如白天那樣，打出了許多暗器，瞬間就把十幾名拖在後面的烈火與雷電堂弟子射倒在地，其他反應比較快的殺手們則迅速抽出兵刃，把周身護得水潑不進，而暗器被兵刃打落的「叮叮」之聲不絕於耳。

天狼大吼一聲：「注意腳下！」

這些殺手都是訓練有素，一聽天狼的話馬上醒悟過來，不少雙手都使兵器的殺手改用一隻手擋暗器，另一隻手裡的兵器則是紛紛向腳下猛刺。

幾聲悶哼傳來，地上立即滲出了血，天狼冷笑一聲：「果然還是老套路，沙堂主，傳令雷電和烈火堂的人，先用雷火彈扔進兩側的機關房裡。」

沙爾汗迅速抄起身邊的令旗搖了搖，以旗語通知前面的人，幾乎是在接到命令的同時，二十多顆黑乎乎的雷火彈被紛紛扔進了兩側的房屋，巨響聲接二連三，而前街的兩百名殺手們一下子籠罩在濃濃的煙霧之中。

第二條街後面的旗杆上突然伸起了一個孔明燈，屋頂上瞬間現出四十多名白衣人，個個挎弓持箭，沒等天狼反應過來，這些人的弓箭已經如連珠炮一般，「嗖嗖」地向著煙霧中的四堂殺手發射，混合在長杆狼牙箭中的，還有許多兩三尺長的短標槍。

又是一陣悶哼聲，訓練有素的殺手即使中箭也不至於像新手那樣慘叫。最前方的十幾人紛紛中箭倒地，天狼看著這一幕，對身邊的沙爾汗道：

「三輪弓箭急射，壓制白蓮教的弓箭手。」

天狼的「射」字剛剛離開舌尖，弓弦的震動聲加上羽箭淒厲的破空聲就已經響起，等到「手」字出口時，對面屋頂上的五十多個白衣人裡，已經有三十餘個腦門中箭，慘叫著摔下房頂，剩下的人紛紛跳下屋頂，抽出兵刃，向煙塵中的英雄門殺手奔去。

沙爾汗放下了手中的弓，搖搖頭，眼中閃過一絲疑慮：「奇怪，就這二十多個人，也敢和我們的人正面短兵相接？不自量力了點吧。」

天狼的臉色透出一絲陰冷：「這些只怕是**人肉炸彈**。」

沙爾汗的身軀微微一震：「人肉炸彈？」

話音未落，煙塵中突然響起一陣此起彼伏的爆炸聲，房頂的殺手們個個臉色大變，急忙掏出百寶囊裡的暗器，向後面還沒有衝進煙霧的十餘個白衣人發射。

伴隨著幾聲沉重的仆街聲，還剩下的七八個白衣人縱身一躍，衝進了煙塵中，緊接著又是一陣爆炸聲，混著火藥味和血腥味的煙塵籠罩了整個小陣。

天狼面色嚴峻，對身邊的沙爾汗說道：「快，兩輪箭雨覆蓋兩條街之間的空地，不能在這個時候讓白蓮教的人殺上來。」

沙爾汗不等天狼說完，抄起身邊那挺足有他肩頭高的鐵胎大弓，反手從背後箭囊裡抽出三支箭，迅速地搭在箭弦上，飛快地發射了出去，其他弓箭手們也都紛紛效仿，一次射出兩到三支長箭，兩條街之間的那條兩丈多寬的空地裡瞬間便插滿了箭翎。

天狼冷靜地看著前面的煙霧慢慢消散，地上橫七豎八地躺了七八十具殘缺不全的屍體，內臟和斷肢到處都是，而剩下的近一百名殺手，則又重新排成了四五人的戰鬥小組，警惕地看著四面八方。

在白衣人屍體上，則很明顯能看到他們的腰間或者手上都綁了黑乎乎的炸彈，而手已經都按在了引線上，再遲些，也會引爆自己。

天狼嘆了口氣：「趙全真有本事，不知道他用了什麼辦法，能讓這些人悍不畏死，他們可不是那些神智已失的毒人。」

沙爾汗恨聲道：「這傢伙太狠了，先是在第一條街放機關，再是弄幾個地行者從下面偷襲，最後還扔出人肉炸彈，真不知道前面還會有什麼機關埋伏。」

天狼冷冷道：「可是他就是這樣折騰，也不過是讓我們折了六十多人，我們的主力還在，而他手上頂多還有六七十個，而且拉開來打，他更是沒有勝算。現在千萬不能給他嚇住，傳令前面，先是炸乾淨前街的機關房，再按計劃炸後面那條街的地面，最後四個堂剩下的人逐屋清掃。」

沙爾汗拿出懷中的令旗，迅速地向前方傳達了天狼的命令，而天狼的指令很快也被前方的殺手們付諸實踐，接連不斷的爆炸聲過後，前街徹底恢復了平靜。

後街的空氣中也瀰漫著濃濃的硝煙味，上百名殺手在屋頂三十多名同伴的掩護下，正在第二道街來回穿梭，向著一間間屋子裡扔著雷火彈和轟天雷，等著爆炸過後，再進去一個個的小組逐屋搜查。

天狼的眼光看向了遠處鎮中心的那杆高高的旗杆，那裡顯然是對方的核心區域，只要掃清第二條街道，就能直達旗杆下了。

天狼知道這裡肯定是趙全選擇與自己決戰的地方，深吸了一口氣：

「**該我們上場了。走！**」

破空堂的殺手們跟著天狼和沙爾汗一起走到兩條街間那片插滿了羽箭的空地，此時第二條街的清理已經完成，百餘名殺手正向著旗杆處穩步前進，天狼看了看頭上的星空，喃喃地說道：「該來了。」

就在此時，第二盞孔明燈詭異地從那個旗杆上升起，隨著一陣緊鑼密鼓的梆子聲，英雄門殺手腳下的地面突然現出十幾個大坑，二十多名殺手一下子陷了進去，緊接著傳來一陣利刃入體的聲音。

旗杆下的塵土裡，一下子躍出了四五十名白衣蒙面的白蓮教徒，抬手一陣密集的暗器雨，緊接著抽出兵刃，殺進了英雄門殺手的人群裡。

這些白蓮教徒都是趙全手下最後的精銳死士，個個武功不弱，而英雄門的那些殺手也都是好手，武功和這些人在伯仲之間，雙方迅速地以小隊為單位，短兵相接，一時間刀光劍影，血肉橫飛，形成了一團亂戰。

天狼冷冷地看著旗杆下的這團混戰，兩邊都算是訓練有素的精銳殺手，小組間的配合非常熟練，幾乎都不是一對一的廝殺，而是集中兩三個人圍攻對方一個頂在前面或者受了傷的弱者，本方則是儘量把受了輕傷或者內力消耗較大的人輪轉到後排或者是保護在中間，四五人的小組輪轉著上前廝殺。

雙方這種戰術導致打得很熱鬧，可實際傷亡卻很小，打了有小半個時辰，卻只互相打死了三四個人，傷了對方十餘人，英雄門一方帶隊的四個堂主在集體圍攻對面的兩名首腦人物：**趙全**和**李自馨**。

趙全個子中等，年紀約六十上下，鬚髮花白，三角眼，高顴骨，頷下三縷長鬚，穿了一身寬大的白色道袍，胸前繡著一朵白蓮花。頭頂紫金冠，使著一柄藍光閃閃的長劍，出劍快捷如風，劍氣掠過，盡是白蓮教劍法的上乘招數。

雷電和馭風兩個堂主也是用劍的道人，對上他一人，猶自守多攻少，略處下風。

而另一邊的李自馨，則是一員身高體壯的巨漢，一頭亂髮在空中飄舞，使著一柄足有六七十斤的熟銅棍，招數走的是威猛霸道的外家路子，那把巨大的熟銅棍在他手中如同小兒手中的樹枝，感覺不到一點重量，配合著他高大的體形和滿臉如刺蝟般的虬髯，更顯得氣勢十足。

與李自馨對陣的烈火和狂沙堂主，背著幾個布袋，乞丐打扮的狂沙堂主使著鶴嘴鋤，鋤頭不離李自馨的周身要穴，如同毒蛇出洞，神出鬼沒。

另一個滿面紅光的胖大和尚則使著禪杖，一路伏魔杖法也是威勢逼人，幾十招下來就和李自馨硬碰硬地對了十幾杖，雖然每次硬碰都要多退兩步，但在狂沙堂主的協助下，總能很快地調息過來，再次上前。

李自馨雖然一對一能占盡上風，可是他的外門功夫消耗精力極大，好幾次想趁機上前廢掉那胖大和尚，卻總是被狂沙堂主所牽制，只能回棍自保，百餘招下來，已經不復開始時的威猛聲勢，動作也漸漸地有些變慢了。

這一切盡在天狼的眼裡，他轉過頭對著沙爾汗下令：「就是現在了，所有的箭瞬間射出去，不分敵我地射擊正在混戰的人。」

沙爾汗聽到前半句時，馬上拿起了鐵胎弓，但聽到後面一句時，又把弓給放了下來，一臉的疑惑：「天狼，這樣會殺到我方的人。」

天狼的眼中殺機一閃：「是，我當然知道，但也會殺到敵方的人，他們現在連正副教主都出來了，已經是拼盡全力，就算前面的人全死了，我們還是有得賺。」

沙爾汗的額頭開始冒汗：「天狼，**你這樣做，尊主同意嗎？**你可看清楚了，這些都是我們英雄門的精銳，尊主就是招上一年也未必能有這麼多好手投奔。」

天狼不耐煩地擺了擺手：「現在我才是前線的指揮，你如果抗命，我馬上就斬了你，至於如何向赫連門主交代，那是我的事，不勞你費心！」

沙爾汗搖了搖頭，無奈地嘆了口氣，轉頭對著後面的蒙古射手們吼道：「沒聽到天狼的話嗎？箭雨覆蓋，不分敵我地攻擊！」

又是一陣羽箭破空之聲，只是這次持續的時間比前面兩次要長了許多，混戰的人群中，悶哼聲和箭射入體時的「噗噗」聲此起彼伏，第一輪的三箭連射就射倒了雙方一百多人，剩下的人則多是放棄了打鬥，轉而以護身武功守緊四周，硬抗起這些呼嘯而來的長杆狼牙箭來。

趙全趁著對面雷電堂主肩頭中了一箭，劍式一緩的機會，一招白虹貫日，直接斬斷了對手的左臂。

雷電堂主慘叫一聲，右手棄劍，捧著血流如注的左臂，飛速退後，後背馬上中了三箭。這些蒙古射手的強弓長箭威力驚人，加上都貫注了內力，射中護身氣勁已散的雷電堂主，箭尖從胸前透出，那雷電堂主這回還來不及哼出一聲，便倒地氣絕身亡。

另一名馭風堂主見勢不妙，趁機搶攻，連續三劍直刺趙全胸前的三處要穴，逼他回救，順勢凌空而起，飛到離趙全足有四五丈的一個安全之處，長劍帶起一陣白光，把自己的周身都籠罩在劍氣之內。

另一邊李自馨等人可就倒了楣，由於用的都是粗重的長兵刃，在箭雨來襲時李自馨又是正好和對面烈火堂主，那個胖大和尚的禪杖來了個硬碰硬，雙雙震開幾步的過程中，各自中箭。

胖大和尚的背上中了兩箭，幸虧護體功沒散，沒像雷電堂主那樣給射個透心涼，可也是受了重創。

胖大和尚沉重的禪杖一丟，伸手就要去拿背上的那兩支箭，一邊的狂沙堂主早已把一杆鶴嘴鋤舞得密不透風。

李自馨的左肩頭中了一箭，緊接著右胸也中了一箭，他悶哼一聲，左手抓著熟銅棍，右手狠狠地把左肩上的箭拔了出來，一大塊肉被箭的倒刺帶出。

李自馨咬了咬牙，用力一甩，半尺長的長杆狼牙箭去勢如流星，直接釘到了還在試圖拔背上箭矢的胖大和尚額頭，另一端從他的後腦中冒出，胖大和尚直接倒地，眼珠子暴突，已然氣絕。

狂沙堂主不料李自馨竟然如此勇悍，略一發呆，鶴嘴鋤動得慢了半拍，屁股上也中了一箭，動作一下子慢了下來。

李自馨哈哈一笑，面目猙獰，臉上的肌肉扭曲著，咬牙切齒地叫道：「爺爺今天就是死，也要拉幾個墊背的！」

李自馨單手熟銅棍一掄，把狂沙堂主手中的那柄鶴嘴鋤徹底砸飛，兩杆沉重的外家兵刃紛紛落地，而李自馨則揉身而上，一下子欺近狂沙堂主的一尺以內，虎口已裂的左手狠狠地插進了狂沙堂主的胸腹之間。

狂沙堂主悶哼一聲，感覺自己的腸子都被李自馨抓到了，他本能地雙手齊出，重重地擊在李自馨的胸前，一陣胸骨折斷的聲音，配合著李自馨滿口的鮮血一起噴出，而他的臉上還掛著殘忍的笑容，左手一緊，直接把一截血紅的腸子從狂沙堂主的肚子裡扯了出來。

狂沙堂主發出一聲聽起來並非人類的恐怖嗥叫，血淋淋的內臟跟著斷腸一起被那李自馨生生拉出，拼盡最後一口氣，他右手袖中的三枚透骨釘激射而出，深深地釘在李自馨的胸口上，二人幾乎同時倒在一起，死時眼睛還睜得大大的，死死地盯著對方，臉上充滿了不甘。

一直在揮劍擋劍的趙全大吼一聲：「兄弟！」眼睛也變得血紅，他怪叫一聲，身形如鬼魅般地一閃，一下子衝到十幾步外的馭風堂主面前，咬牙切齒地揮劍猛刺，漫天的藍色劍影一下子罩住了馭風堂主的周身。

那名馭風堂主也是劍法極高的華山棄徒，這時候空中的箭雨襲擊已經告一段落，他本想退後到人群中，卻沒想到被那趙全直接纏上，避無可避，只好咬了咬牙，面上紫氣一現，提起護身的紫雲勁，順手一招華岳清風，從如山的劍影中一劍刺出，直戳趙全的胸口膻中穴。

趙全冷哼一聲，身邊騰出一股白氣，白蓮劍法如滾滾長江水源源不絕。

他的劍法很特別，純以腕力出劍，幾乎沒有削或者斬的招數，全是以遠超別人的速度閃電般地刺出，尋常人一下最多只能刺出三劍，而趙全卻是虛實結合中，一出手足可刺出九劍。

那柄閃著寒光的藍冥寶劍，刺出的劍影彷彿一朵朵盛開的白蓮花，但在此刻對面的馭風堂主眼裡，卻無異於催命的鬼頭。

只不過十餘招，馭風堂主就給打得連退出去七八步，只剩招架之功，全無還手之力，好不容易擋住了對面的一招白蓮怒放，勉強將分襲自己右手四處穴道的四劍擋住，卻是被趙全凌厲的劍氣所逼，再退一步，腳下突然踩到了一具屍體，一下子下盤不穩，幾乎要向後倒去。

趙全何等高手，雖然已經進入癲狂的殺戳狀態，但仍然有著頂尖高手的本能反應，一看對手重心不穩，馬上上前一步，左掌畫了半個圓圈，捲起一陣勁風，直拍對手的胸口，而右手的長劍則帶起一道劍氣，一招仙女獻花，閃電般地向著對手的右腿連刺七劍。

馭風堂主重心不穩，匆忙間使了一個千斤墜的身法才勉強定住身形沒有摔倒，但上半身微微後仰，只見一隻巨掌直拍自己的心口，連忙本能地右劍一招清風拂柳，斜著向右上畫去，準備反削對手的左肘，逼對方撤掌。

馭風堂主剛一出劍，心中就暗叫不好，只見掌不見劍，一股刺骨的劍氣卻已經襲來，微一愣神間，右腿就像是被蠍子狠狠地蜇了幾下，瞬間就沒了知覺，而體內的力量和鮮血一起急速地噴射而出，眼前一陣發黑，仰天栽倒在地，人事不省。

趙全的這柄藍冥劍上塗有劇毒，當年煉劍時，是取了煉製那些毒人時的劇毒熔入劍身，只要見血，瞬間便可封喉，內功即使一流的高手也很難馬上將毒逼出。

更何況打鬥之時，人的內息跟血液一起運轉速度加快，根本來不及在面對趙全這樣高手的情況下運功逼毒，多年來死在趙全這柄藍冥劍下的正邪高手不計其數，也成就了他那「**北地魔尊**」的凶名。

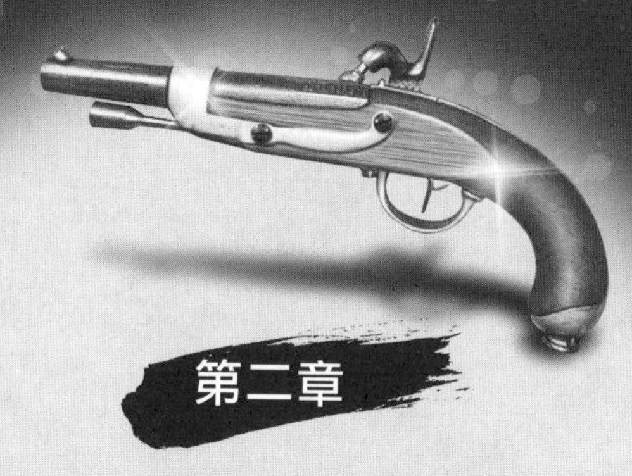

第二章

北地魔尊

天狼轉頭看向趙全，就見這位北地魔尊此時氣喘如牛，剛才的打鬥中他也受了兩處輕傷，一在左腿，一在右肩，雖然傷不是太重，但是血汩汩地向外流，趁著天狼說話的功夫，他撕下那已經被血染得一片殷紅的道袍兩角，將自己的傷口包紮了起來。

趙全哈哈一笑，也不管在地上昏迷不醒的馭風堂主，身形如風如電一般，衝進了又重新開始混戰的人群，所過之處，藍冥劍的藍光一閃一閃，沒有一個英雄門的高手能在他的劍下走過十招，往往是和那馭風堂主一樣，給劃出一道小傷口便見血封喉，倒地身亡。

很快，在趙全這尊殺神的全力施為下，本來已經只剩下十幾人的白蓮教徒們一個個越戰越勇，而英雄門的殺手只剩下了三十多人，而且多數眼神中都流露出一絲恐懼，招數也是守多攻少，不住地後退。

趙全把手中的寶劍從當面一名面相凶狠的紫面大漢的胸膛中抽出，順勢一腳把他的屍體踢得飛出去三四尺，正得意間，突然覺得腳下似有一陣暗流湧動，連忙一個鳳翼天翔，平地裡跳起兩丈高，如同一隻白色的大鳥，在空中直向後飛出去四五丈，輕飄飄地落在旗杆邊的地上。

他的那些同伴們卻沒有這麼好的運氣，地下突然湧出幾十柄明晃晃的鋼刀與長劍，一通亂砍，八九條斷腿在空中飛舞，而斷腿的主人一個個慘叫著，捂著血流如注的斷腿處滿地亂滾。

只有四五名白蓮教眾及時跳上了屋頂，躲過了這一劫，卻又被屋頂上的二十多名殺手一陣暗器突襲，還沒站穩便紛紛栽了下來，氣絕身亡。

四十多名黃衣蒙面的英雄門殺手紛紛從地底鑽了出來，正是此戰中一直沒有出動的土行堂，堂主乃是一個五短身材的侏儒，一臉的麻子，而他的手下們也沒有一個身材超過五尺，卻一個個都雙手持著大刀重劍，看起來非常可笑。

趙全恨恨地盯著土行堂主，眼睛裡幾乎要噴出火來：「劉五麻子，你他娘的敢對本教主使陰招，看我不活劈了你！」

土行堂主叫**劉武馬**，因為從小得過天花，長了一臉麻子，所以江湖上一般叫他劉五麻子，他本是嶺南一帶的巨寇，擅長土地鑽行之術，後來因為得罪了魔教，在嶺南無容身之處，才帶了自己的手下來投奔英雄門，在這裡，他的這個特長終於有了用武之地。

大漠之中土質鬆軟，極適合劉武馬的地行之術，因此深得赫連霸的器重，雖然他的武功在堂主中屬於最差的幾個，但靠著這一手實用技術，也為自己的土行堂掙來了一席之地。

劉五麻子哈哈一笑：「趙全，你已經一敗塗地，就不用再這樣放狠話了，我們家門主和兩位尊使還沒出動呢，看來生擒你的功勞非我莫屬了。」

劉五麻子說到這裡，轉頭看著自己身後的手下，駢指一指趙全，吼道：

「這廝已經受了傷，內力也耗得差不多了，大家一起上，把他亂刀分屍，給兄弟們報仇！」

天狼的聲音冷冷地響起：「你們都退下，這人留給我！」

劉五麻子微微一愣，臉上寫滿了驚愕：「天狼，你這是做什麼？」

天狼大踏步走了過來，英雄門的殺手們紛紛閃開一條通道。

「赫連門主有令，趙全必須生擒，似你剛才所說的那樣一湧而上，將其亂刀分屍，只會壞了門主的事。」

劉五麻子不服氣地動了動嘴角，似是想開口，卻撞上天狼那冷若冰霜的眼神：「或者說劉堂主你，願意和已經不行了的趙全單打獨鬥？如果你能一個人將他生擒，那我就讓你親自動手，如何？」

劉五麻子對自己有幾斤幾兩還是很清楚的，他也知道趙全雖然已經真氣大減，但從他剛才斬殺馭風堂主，隨後又擊斃十餘名殺手的舉動來看，自己就算現在跟他動手，八成也是個死，剛才之所以那樣說，也是**想先用人海戰術進一步消耗趙全的氣力，等他徹底不行時自己再上去收人頭**。

於是劉五麻子無奈地搖了搖頭，向天狼行了個禮，悻悻地退下。

天狼看了眼一丈開外的那個馭風堂主，他的臉色已經完全變得青黑，七竅中都流出黑色的毒血，顯然已經毒發身亡。

天狼轉頭看向趙全，就見這位北地魔尊此時氣喘如牛，剛才的打鬥中他也受了兩處輕傷，一在左腿，一在右肩，雖然傷不是太重，但是血汩汩地向外流，趁著天狼說話的功夫，他撕下那已經被血染得一片殷紅的道袍兩角，將自己的傷口包紮了起來。

天狼靜靜地等著趙全裹完傷，道：「趙全，你已經一敗塗地，乖乖地束手就擒吧，以免再受皮肉之苦。」

趙全的紫金束髮道冠不知在何時被打落，披頭散髮，全然不復一開始時那種仙風道骨，世外高人的感覺，配合著他那柄閃著熒熒藍光的藍冥劍和身上的斑斑血跡，倒是**更像個地獄來的惡狼**。

趙全打量了天狼兩眼，道：「你就是那個天狼嗎？」

天狼點點頭，抱起雙臂，右手虎口托著下巴，以一種俯視的姿態看著趙全：「不錯，我就是天狼，赫連門主這次和我聯手，就是要把你生擒，去和大明交換把漢那吉王子。趙全，你應該已經親眼看到俺答汗也出兵攻打你的部落，不會再有什麼僥倖心理了吧。」

趙全咬牙切齒地道：「兔死狗烹的事情我早就知道，只是沒想到這幫蒙古狗下手這麼快這麼狠，**天狼，你是漢人，為什麼要幫著蒙古韃子來對付我？**」

天狼不屑地「哼」了一聲：「你這會兒記起自己是漢人了？**在你引狼入室，帶著蒙古騎兵屠殺和擄掠你同族的時候，你可曾想過自己是漢人？**」

趙全的眼中本來黯淡的寒光一閃：「那又如何？明朝的皇帝想剿滅我們，我不依靠蒙古的勢力又能如何？在我手下的那些漢人，至少過得比在明朝那裡要好。除了蒙古人搶來的漢人外，不是照樣有幾萬漢人過來主動投奔我？」

天狼冷冷地說道：「那些不過是給你蠱惑，上了你當的愚夫村婦罷了，你派那些奸細回邊關一帶的村鎮裡四處散播流言，把你這裡的生活吹得一枝花似的，欺騙那些村民冒死來投奔你。不要說多數人沒跑出來就被抓回去為奴，就是少數跑到你這裡的，照樣當你的農奴，甚至是煉成毒人，這就是你許諾給他們的幸福生活？」

趙全的臉青一陣白一陣，張嘴欲言，卻是無話可說。

天狼道：「趙全，你為了一己私欲，在蒙古挑動兩個國家間的戰爭，自己從中漁利，兩國的軍民深受戰火之苦，你卻趁機在這裡坐大，你當俺答汗是傻瓜嗎？你以為你給他治了腿，他就會對你一輩子言聽計從了？實話告訴你吧，就算你還能像幾年前那樣成功地引蒙古人入關，這一天也是早晚要來的，**俺答汗不會容忍一個有野心的獨立勢力在草原上坐大**，尤其是你這個漢族叛徒，從你當漢奸的那一天起，這個結果就註定了。」

趙全突然吼了起來：「天狼，你他娘的別在這裡道貌岸然，義正辭嚴了，你自己又是什麼好東西？你還不是照樣和蒙古韃子合作，帶著韃子來抓我？說我是漢奸，英雄門裡又有幾個不是漢奸的？天狼，本座落到今天只是時運不濟罷了，你早晚也有我這一天。」

天狼的臉像天山上的冰雪一樣冷峻：「到目前為止，我跟英雄門也只是基於你這件事上的合作關係，我現在不是英雄門的人；更重要的是，**我沒有出賣漢人的利益來討好蒙古人**，和你這狗東西完全不一樣。至於以後的事，那就不用你擔心了。」

趙全舉起手中長劍，一招仙人指路，劍指天狼吼道：「天狼，你這個懦夫，只會倚多為勝，先用一幫雜毛來消耗本座的內力真氣，然後再想一擁而上，算什麼英雄好漢？」

天狼哈哈一笑：「對付你這狗漢奸，用得著講江湖規矩？**你白蓮教這些年在關內關外的武林爭鬥裡，哪次講過江湖規矩了？你跟十幾個白蓮教高手一起圍攻少林寺的見悟大師的時候，講江湖規矩了？**不過我今天心情不錯，正好陪你玩玩，活動活動筋骨。你也看到了我今天是全副武裝而來，一架不打就此結束，也

太無趣了些。」

趙全嘴角泛起一絲得意的邪笑：「天狼，你當真敢和本座單打獨鬥？」

天狼淡淡地說道：「有何不可？就是你精力充沛之時，我也有自信能斬你於刀下。」

趙全突然笑了起來，手中的劍尖卻依然紋絲不動，指著天狼，猶如毒蛇的舌尖：「小子，雖然這幾年你在江湖上有些名氣，但**恐怕你還沒有真正和頂尖高手動過手，也沒聽說你真正打敗過哪個頂尖高手**，今天你是不是想借本座來揚名立萬？就怕你沒這個本事。」

天狼的語氣平靜如前：「有沒有這個本事，打過不就知道了。」

說到這裡，他扭頭對著身後的英雄門眾人說道：「全部退後五十步以外，如果我死在此賊之手，你們才准上前將之擒拿！」

劉五麻子遲疑了一下，和沙爾汗對視一眼，忍不住道：「天狼，沒這必要吧，大家一起上可以輕鬆拿下這狗賊，我們出手有點分寸，不傷他性命就是。」

天狼看了劉五麻子一眼，一言不發，眼中那凌厲冷峻的眼神已經說明了一切，劉五麻子不敢多話，揮了揮手，和沙爾汗一起帶著剩下的殺手們全部退下，臨走時還沒忘了把雙方的屍體拖了回去。

旗杆下一下子變得空空蕩蕩，只有殺手們撤退前插在地上的十餘支火把還在劈哩啪啦地燃燒著，照得這塊區域一片通明。

天狼一直抱臂而立，沒有一點抽出背後兵刃的意思，可是整個人的周身卻隱隱地騰起淡淡的紅氣，趙全臉上的笑容慢慢地消散，絕頂高手的見解遠遠超過常人，天狼雖然沒有動兵刃，卻已經作好了極其完美的防禦和反擊姿態，只要自己**這一劍出手，必定是一招分勝負的節奏**。

趙全也不說話，腳下一動，開始圍著天狼遊走起來，那柄劍始終直指天狼胸口的幾處要穴，而天狼也不停地轉著身子，始終保持著自己的正面直接面對趙全，不給他任何側面攻擊的破綻。

趙全開始舞起劍來，這回他沒有再用劍指向天狼，而是在周身不停地旋轉，拉出一個個劍圈，凜冽的劍氣比這大漠中的風沙還要強烈，吹得天狼的頭髮飛舞，臉上也像是被寒風拂面似的，一下下吹得發疼。

但天狼好像沒有任何感覺，依然眼皮也不眨一下，不管趙全如何動作，都是正面直對著趙全，沒有露出一點空檔。

時間一分一秒地流逝，半個多時辰過去，趙全把白蓮劍法來回使了兩套，額頭上的汗珠一顆顆地落下，渾身騰著白色的霧氣，整個人成了一團包裹在白氣中的藍色光圈。

天狼的雙眼圓睜，瞳孔變得血紅，身上的黑色外套被劍氣破成了一條條的碎布，落在腳下。那件冰蠶寶甲卻是完好無損，前胸那個狼頭兩眼也泛起了紅光，似乎迫不及待地準備吞噬自己眼中的獵物。

天狼周身的紅氣也是越來越重，白氣和紅氣在兩人中間激烈地來回拉鋸著。

趙全的劍揮得越來越急，整個人發出一陣陣的厲聲叱喝，左掌也一次次迅速地打出一波波白色的罡氣，**正是白蓮教的至高武功蓮花神掌**，配合著右手越使越快的白蓮劍法，把那白氣又勉強地向回壓了半尺左右。

天狼的臉忽然泛起一個殘忍的笑容，雙眼一閉，倏地睜開。

這一下連眼眶都變得血紅，那隻原來只是瞳孔發紅的眼睛，這回連眼白都變得能滴出血來，精光四射，周身的紅氣猛的暴漲，連周圍三尺之內的沙子從地上飛起四尺多高，像噴泉一樣地直向上衝，再緩緩落下。

隨著天狼的這一下暴氣，原來還勉強維持在兩人中間的氣團一下子打破了平衡，白氣被瞬間壓得離趙全不到半尺的距離，他的動作也明顯受到干擾，猛的一滯。

天狼背後的黑布包裹突然飛到了半空，黑布被吹開，散到別處，一柄鏽跡斑斑的刀鞘出現在大漠的夜空中。

這是一把足有大半人高的大刀，厚度寬得像門板，而刀柄上纏著厚厚的獸筋，護手則看著像是由某種獸骨製成，隔著刀鞘，也能感覺得出這刀中傳來的那股死意。

天狼伸出右手，緊緊地抓住了刀柄，大喝一聲，刀鞘激射而出，刀光閃爍，比一萬個太陽還亮，這是趙全最直觀的印象。

天狼的左手在刀身上劃過，他眼中的紅光在迅速地消退，刀身則泛起了血一樣的紅氣，就在這一瞬間，天狼周身的紅氣突然消失不見，而趙全那白色的劍氣則一下子在他的臉上留了三四道淺淺的印子。

趙全一下子感覺如山的壓力不復存在，但他知道接下來天狼的一擊必是毀天滅地，現在是自己求勝的唯一機會。咬了咬牙，他大吼一聲，咬破舌尖，噴出一口鮮血在劍身，藍冥劍立即變得藍光大盛。

趙全雙手持劍，整個人平著飛了出去，劍身前探，一招白蓮滅世，速度快得像光，直刺對手的前胸，多年前擊殺少林的見悟大師時，這一招直接破了他的金剛不壞神功，把他劈成一堆屍塊，**這一次一定可以複製奇蹟**，趙全的腦海裡這樣飛快地旋轉著。

天狼雙手緊緊地握著刀柄，緩緩地舉過頭頂，在頭頂畫了一個圈，狠狠地一刀劈下，就在趙全的劍尖離自己前胸不到一尺時，**斬龍刀終於和藍冥劍正面相交，發出了一聲驚天動地的巨響。紅光瞬間掩蓋過了漫天的白氣。**

退到五十步開外，又不自覺地向前走了七八步的劉五麻子，只感覺耳膜「轟」地一下，彷佛一個震天雷就在自己的耳邊爆炸，眼珠子都快要被爆出眼眶的衝動，喉頭一甜，幾乎要噴出血來，連忙運起內功，強行地對抗這股撲面而來的爆炸性氣浪。

半個小鎮都籠罩在被這驚天一擊所鼓起的巨大沙塵中，彷佛同時被扔下了上百個震天雷。

漫天的沙塵慢慢落下，劉五麻子和沙爾汗發現自己是在這一百多名殺手中僅存兩個還站著的人，其他的殺手東倒西歪地躺了一地，不少人大口地吐著血，而其餘的無不口鼻淌血，盤腿打坐，運功調理自己已經被震散的經脈。

旗杆已經轟然倒下，天狼的刀不知何時又重新入了鞘，背在他的身後，只是這回沒了黑布，他依然抱臂傲立，彷佛什麼事也沒有發生過。

離天狼二十多步外，趙全像死狗一樣地躺在地上，整條右臂已經齊肩而斷，神奇的是，傷口處居然在瞬間就凝固住了，幾乎沒有失血，甚至也感覺不到疼痛，他的左手按著自己右肩處的碗大傷口，無神的雙眼看了一眼掉在天狼腳下的那隻還抓著半截藍冥劍的斷臂，居然笑了起來。

「好，好，好，在我死之前，能親眼見到傳說中的斬龍，能親身體會一下天狼刀法的最後一招——**天狼破蒼穹**，也算不枉此生了。天狼，輸在你的手上，我心服口服。」

天狼搖搖頭，不屑地道：「斬龍刀斬的應該是龍，用在你這條毛毛蟲身上不值。我只不過想用你來試一下威力罷了，可惜我現在還不能做到收放自如，還砍掉了你一隻手臂，這樣你被帶回大明凌遲的時候，讓你還能少捱幾刀，便宜你這狗賊了。」

趙全氣得幾乎要暈過去，他突然害怕起來，凌遲的酷刑雖然自己見過不少次，但真正要用在自己身上，還是讓他無法想像的。他咬了咬牙，抬起左手，狠狠地向自己的額頭上一拍，想要就此了斷。

天狼嘴角邊掛著一絲冷笑，看著趙全重重地一下拍在自己腦門上，把腦門拍得瞬間紅了一片，疼得叫了起來：「哎喲！」

趙全這一下才發現，自己的渾身已經輕飄飄地，提不起一點內力，他駭然叫道：「怎麼會，怎麼會這樣！」

天狼的語氣中帶著戲謔：「趙全，剛才那一刀，**你丟的不止是一隻右臂，全身的筋脈也被這一刀打斷**，現在你已經武功盡失，廢人一個，想自殺也不能了。對了，你也不用白廢心機嘗試咬舌頭自盡，很疼的，而且你沒了武功也一下子咬不掉，只是多受些罪而已。」

趙全雙眼遍佈血絲，嚎叫道：「天狼，你殺了我，我求你殺了我！」

天狼的眼中閃過一絲狠毒：「**就這麼一刀殺了你，太便宜了**，大同城內菜市口上的凌遲架，才是你應該有的歸宿。」

天狼說完這話，也不看趙全，轉身瀟灑地離去，身後卻傳來趙全如癲如狂的叫聲：「天狼，**我在地獄裡等著你！**」

天狼走到了沙爾汗和劉五麻子那裡，長出了一口氣：「總算不辱使命，麻煩二位把趙全拿下，帶回赫連門主那裡。」

二人這一下真正見識到了這天狼可怕的武功，幾十步之外都差點給震傷，這一刀的威力是何等的驚人，連一代絕頂高手趙全都成了這副模樣，哪還敢有半句反對或者質疑，連忙行了個禮，便帶著十幾個已經調息結束，站起身的殺手匆匆奔了過去。

天狼看了眼仍然在打坐運功的數十名殺手，搖了搖頭，轉而大踏步地走到了鎮外。

剛才那一刀消耗了他大半的精力，這一路走下來，竟然有些感覺頭重腳輕，眼冒金星，腳步也不復平時的穩重踏實。

天狼看到赫連霸，調息了一下自己的內息，讓自己的臉色紅潤些，笑道：「赫連門主，幸不辱使命。」

赫連霸的臉上卻沒有一點笑意，語氣中含著不滿地道：「天狼，這件事你辦得實在不能讓我滿意！」

「哦？你哪裡不滿意呢？」天狼問。

赫連霸的豺聲粗渾低吼，衝擊著天狼的耳膜：

「第一，你讓我的手下死得太多，天狼，我不信你看不出趙全的這些伎倆，可你什麼應對也沒做，反而是在雙方混戰時箭雨攻擊。第二，趙全已經是甕中之鱉，你還要逞英雄跟他單挑，最後還用上了斬龍和天狼刀法中的天狼破蒼穹這最後一招，你想做什麼？萬一失手殺了他呢？」

天狼微微一笑：「這第一條嘛，趙全畢竟有主場優勢，讓他在第一條前街打總比到第二道機關房那裡打要更好一些，如果不犧牲幾個人，讓他覺得在前面打有得賺，他又怎麼會提前用上那些人肉炸彈呢？要不是我們把戰場選擇在了前街，真的在第二條街道那裡決戰的話，到時候他的這些人肉炸彈可以兩面夾擊，直接從機關房裡衝出來引爆，死的可就不止這些人了。赫連門主，你是帶兵之人，也知道慈不掌兵，為了勝利，有時候做點必要的犧牲也是應該，雙方混戰時的箭雨攻擊才是最有威力的。」

「你這個解釋不能讓我滿意，因為你眼睜睜地看著我的四個堂主死在趙全的手裡卻不去救，這個是解釋不通的。不過，我現在不想跟你在這個問題上糾纏，你先回答第二個問題！」

天狼臉上的笑容慢慢地消散：

「門主，我之所以用上斬龍，只是想用趙全這樣的高手來試一試這三年下來我是否對斬龍的控制力更進一步。上次我用斬龍的時候，是我被刀所控制，而不是我控制這刀，這次看來還不錯，也許我再練個兩年，就能完全收發自如了，至於趙全的死活，其實並不重要，能讓他回大明受那凌遲之刑最好，但真要是失手殺了他，大明也不會為這個過多計較的，死了的趙全才是好的趙全，至於是如何死的，他們並不太在意。

「你的那些手下，武功遠遠不如趙全，想做到生擒他，還得付出幾十條人命，而且未必能生擒得了。赫連門主，剛才若不是我一刀斬斷了他的全身經脈，讓他沒有自盡之力，趙全只怕會在落入我們手上之前先行了斷。」

赫連霸地「哼」了聲：「你這一刀恐怕是給我看的吧，你是不是想說，你有斬龍，今天可斬趙全，明天也可斬我赫連霸？」

天狼的嘴角勾了勾：「這一點我還沒有想好，**這取決於你是不是要跟我為敵了。**」

赫連霸的眼中閃過一絲殺機，握著槍柄的手也抓得更緊了些：「天狼，你剛才答應了入英雄門，聽命於我，現在又想反悔了？別忘了，你無路可走！」

天狼「嘿嘿」一笑：「是嗎？**為什麼我現在感覺無路可走的是你赫連門主呢？**」

赫連霸臉色一變，眼中殺機更盛，渾身騰起金色的氣勁，他上前一步厲聲道：「天狼，我需要你對這句話作出個解釋。」

天狼抬頭看了看天，月亮已經西下，天邊隱隱地泛起一層魚肚白，一抹晨曦照在他那稜角分明的臉上，映得這雙充滿男人味道的臉明暗相間。

天狼的表情變得沉靜如水，他看了一眼赫連霸，嘆了口氣：

「赫連門主，**你現在是不是很奇怪，為什麼平安客棧那裡報捷的人一直沒有來？甚至你派去打探消息的探子也一個都沒有回來？**」

赫連霸臉色一變，他一向鎮定自若，泰山崩於前而不改色，但這次的事情實在是過於重大，由不得他托大，他收拾了一下心神，沉聲道：「**天狼，是不是你又做了什麼手腳？難道你早就算到了我和可敦聯手的事？**」

天狼的嘴角勾起了一抹微笑：「赫連門主，我從不低估你，可是你好像一直在低估我，即使在內心深處，你也認為我比起你要遜上一籌，即使我有七十二般變化，也逃不出你赫連門主的手掌心，對不對？」

赫連霸沒有說話，天狼說的確實是他心中所想，儘管在每一個戰術，每一個局部上他很重視天狼，但從整個戰略和心理上，他還是把天狼當成了一個不如自己的對手。

天狼繼續說道：「其實在你眼裡，你低估了不少人，比如你低估的第二個人，就是宣大總督楊博。你以為他只是一個守成的邊將，能力強於他的幾個前任，但同樣不敢在沒有聖旨的情況下輕啟戰端，妄開邊釁，所以你認定了他不敢出動大軍，在大同以外和你們蒙古騎兵作戰。」

赫連霸突然吼了起來：「不對，就算是楊博敢出兵，他也不可能從天而降，繞過大汗在大同關外二十里的兩萬多鐵騎；而且宣府和大同的軍馬如果是幾萬人的調動，大汗和我又怎麼可能一無所知？」

天狼微微一笑：「說到底你還是低估了楊大人，我大明首輔嚴嵩那個才華絕世的兒子**嚴世藩說過，天下之才一共就三個，除了他以外，一個是陸炳，一個就是這位楊博楊大人了**。他當宣大總督，絕不滿足於只是邊關不出事，而是希望能一勞永逸地解決掉蒙古問題，為大明立下萬世之功。

「你以為陸炳只是因為想抓個趙全才來這裡的？你未免也把陸炳給低估了，他是聽到了楊博和我正在策劃這個行動，想過來分一份功罷了。這些年來皇帝深居不出，也越來越倚仗東廠的情報，對他這個錦衣衛總指揮漸漸地疏遠，想要重新取得皇帝的親近，只有立下邊事大功才行。

「所以早在一個月前，陸炳、楊博和我就秘密聚首，定下了這次行動的方案，目的有三，**一是離間俺答汗和可敦的關係**，這就需要把漢那吉叛逃；**二是離間俺答汗和你赫連門主的關係**，斷絕他此後對你的支援，這就需要你背叛俺答，和可敦接上關係；**三是消滅趙全，死活勿論**，以翦除這個禍害。」

天狼的眼中光芒閃爍：「赫連門主，我們之所以沒有下死手，逼俺答汗連你也一起消滅掉，就是因為**我們想一勞永逸地解決大明和蒙古的問題**，殺了你，俺答還會找別人來接手英雄門，或者任用新的漢奸，如火松子這種人，那樣雙方的戰爭就會無休止地繼續下去。

「所以早在我和你交易之前，楊大人就已經悄悄地率領三萬鐵騎出宣府，然後派剩下的二萬騎兵在宣府和大同之間巡視，大營內一切訓練如前，由於這次不僅有楊大人的情報系統，陸炳的手下也多是精明幹練之徒，無論是你的探子還是趙全的人，都沒有打聽到有什麼異常。

「赫連門主，只怕你也沒想到，楊博早在十幾天前就已經率大軍出關，埋伏在平安客棧以西三十里處安營紮寨了吧。」

赫連霸的頭上冷汗直冒，搖搖頭道：「不對，我的人明明看到楊瓊花去的是陸炳那裡，你根本就沒有通知到楊博，又怎麼可能和楊博約定具體的出兵時間？」

天狼微微一笑：「**這就是你低估的第四個人，華山掌門展慕白**！也許在你眼裡，展慕白只是一個衝動，愚蠢，自命清高，不解風情的傢伙，所以這也是你這次一敗塗地的致命傷。」

赫連霸腦子裡「轟」地一下，幾乎要一口血吐出來，他的身子晃了兩晃，以槍拄地，恨恨地說道：「**你居然是用展慕白給楊博傳信**？怎麼可能！你在平安客棧那樣侮辱他，他怎麼會為你所用？」

天狼搖搖頭：「你對展慕白的性格判斷確實沒錯，其實這事也怪不得你，如果我在你的位置上，只怕一樣料不到這點。只是**我掌握了展慕白的一個秘密**，我在他的水囊上留了一張字條，如果他不按我說的去做，我就會把他的這個秘密公之於世，讓他再也做不得華山掌門。我把我的那塊權杖也丟給他了，那可是信物，楊大人只認那東西。」

赫連霸眼前一黑，感覺很多個星星在晃：「你能掌握他什麼秘密？難不成你真的和楊瓊花有了苟且之事，準備把這個拿到江湖上宣揚？」

天狼勾了勾嘴脣：「這種事情壞不了他的名聲，江湖上，人盡皆知這些年來一直是楊瓊花對他單相思，而他卻始終沒有回應，楊瓊花只是他的師妹，又不是老婆，就算和我發生了關係，也不至於讓展慕白沒臉見人。」

赫連霸長嘆一聲，他知道天狼不想說的事，自己是怎麼也不可能套出來的，只能搖搖頭道：「這麼說來，**你早已經計畫妥當，而可敦的一萬騎兵，根本無法抵擋楊博的三萬鐵騎，即使是大汗的兵馬，也無法阻止他撤回關內，對不對？**」

「你說得不錯，但我們現在不想跟俺答汗撕破臉皮，可敦的兵馬被打垮沒什麼關係，但要是俺答汗的本部精銳也受了折損，他就沒辦法壓制住像沃兒部這樣的強大部落，到時候，草原上如果換了頭更凶殘的狼當大汗，未必是我大明之福。」

赫連霸眼中精光一閃：**「所以你還是想和大汗談判？要他讓開一條路，放你們回大同？」**

天狼表情嚴肅地點點頭：「不錯，俺答雖然不是鐵木真，但比起那些目光短淺，只知道燒殺掠奪的部落首領還是要強得多，他也知道蒙古的國力無法與大明相比，更支持不了全面戰爭，他所要的無非就是大明重開關市，跟蒙古進行貿易而已。所以雖然俺答這幾十年來多次進犯邊關，甚至在北京城下燒殺擄掠過，也重用過趙全這樣的漢人走狗，但是他不會做入主中原的春秋大夢，這就是我們和他談判的基礎。」

赫連霸冷冷地說道：「天狼，你想得太多了，我們家大汗不會跟你們漢人打交道，即使打交道，也不會跟你這個沒有身分的江湖人士談，宣大總督楊博都不夠資格見他了，更不用說你。」

天狼微微一笑：「那趙全又是什麼身分，一個漢人叛徒也能當他的親信好多年，我為什麼就沒資格見他？」

赫連霸一時語塞，說不出話來，半天才丟出一句：「那個情況不一樣，趙全是來主動投靠大汗的，又幫他治好了腿疾。」

天狼緊接著說道：「有什麼不一樣？我也是來幫助俺答汗解決他現在的窘

境，可以幫他治好自己的心病。現在情況很明顯，大明邊關有楊大人這樣的良將，他再也不可能在戰場上占到便宜，再打下去，只會讓自己威望盡失，部眾都會四散離去，就連其他的強大部落，也會開始打他本部的主意。

「赫連門主，你最好搞清楚一件事，現在不是嘉靖二十九年，不是俺答汗率著十萬鐵騎在北京城外耀武揚威，馬鞭直指京師的時候了，七年過去，太多的事情發生了改變，大明和蒙古的強弱之勢已經逆轉，現在不是我天狼乞求俺答汗的接見，而是我能給他一個機會讓他自救。」

天狼說到這裡時，上前一步，眼中精光四射，聲色凌厲：

「如果俺答汗想繼續打下去，那楊大人一定奉陪到底，現在朝中嚴嵩已經開始失勢，邊關的良將再也不會受他的掣肘，可以放手作為，當年藍玉率二十萬大軍出關，徹底消滅了北元，楊博總督可是對捕魚兒海的大功念念不忘，心嚮往之。」

這一席話說得赫連霸額頭冷汗直冒，明初的捕魚兒海一戰，北元連玉璽也丟了，從此作為一個國家被正式終結。不久之後，北元末代皇帝脫古思帖木兒也被手下所殺，忽必烈建立的大元帝國徹底完蛋，蒙古再次回到鐵木真出生前的那種部落林立，互相攻殺的情況，而捕魚兒海也成為每個蒙古人心頭永遠的痛，只要聽到這四個字，無不痛心疾首，失魂落魄。

現在的俺答汗在經歷了短暫的輝煌後，又面臨著當年脫古思帖木兒同樣的境地，草原上弱肉強食，勝者為王，一個不能帶著手下部落不斷搶錢搶糧錢女人，卻只能一次次損兵損馬損地盤的首領，遲早會被其他部落群起而攻之，最終消滅，從這一點上說，天狼的威脅一點不過分。

可是赫連霸還是心有不甘，他嘴上的黃鬚動了動：

「這些是你跟大汗的事，請問我的英雄門又可以得到什麼好處？如果沒有足夠的好處，我為什麼要幫你這個忙？」

天狼的臉上露出一絲微笑：「好處自然會有，第一，趙全已死，不安分的可敦部落也在這次損失慘重，俺答汗就算勉強能控制住局勢，身邊也乏人可用，即使知道了你有二心，也不會在這個時候對你下手，所以嘛，你識相點最好主動遠離，進入中原，專心經營你的武林門派，遠離俺答汗。」

赫連霸不屑地「哼」了一聲：「這也算好處？」

天狼點點頭：「伴君如伴虎，想必你經歷了這事之後，也應該不會再認為俺答真的拿你當兄弟了吧。離他遠點，對你自然有好處。」

赫連霸沒有直接回應，問：「第二呢？」

「第二，擒獲趙全的功勞我可以不要，你一會兒把趙全直接送給楊博，作為你對大明友好的表示，這樣我大明也會默許你的英雄門作為一個武林門派在中原武林存在，如果你夠聰明的話，把華山還給展慕白，至少一段時期內可以和中原的正派和平相處。」

赫連霸瞳孔猛的一縮：「**你要我把苦戰得來的華山之地還給展慕白？**」

「展慕白的性格你最清楚不過，只要華山在你的手上，他就是打到最後一個人都要和你死拼到底，甚至可以放下這些年對魔教的仇，專心對付你。他上次敗在你手，是因為過於托大，沒有尋求少林武當和丐幫的援助，這次他不會再犯同樣的錯誤。」

「赫連門主，雖然你這些年靠俺答汗的重金收買了不少各派叛徒，但是以後你就得自立更生了，俺答那裡的金錢支持只怕不復存在，你在中原沒有自己的收入管道，占了一大片地盤卻發不出餉銀，這種情況下還要同時跟魔教與正派兩方開戰，你覺得自己有多少勝算？」

赫連霸眼中光芒閃爍，似乎在作激烈的天人交戰，半晌才咬咬牙道：「你說得不錯，現在不是我逞強出頭的時候，這點我答應你。」

天狼點點頭：「**識時務者為俊傑**，赫連門主，我勸你這次在中原，就好好做你的武林門派，別再想著能引蒙古入關了。邊市一開，連俺答汗自己都不會起這個念頭，更不用說你，如果你有辦法消滅魔教，奪取他們的地盤，照樣可以開宗立派，成為一代宗師。」

赫連霸冷冷地說道：「本座以後如何經營，不需要你來指手畫腳。天狼，這次**我太小看你了，讓我跌了這輩子最大的一個跟頭**，這筆帳，我遲早要跟你算清楚的。」

天狼哈哈一笑：「那我就在中原武林裡恭候赫連門主的大駕，記住，**我只在平安客棧等你一天**，明天日出之時，你如果不派使者，那我們全軍就會強行殺回大同，到時候引發的一切後果都由你來承擔。現在我們至少還算是基於共同利益關係上的同盟，我得趕回平安客棧，好讓你的二弟三弟被安全放回來，如果沒了他們兩個，只怕你在中原立足也很困難吧。」

赫連霸心裡恨得如百爪撓心，臉上卻擺出一副平靜的表情：「那就謝謝你了，一會兒你回去的時候，我安排人把趙全一起帶過去，算是我誠意的表示。」

天狼向赫連霸拱了拱手，算是告辭，走出了鎮外。

赫連霸則召來了火松子，一陣嘰裡咕嚕，火松子無奈地點點頭，挑出三匹駿馬，被綁得跟個粽子似的趙全被橫在馬鞍的前端，火松子親自騎上那匹馬，負責押運。

天狼對火松子笑了笑：「來時你可是裝成死屍，跟這趟全半斤八兩，現在總算能揚眉吐氣了吧。」

火松子咬牙切齒地說道：「李滄行，你別太得意了，以後我自然會和你算這筆帳，你隱姓埋名這麼多年，別人都不知道你的底細，我一定會四處宣揚，讓正邪兩道都來追殺你的，到時候看你還能不能笑得出來。」

天狼不屑地勾了勾嘴角：「火松子，這麼多年下來，你還是一點長進也沒有，只有點小聰明卻沒一點大智慧，難怪你不論到哪裡都只能當人的手下。實話告訴你吧，這次的事情一結束，**我回中原就會換回原來的名字，天狼這個錦衣衛殺手已經成為過去，而我的組織會在江湖上正式崛起。**」

火松子聽得目瞪口呆，他剛才只是嘴上放放狠話，沒想到天狼居然這樣回覆他。稍稍醒過神來後，連忙說道：「你說什麼？你要改回原來的名字？還要自立門戶？」

天狼的語氣中掩不住嘲諷之情：「怎麼了，這很難理解嗎？**正道容不下我天狼，邪派無論英雄門還是魔教都跟我是不死不休之仇，錦衣衛我更是不打算回去，不自立的話，難道還繼續開平安客棧，等著一波波的人找我復仇嗎？**」

火松子不信地道：「不會，你一直是個什麼也不想爭的人，在錦衣衛時，也沒覺得你有什麼權力欲，怎麼一下子轉性了？再說，**你朝思暮想的不就是……**」

天狼的眼珠子突然一紅，殺氣四溢，驚得火松子的馬一陣慌亂，悲嘶一聲，跳著向後退去，連趙全都差點被顛了下來。

火松子好不容易穩住坐騎，怒道：「李滄行，你什麼意思？」

天狼冷冷地說道：「火松子，我最後一次警告你，那件事我早已經忘了。李滄行變成天狼的那一天起，那個人在我心裡就已經死了，而這回天狼變回李滄行，她也不可能再活過來，明白了沒？」

火松子眼中光芒閃爍，嘆了口氣：「**也只有斬斷情絲的李滄行，才能成為真正的霸主**，這點我倒是相信。李滄行，這次我們英雄門在你手上算是一敗塗地，以後山不轉水轉，在江湖上走著瞧。」

天狼面無表情地點了點頭：「隨時恭候大駕。」言罷，在馬臀上重重地抽了一鞭，駿馬長嘶一聲，絕塵而去。

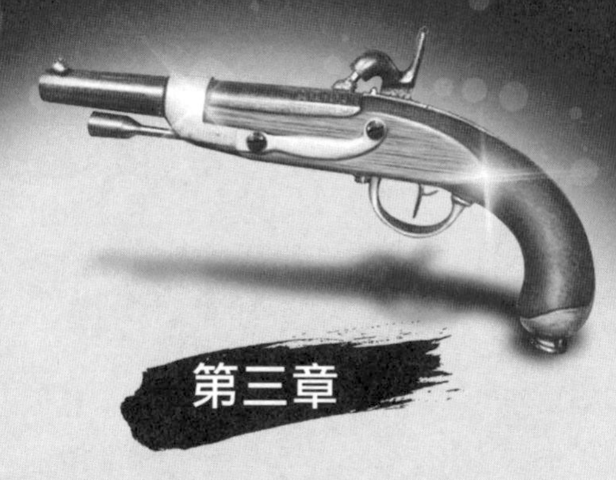

第三章

傳音入密

天狼微微一笑：「這門功夫叫傳音入密，
用胸中之氣振動腹腔，再以內力的形式進入別人體內，
當時阿力哥，也就是百變神君的耳朵很靈，
前面那些話是說給他聽的，你很聰明，
知道在地上寫字和我交流，也演得很逼真。」

傍晚時分，天狼和火松子回到平安客棧，只見這裡已經成了一座巨大的兵營，方圓七八里內淨是連營，一隊隊的遊騎哨探散在連營外幾十里內，大漠中的一切動向盡在掌握。而平安客棧上的那面大旗，也改成了帥旗，一個大大的「楊」字正在迎風怒展。

天狼看了一眼周邊，皺了皺眉頭，這裡雖然已經被楊博的大軍完全控制，卻顯然沒有爆發過激戰，可敦部落的那一萬精騎，十有八九是不戰而退。

帶著心中的疑團，天狼帶著火松子一路馳向平安客棧，捆在馬上的趙全就是最好的通行證，一名副總兵帶著兩人繞過層層哨卡，走進了平安客棧。

天狼昂首挺胸地推開客棧大門，此時的客棧與一天前相比已經徹底變樣，那幾張破桌爛椅全部消失不見，轉而變成了大軍的軍帳，正中間擺著一個巨大的沙盤，上面清楚地標明了這平安客棧周邊的態勢，代表著明軍的紅旗和代表了蒙古各部顏色不同的小旗子在沙盤上星羅旗布。

沙盤前的站著兩人，一人身材中等，戴著頭盔，穿著一身皮質鎧甲，外罩大紅帥袍，面色紅潤，瘦削，深目長髯，年約五十多歲，正是**宣大總督楊博**。

而另一人，穿了一身紅色勁裝，戴著錦帽，鬍子修得整整齊齊，臉色黑裡透紅，國字臉，眼神凌厲，身形壯碩高大，有一種奪人心魄的威嚴，赫然是那錦衣衛總指揮使陸炳。

楊博和陸炳正對著沙盤，聽著身邊的幾名總兵和幕僚講解戰局，不住地點著頭，天狼進門的這一下動靜不小，客棧內所有人的眼光全都投向了天狼。

楊博似是早料到天狼會在此時前來，只淡淡地說了句：「辛苦了。」便又低下頭繼續看沙盤。

陸炳的臉上現出一絲複雜的神情，對天狼點點頭：「天狼，你這次做得很好。」

天狼冷冷回道：「為國家效力，理所當然。不過陸大人，我現在並非是你的屬下，請你以後不要再用這種對下屬的語氣對我說話。」

陸炳的臉上微微閃過一絲不快，轉瞬即沒，他哈哈一笑：「是老夫考慮不周，你我現在各為其主，確實不能像以前那樣稱呼了。」

一直低著頭的楊博眼中突然冷光一閃：「陸大人，我等都是朝廷命官，**主子只有一個，就是皇上**，這種容易引起誤會的話，還是少說為佳。」

陸炳「嘿嘿」一笑，沒有接話。

天狼看了看周圍，沒有看到自己的朋友，也沒有看到把漢那吉，便開口問道：「請問楊大人，我的那些朋友現在何處？」

楊博道：「都在二樓的房間裡守著把漢那吉，現在你把趙全帶回來了，恐怕要分一個房間守著。」

天狼點了點頭，指著身邊的火松子道：「此人乃是赫連霸派來的使者，送趙全過來的，赫連霸答應會安排我們和俺答汗的見面，此事究竟如何處理，還要請你定奪。」

楊博沉吟了一下，道：「勞你回去轉告赫連門主，如果俺答汗同意見面，請於明天午時，在此地南面十五里處的大漠中帳篷相會，雙方各帶十名隨從。另外，為了表示俺答汗的誠意，請他把擋在回大同路上的那兩萬騎兵撤走。」

火松子行了個禮，道：「請問我們英雄門的二門主、三門主他們現在貴方做客嗎？」

楊博搖搖頭：「我率軍到來時，陸大人已經掌控了這裡，黃左使和張右使當時都被他擒獲，可是為了表達我們的善意，我們沒有攻擊可敦部落的軍隊，還把以兩位使者為首的一百多名俘虜全都移交給了可敦的部隊，而他們也平安地得以退去，我想這應該充分表達我們的誠意了吧。」

火松子臉色微微一變：「請問這是什麼時候的事？」

楊博淡淡回道：「是昨天晚上亥時左右的事，當時可敦的部隊想要夜襲平安客棧，卻被我軍早早地掌握了動向，反過來將之包圍，如果當時本督一聲令下，只怕這萬餘蒙古騎兵將會片甲不還。請你回去轉告俺答可汗，要是他以為手上有了三萬人就可以和本督正面決戰，儘管來試試。」

火松子額頭上豆大的汗珠直冒，儘管他對面的這個穿著將袍的文官手無縛雞之力，但那種沉重的壓迫感仍然讓他感受到了巨大的壓力，他擦了擦額上的汗水，行禮倒退而去，幾乎是飛也似地逃離了這座平安客棧。

陸炳看著火松子那個遠去的身影，對天狼道：「赫連霸手下真沒人了？怎麼會派這麼個慫貨來當使者？」

天狼道：「這一戰，英雄門確實損失慘重，左右使者被兩次重傷，鬼聖和四個堂主斃命，精銳殺手損失足有二三百人，加上赫連霸被迫同意讓出華山以示好中原武林。赫連霸想要恢復元氣，至少要兩三年的時間了。」

陸炳的臉上閃過一絲不悅：「天狼，你怎麼引狼入室，答應讓赫連霸的英雄門進入中原呢？他們始終是番邦異族，非我族類，以後很可能會為俺答再次入侵作開路先鋒呢。」

天狼微微一笑：「陸總指揮，你不是一向希望這種**制衡之術**嗎？現在中原武林裡，伏魔盟，丐幫，大江幫，魔教四大勢力已經打得如火如荼，再加一路英雄門，不更符合你**分裂武林，攪亂江湖的那個青山綠水計畫**嗎？」

陸炳臉上閃過一絲惱意：「天狼，這是在討論軍國大事，怎麼能這樣亂開玩笑？青山綠水計畫已經結束多年，再說，當初這個計畫也沒考慮過引番邦勢力進入中原，你休得胡說。」

天狼「哼」了聲，看向楊博：「楊總督，今天為何如此輕易地放走了可敦的人？這下子俺答手頭也有三萬鐵騎了，您就不怕他來個孤注一擲，跟我們決戰，來個反敗為勝嗎？」

楊博微微一笑：「如果他手上只有那兩萬人，倒是還有這可能，蒙古騎兵精銳剽悍，他帶的又是本部精銳，放手一搏的話，勝負難料。再說，要是我軍今夜打這一仗，必定有所損傷，以疲兵對上俺答的哀兵，只怕勝算不大，雖然我也命令大同的守將，如果真的在那裡發生大戰，要速速來援，但兵凶戰危，戰場上的事情誰也說不準，我不想拿幾萬人的性命和國運來冒險。」

「楊總督的意思是，可敦的一萬騎兵去和俺答會合，這些人既然已經撕破了臉，那相互間會像防著仇敵一樣地互相防備，反而不如俺答單純的那兩萬人好使，是這意思嗎？」

楊博用手中的木棍一指南邊的兩色小旗子，十面小黃旗，二十面黑旗，說道：「不錯，這次可敦部落帶兵的是可敦的親侄子怯的不花，現任部落的首領，他本來興沖沖地想來搶奪把漢那吉，借此要脅俺答讓出板升漢人的部落，現在一切都化為泡影，最擔心的已經是如何才能消除俺答的憤怒了。所以他根本不敢直接北歸，而是選擇南下與俺答會合，這樣至少在面子上還算是率兵來援，俺答現在也是用人之際，有這個臺階下，眼下不會公然跟他翻臉，但這兩邊同床異夢，互相防備是毋庸置疑了。」

天狼向楊博鄭重地一拱手：「總督大人果然神機妙算，洞察人心，天狼實在佩服。」

楊博意味深長地看了陸炳一眼，笑道：「陸大人，這次李某搶了你的大功，壞了你的計畫，你可千萬別往心裡去啊。」

陸炳臉上哭笑不得，長嘆一聲，喃喃說道：「幾年心血付諸東流，楊總督，你能明白陸某心中的感受嗎？」

楊博正色道：「陸大人，你的計畫存在了太多的不確定性，可敦雖然答應和你合作，但是隨時都可能算計你，她本來和你約好，會去幫你擒獲趙全，可是大軍卻出現在這裡，你說，如果不是我的大軍趕到，那帶隊的怯的不花會跟你繼續做朋友嗎？他會就這麼放過把漢那吉這個大功，讓你帶走？」

陸炳神情默然，今天可敦部落兵馬的出現，完全出乎他的意料之外，楊博等於救了他一命，現在他本人又身在楊博軍中，已經失去了一切主動權。

天狼看了一眼楊博，說道：「現在趙全和把漢那吉盡在我手，明天楊大人準備如何與俺答談判？」

楊博沉吟了一下，說道：「見機行事吧，趙全是一定要帶回去的，把漢那吉可以還給俺答，算是給他一個面子，也為以後兩邊的進一步通關互市談判打個基礎。畢竟無論是俺答還是皇上，都是極要面子的人，只有相互有了個臺階下，才能讓這件事談得起來。」

陸炳突然對楊博說道：「楊元帥，陸某有一事要與你相商，還請你將左右摒退，只留天狼一人在場。」

楊博皺了皺眉頭：「可有這必要？」

陸炳的臉色變得異常凝重：「非常有必要。」

楊博點了點頭，對著身後的那幫軍官說道：「傳令，全部退下，所有人離客棧百步以外，沒我的命令不得進入。」

所有的軍官在一刻鐘之內全部退出了客棧，二樓的裴文淵等人也架著把漢那吉從房間裡走出，他們個個精神煥發，沒有受一點傷，楊瓊花換了一身綠色的衣服，走在最後，與天狼四目相對，一下子羞紅了臉，低頭匆匆走過。

所有人都離開了客棧，大廳一下子變得空空蕩蕩，陸炳冷冷地說道：

「楊大人，你看這樣如何，由我連夜將趙全從密道中運走，反正你和俺答的談判無論如何，也會把那趙全給送還過來，他不應該被包括在此次的談判之內，至於把漢那吉，就全權由你發落吧。」

楊博看了一眼陸炳，沒有說話，心裡在飛快地盤算著。

而天狼的心中則是無比敞亮：陸炳本來想獨佔這次的大功，甚至為此不惜背著自己和楊博，暗中勾結伊克哈屯可敦，想通過可敦的力量擒獲趙吉，**可惜他棋差一招，沒有算到俺答汗拋棄趙全的果斷程度，更不曾想天狼與英雄門居然能聯手抓獲趙全。**

這一連串的事情，導致原來一直和赫連霸與陸炳同時接觸的可敦最後選擇了倒向赫連霸，準備從陸炳手上硬搶把漢那吉，甚至將陸炳也作為攻擊對象，如果不是楊博及時率軍趕到，只怕此時的陸炳已經性命不保。

可是他不願自己多年的心血付之東流，還是想從楊博手上硬生生搶到趙全，分出一部分的功勞，以免在皇帝面前兩手空空，一無所獲。

想到這裡，天狼「哼」了一聲：「陸總指揮，這些年過去了，你這貪功冒進的性子可是一點沒改，這次是楊大人救了你，你卻反過來要分他的功勞，請問你好意思嗎？」

陸炳的黑臉微微一紅，沉聲道：「天狼，這都怪你，要不是你坑了我，私下跟赫連霸合作，可敦和我計畫好的捉拿趙全的行動又怎麼會失敗？他們沒想到俺答出兵這麼快，已經不可能擒獲趙全了，才只能翻臉攻擊我，想搶回把漢那吉，這一切都是拜你所賜！」

陸炳說到這裡，意味深長地看了楊博一眼：「楊大人，請問你對此事事先知情嗎？」

天狼冷冷地說道：「陸大人，你不必威脅楊總督，他對此事毫不知情，我只是跟他設定了一個由他提前帶兵出關，突襲平安客棧，把趙全和把漢那吉帶回大同的計畫，至於趙全和把漢那吉是怎麼弄到手的，楊總督並不知情，對我們私下裡所做的事情也不聞不問。」

客棧裡的氣氛一時變得異常緊張，陸炳那雙鷹一樣犀利的雙眼死死地盯著天狼，像是要噴出火來，而天狼則毫不示弱地回瞪著他，兩人之間的空氣彷彿都要凝固了。

楊博忽然哈哈一笑，向雙方做出了一個雙手下壓的手勢：

「二位，都是為朝廷效力，諜報工作嘛，自然有時候會生出些誤會，這也是難免。現在我們已經大獲成功了，應該先想著把趙全帶回大明境內，然後讓這三萬將士安然撤回，切不可在此時自亂陣腳，讓俺答有翻盤的機會啊。」

陸炳重重地「哼」了一聲，神情稍稍緩和了些，但依然緊繃著臉，也不扭頭看楊博：「楊大人，那你說此事如何解決？」

楊博笑道：「就依陸大人所說，趙全移交給你，今晚你就從密道離開，等我率軍回大同後，我再上表向皇上說明此事原委，到時候還有勞陸大人將奏章一起帶回京城，面呈皇上。」

陸炳聽到這話，眉頭終於舒展了開來，握住了楊博的手：「楊大人公忠體國，陸某一定會將此間故事如實向皇上稟報。以後楊大人若是有什麼用得著陸某的地方，儘管開口，陸某自當盡力！」

天狼一下子明白了過來，楊博畢竟是邊關重臣，也被皇帝所忌憚與防備，跟嚴嵩的關係更是不算好，這十幾年來嘉靖幾次想招他入朝，都被嚴嵩從中作梗，而陸炳則在嘉靖二十七年時，與嚴嵩聯手害死了當時的內閣首輔夏言和三邊總督曾銑，此後便與嚴嵩結成了同盟，共同把持朝政。

這些事情，天狼當年都曾親身經歷過，往事歷歷在目，而光陰礎砣，自己已早不是當年那個少不更事的毛頭小子，他知道楊博是擔心此事上得罪了陸炳，招致錦衣衛與內閣首輔嚴嵩的聯手報復，曾銑那血淋淋的例子就在眼前。

天狼長嘆一聲，眼珠子一轉，說道：「可是最近的那條密道也被赫連霸早早地偵察到了，如果我們現在去那裡，對方若是設下了伏兵，就有功虧一簣的危險。」

陸炳的眼中閃過一絲得意：「天狼，這幾年你出去的次數太多了，**難道你真的沒注意過，我已經在這裡挖了一條新地道嗎？**」

天狼的臉色一變：「陸炳，你居然敢在我這裡挖地道？」

陸炳的眼睛炯炯有神：「別誤會，你畢竟曾經是我的手下，我不能對你見死不救，你這裡也沒什麼值得我來偷的東西，那把斬龍，你平時也不會放在這裡。你這裡大門成天開著，我挖地道還是走正門，有什麼區別嗎？」

天狼的臉色稍稍緩和了些：「至少你應該知會我一聲，這麼說來，上次你派鳳舞潛入這裡，也是走的地道吧？」

陸炳笑了笑：「天狼，你我不用打啞謎了，**以你的精明，會不知道這裡被挖了地道？會不知道廚房給動過？你只不過一直沒開口罷了**，上次你在交易結束後對著洞裡的我放話，說如果我要找你就直接來，應該就是想和我談談地道一事吧。」

天狼「哼」了一聲，不再說話。

陸炳轉向楊博：「楊大人，那我們就此別過了，你身邊有千軍萬馬，想必我這些人也不需要做你的護衛，咱們大同的總督府再見吧。天狼，你跟不跟我走？」

「跟你走？你能給我什麼好處？此事一了，大明和蒙古的衝突也會告一段落，我可沒興趣跟你繼續摻和朝廷裡的那些破事。接下來，**我會以李滄行這個名字重出江湖，為的就是跟你給我的天狼這個名字一刀兩斷**，你明白了嗎？陸總指揮！」

陸炳的眼中閃過一絲失望：「天狼，你最好好考慮一下，以前有些事，是我辦得不夠好，你能不能給我個機會，咱們聯手，一定可以有一番作為的。」

天狼哈哈一笑：「作為？什麼作為？繼續幫著你跟嚴黨沆瀣一氣，殘害忠良嗎？陸炳，幾年前我肯加入你的時候，是因為當時我以為你雖然不擇手段，但起碼忠心為國，算是個有擔當的男子漢；後來我離開你，是因為你是個徹頭徹尾的懦夫，滿嘴的忠義，真正要你挺身而出時你卻慫了。」

陸炳的黑臉發青，陰沉著臉，卻說不出任何話來反駁。

天狼緩緩地抬起手，指著陸炳：「錦衣衛總指揮使，太子太保，太子少傅陸炳，**你只不過是一個自私的懦夫，這就是你現在在我眼裡的形象**，你可以安安穩穩地繼續跟嚴嵩合作下去，但願你每天晚上睡覺的時候良心能得到安寧！」

陸炳的臉上殺機一現，渾身騰出一股青氣，眼睛變得漆黑一片，手箕張成了爪子蓄勢而發，雷霆萬均般的一擊就在一瞬之間。

天狼看著陸炳，眼睛也變得一片血紅，強烈的紅氣籠罩著全身，連身上的冰蠶寶甲都開始「喀啦喀啦」地作響。

「陸大人，你想清楚了，這次再打，我不會手下留情。」

夾在兩人中間的楊博臉色一沉：「都是朝廷命官，在這裡不要動手，有話好好說！」

陸炳陰森森地說道：「楊大人，這次不關你的事，你不會武功，請你先退出這裡，免得我們打起來會傷到你。」

楊博的頭上汗珠子隱隱出現，內心焦急萬分，卻是一時間想不出什麼好的辦法，只看著兩個怒目相對的男人周身的氣息越來越強，連空氣都緊張地快要爆炸了。

一個銀鈴般的聲音傳了過來：「大人，一切已經準備就緒。」

陸炳微微一震，像是想到了些什麼，渾身上下的氣勢為之一洩，周身濃重的青氣也一下子消散不見，他恨恨地剜了天狼一眼，也不看那個女聲的方向，沉聲問道：「我讓你準備什麼了？」

蝴蝶面具，朱脣烏髮，馬尾沖天，小巧玲瓏的身材裹在一襲黑色緊身衣裡，曲線畢露，正是那錦衣衛女殺手**鳳舞**！

她意味深長地看了一眼天狼，對著陸炳說道：「大人，您不是讓屬下把地道給徹底檢查一遍，然後向您來覆命嗎？」

陸炳「哼」了一聲，仍然是滿臉怒容，可是眼中的殺氣卻已經消散，漆黑的眼睛也重新變得黑白分明，他對著天狼說道：「天狼，你不用在我面前強撐，今天晚上你用過了斬龍，消耗很大，現在動手，你不是我的對手，如果不是鳳舞出聲救你，你現在已經躺下了。」

天狼平靜地回道：「也許吧，但你就是殺了我又能如何？陸炳，你自己很清楚，我剛才所說的句句屬實，你自幼飽讀詩書，知道應該做什麼，什麼是正道，可你從來不去做，因為那條路太難了，太費勁了，不是麼？」

陸炳哈哈一笑：「**你以為你現在投靠的徐階他們又是什麼好人了？**天狼，我在官場上混了四十年，什麼人沒有見過？你說嚴閣老是奸黨，徐階一夥難道又是忠臣了？我勸你最好早點做好心理準備，免得到時候又是希望越大，失望越大。」

天狼微微一笑：「多謝陸大人指教，天狼一定銘記於心。這些年，**我跟著陸大人學到了很多東西，也學會了如何去看人**。放心，這次我會在徹底失望之前就離開的，不勞您提醒了。」

陸炳的臉上一陣青一陣紅，突然扭過頭，對著一直怔在原地，癡癡地看著天狼的鳳舞吼道：「發什麼呆！走不動路了嗎？還不快去提了趙全，全部從地道撤回！」

鳳舞猛的一顫，美目中竟然淚光一閃，向陸炳一拱手，沒有說話，從楊博手裡接過一塊權杖，轉身向著門外走去，帶起一陣幽幽的山茶花清香。

客棧裡的三個人都各懷心事，沒有說話，過了一會兒，鳳舞帶著十幾名戴著龍形面具的勁裝大漢，架著披頭散髮的趙全走進了客棧。

把權杖交還給了楊博後，鳳舞如一陣清煙似地從天狼的面前走過，扭頭凝眸的那一瞬間，眼中盡是無盡的幽怨，一聲輕輕的嘆息清晰地鑽進天狼的耳朵裡。

陸炳冷冷地看了天狼一眼，轉身走向了廚房，而他那如金鐵相交般鏗鏘有力的話語緩緩地飄了過來：

「天狼，**不要為今天的選擇後悔**！」

廚房裡傳來一陣響動，繼而一切歸於平靜。

天狼搖了搖頭，也不看那廚房一下，直接走到楊博面前，向他行了個禮：「楊大人，明天我陪你走一趟。」

楊博搖搖頭：「不必了，有大軍保護，諒那俺答也奈何不了我。倒是你，今天這樣頂撞陸炳，真的沒有事嗎？」

天狼的眼神中光芒閃爍：「我要是怕了他，當年也不會離開錦衣衛了，他自己心虛，所以不敢面對我，不用擔心。接下來我會自立門戶，之所以要用回原來的名字，就是為了斷他讓我回歸的念頭。」

楊博捻了捻頷下的鬍鬚，微微一笑：「剛才那個姑娘好像對你情深意重啊，跟陸炳的關係似乎也不一般。」

天狼嘆了口氣：「**她是陸炳的女兒，嚴嵩之子嚴世藩的妾室，你說我能跟她有什麼情意？**」

楊博臉色一變：「竟有此事？陸炳讓自己的女兒也加入錦衣衛？他跟嚴嵩聯姻我知道，可是嚴世藩怎麼肯讓自己的女人繼續給他當錦衣衛？」

天狼眼中閃過一絲落寞：「**對於陸炳，沒有什麼人是不能利用的，包括他的至親！**至於嚴世藩為什麼肯讓自己的小妾繼續當殺手，我也一直覺得奇怪，但又不可能問他，也許身邊妻妾成群的小閣老並不在乎少一個女人吧，又或者本就是個政治聯姻，作不得數。」

楊博換了個話題：「李義士，你這次回京後，真的就決定從此投向徐閣老那一方嗎？剛才陸炳的話雖然有挑撥之嫌，但也並非全無道理，這些年來，嚴黨與徐閣老為首的清流之間也是爭得你死我活，雙方都是各顯神通，用了不少見不得光的手段，你如果真的為徐閣老效力，也許會失望的。」

天狼苦笑道：「楊大人，我不是什麼義士，多年以來，我一直為陸炳效力，做了太多足以悔恨終身的事情，這雙手也沾滿了忠良的血，即使是現在，我還每天受著良心的譴責。這樣當面罵陸炳雖然讓我一時痛快，但不能讓我的負罪感減輕半分，所以我不會再留在錦衣衛，這個名字讓我噁心。」

楊博臉色微微一變：「徐閣老好不容易才為你謀了這個位置，你若是不留在錦衣衛，又能去哪裡？」

天狼正色道：「其實楊大人也很清楚，從十幾年前開始，**朝中的各方勢力就扶持江湖上的正邪各派，作為自己在江湖上的代言人，嚴嵩父子一直跟魔教相勾結**，這些年來隨著嚴黨勢力的膨脹，魔教的勢力也是穩步增強，現在已經佔據了整個江南的半壁江山。既然我選擇了重出江湖，就想新組建一個門派，招收志同道合之士，從江湖上開始打擊嚴嵩的勢力，如果我進入朝堂，就要去迎合皇帝，那樣太累，也不是我喜歡做的事。」

楊博嘆了口氣，沒再說話。

天狼看著楊博，微微一笑：「楊總督，這次的事情，令嫒也牽涉了進來，事發倉促，沒來得及跟你商量，就置她於危險之中，得罪之處，還請多包涵。」

楊博平靜地說道：「她早已和我斷絕了父女關係，當我知道她是要去找你，就給了她那二十萬兩銀票，因為我覺得你可能會用得著。如果只是她自己的事，我是不會出這錢的。李義士，這點你不要誤會，以後如果她願意跟著你打天下，也只是她個人的選擇，跟我楊博沒有關係。」

天狼心裡明白，楊博是不願意牽涉進他日後和嚴嵩勢力的爭鬥，故而有此一說，笑笑說：「二十萬兩銀票還在楊女俠那裡，我會叫她還給你的。」

楊博擺擺手：「這倒不必了，這次你幫我一個大忙，對國家也立有大功，因為你的這個身分，加上和嚴黨和陸炳的關係，皇上不會明著賞你什麼，這些錢就當我楊博個人獎給為國分憂的義士了。李義士，你最早來找我的時候曾經說過，你是殺手，是專門接委託的，而你的每筆委託都不是無償的，這次雖然是為了國事，但我也不能讓你白忙活一趟，這二十萬兩銀子，就當我對你這單委託的酬金好了。」

天狼哈哈一笑：「楊大人痛快，重金相贈，對我自立門戶無疑是巨大的支持，你的恩情，李某就不推辭了。」

楊博點點頭：「不出意外的話，蒙古這裡的事情會告一段落，如果你有意的話，可以到東南那裡走走，自從汪直和徐海死後，倭亂一直沒有平息下來，這幾年反而越來越凶，聽說隱約也與魔教有關，正是你這樣的英雄壯士發揮作用的地方。我與浙直總督胡宗憲有點交情，如果你需要的話，我可以寫信向胡部堂舉薦你，他畢竟是嚴閣老的門生，徐閣老那裡只怕不好跟他產生什麼聯繫。」

天狼點點頭：「正有此意，明天的談判，大人可以把我那幾個兄弟一起帶去，他們武功和智謀都是一流的，一定可以保護大人的安全。我在這裡還要收拾一下，過幾天正式動身。」

楊博微微一笑：「那我就不打擾李義士了，以後需要幫忙的話，派人持此物來見即可。」說著，從腰間取下一個玉佩，遞給天狼。

四個時辰後，大同城關。

陸炳站在高高的城頭上，看著遠方的下弦月，若有所思，數十里外的沙漠裡，大批的蒙古騎兵正在緊急撤營，一條條火龍蜿蜒著游向北方，顯然是俺答汗的部隊正在撤軍。

鳳舞站在他的身邊，垂首恭立，與這黑暗的夜色彷彿融為了一體，若不是火紅的朱脣和雪白的肌膚，幾乎看不出陸炳身邊還站著一人。

父女二人就這麼各懷心思地站了半個時辰，陸炳才嘆了口氣：「讓你失望了，這次我還是沒有把他帶回來。」

鳳舞的神色很平靜：「那是他自己選的路，以後再見面也許就是死敵，屬下知道該怎麼做。」

陸炳直視著女兒：「別騙爹，也別騙你自己，你是不是一直在恨著為父，毀你一生的幸福？」

鳳舞搖搖頭：「**這就是作為天字第一號特務陸炳女兒的宿命**，沒什麼恨不恨的，從我出生那天起，這些就已經註定了。」

陸炳看了一眼鳳舞：「今天我是以一個父親，而不是以上司的身分和你說話，不然的話，就衝你在客棧裡假傳軍令為他解圍的事，當時就可以殺了你。」

鳳舞低下了頭，幽幽地說道：「屬下知罪，聽憑大人發落。」

陸炳一下子給噎得說不出話來，只能長嘆一聲：「你先回去休息吧，明天見過楊博後，我們還要回京覆命，路上不能出任何岔子。」

鳳舞拱手行了個禮，道了聲是，乾淨俐落地一轉身，風中留下了一絲淡淡的菊花香味。

等到鳳舞的腳步聲消失在遠處後，陸炳轉過頭，對著門樓陰暗的角落沉聲道：「沒人了，出來吧。」

一個魁梧如山的身影從陰暗裡走了出來，下弦月照在臉上，把他那一臉的黃鬚黃眉映得分外明顯，可不正是英雄門主赫連霸！

陸炳的身子前傾，倚在城垛子上，淡淡地說道：「你來了。」

「我來了。」赫連霸走到陸炳的身邊，冷冷地回應了一聲。

陸炳突然轉向赫連霸，笑了起來：「**你敗了。**」

「**你也敗了。**」赫連霸的黃眉動了動，聲音還是冷酷得沒有人性。

「我怎麼敗了？我至少手上有趟全。」陸炳搖了搖頭，他不認為自己敗了。

「可你回去後還是得面對你一生也擺脫不掉的那個陰影，你確信你贏了？」

赫連霸的聲音仍然冷酷，粗渾的豺聲震盪著陸炳的耳膜。

陸炳長長地嘆了口氣，眼神也變得黯淡起來：「如此說來，**還是你贏了。**」

赫連霸露出一絲微笑，一口白牙顯了出來：「這還多虧了你，上次給我的那藥實在給力，大汗都七十多了也能中招，他要是不亂性的話，這後面一連串的事情也不會發生。下次再有給我也弄點，後半輩子的性福生活就靠它了。」

陸炳沒有接話，眼光看向了遠方：「你對天狼，不，以後應該叫他李滄行，印象如何？」

赫連霸平靜地說道：「**這個人必須除掉，要不你我以後不得安寧**。他的才能超過了你我能控制的範圍，若是因為愛才而不肯痛下殺手，遲早會追悔莫及的。」

陸炳看了一眼赫連霸，聲音中含著質問：「可是這回你想連我也一起除掉，這又如何解釋呢？」

赫連霸神情自若：「你如果真的被我這樣幹掉了，那只能說明你不配當我的盟友。陸大人，即使沒有楊博，你也能從地道逃掉，這樣的陸炳才有資格做我赫連霸的盟友。」

陸炳冷冷說道：「那你現在也離開了大漠，不再擁有俺答汗的支持，只不過是個在西北一帶打下了幾處分舵的武林門派掌門，你又憑什麼跟我陸炳平起平坐呢？」

赫連霸哈哈一笑，眼中殺機一現：「**因為我能幫你對付天狼**，不，以後只有李滄行了。」

陸炳沒有說話，看了看城外一望無際的沙漠，自言自語道：「每次我來到塞外，看到這種大漠孤煙直，長河落日圓的景況，總會感到人的渺小，天地的偉大。」

赫連霸點了點頭：「可是我家的大汗和你的皇帝如果來到這裡，只怕會覺得天地的渺小，自己的偉大。所以我們能做朋友，不是嗎？」

陸炳扭過了頭，笑了起來：「對，**我們才是朋友**。」

平安客棧裡。

天狼和楊博道別之後，楊博先行去了軍中，安排明天的談判事宜，借著這機會，天狼決定和自己的同伴們把事情交代清楚。

再次走進平安客棧時，裴文淵等人已經圍著大廳中央的一張圓桌，一邊喝著酒，一邊談笑風生，連楊瓊花也加入了他們的行列，只有柳生雄霸坐在那裡滴酒不沾，一言不發，而展慕白則臉色陰沉，一個人倚著門，不知道在想什麼。

看到天狼時，所有人都停了下來，齊刷刷地看向他，目光複雜。

展慕白瞟了天狼一眼，也不說話，向外面走去，天狼搖搖頭，轉身跟著展慕白而去。

離平安客棧百餘步一處僻靜之地，展慕白停下了腳步，眼裡幾乎要噴出火來：「說，李滄行，你是怎麼知道我那個秘密的。」

「這些年遊歷江湖的時候，聽前輩高人說起過你的這天蠶劍法，以前我還奇怪為什麼你一下子變得怪怪的，現在我全知道了，展大俠，這次事關重大，你性格孤傲，不願意與我們這些人為伍，在下也只能用這種方式要脅，得罪之處還請見諒。」

天狼看到展慕白的手在微微發抖，臉上的紫氣也是忽閃忽沒，知道他正在猶豫要不要向自己出手，淡淡地說道：「就算你殺了我也是無用，江湖上知道天蠶劍法的人不止一個，那位前輩如果知道了你殺了我，肯定就會猜到你是想掩蓋這個秘密，到時候他反而會大肆宣揚，讓世上人人皆知。」

展慕白臉色鐵青，本來伸向劍柄的手卻停了下來，人也一下子跟洩了氣的皮球似的，變得失魂落魄起來。

天狼的臉上閃過一絲同情，他知道面前的這個人雖然性格大變，乖張暴躁，但對他的遭遇也是深深的同情，沉默了一會兒，道：

「展大俠，你我的目的其實一致，回中原後，我也會組建自己的門派，和你並肩作戰，到時候還希望展兄多多……」

天狼的話音未落，展慕白突然吼了起來，英俊的臉突然變得面目猙獰，額頭上的青筋直跳：「李滄行，去你娘的，你別以為你抓了我的把柄就能控制我一輩子，休想！老子死也不會繼續跟你合作的。以後要是讓我聽到那事在江湖上流傳，老子一定會來殺了你！」

展慕白吼完後，也不回頭，直接發足向著遠方奔去，身形之快，讓人目不暇接。

天狼搖搖頭，喃喃道：「對不起了，展兄，這次真的是情非得已，你的事一輩子只會爛在我的肚子裡的，放心吧。」

推開平安客棧的門，天狼發現大家都開始喝著悶酒，全然不復剛才的那種觥籌交錯的熱烈氣氛，而楊瓊花則明顯是最不安的一個人，一看到天狼進門馬上站起了身，轉眼看向了他的身後，卻沒看到展慕白，秀眉微蹙，急急問道：

「天狼，我師兄呢？」

天狼嘆了口氣：「他已經先回去了，楊女俠，這次幸虧你幫忙傳信，要不然我們這些人都是死無葬身之地，還請受天狼一拜。」說著，表情嚴肅，鄭重其事地向著楊瓊花行了個禮。

楊瓊花秀目流轉，看著天狼道：「這次你救了展師兄，我們幫你做這件事也是應該的，但在我走之前，我想問你一件事，那天你是用了什麼辦法，碰我的時候能讓我聽到你肚子裡的話？」

天狼微微一笑：「這門功夫叫**傳音入密**，是用胸中之氣振動腹腔，再以內力的形式進入別人體內，當時阿力哥，也就是百變神君的耳朵很靈，前面那些話是說給他聽的，而真正關鍵的話，我只能透過這種方式和你交流，你很聰明，知道在地上寫字和我交流，也演得很逼真。」

楊瓊花微微一笑：「你的傷可真的嚇我一跳，天狼，要是我受這麼重的內傷，還要用小刀刺破胸口放出那麼多淤血，再在傷口澆上那麼烈的酒，肯定早就痛得大叫了，你居然能一聲不吭，相比之下，我撕些布條幫你裹傷，順便幫你演演戲騙那百變神君，又算得了什麼呢。」

天狼擺了擺手：「那也是沒辦法的事，金針掌那一下本來能讓我半個月不能運功的，我還是低估了黃宗偉的反擊實力。楊女俠，以後聯手合作的事情，還麻煩你多勸勸展大俠，這是正事，不要被私人恩怨所左右。」

楊瓊花點點頭：「我心裡有數，展師兄如果實在過不去心裡這個坎，我也會全力支持你的，放心。」

楊瓊花說完，嘴角勾了勾，似乎還有話要說，但一撞上天狼那一下子變得冰冷的眼神，便嘆了口氣，向眾人行了個禮，轉身出門。

天狼走到桌前，坐到剛才楊瓊花的位置，看著沉默的眾人，道：「今天大家是怎麼了？打了勝仗還不高興嗎？」

鐵震天不平地道：「大家不知道你是怎麼想的，做完這次的大事，你什麼也沒得到，功勞讓那姓楊的官得到，不僅開罪了英雄門，還拒絕了陸炳，**你究竟圖的是什麼？**」

天狼眼中光芒閃爍：「**圖的是對一個真正男人的承諾，解決蒙古問題，懲罰叛徒是沈兄臨終前的遺願**，我發誓一定要做到的。」

不憂和尚搖搖頭：「沈大人雖然是被人栽贓，扣上了私通白蓮教，勾結蒙古的罪名而被害死，但趙全也好，俺答也罷，不過是他們手中的工具罷了，真正的元凶並不是他們，天狼，與他們為敵，你考慮過結果嗎？」

天狼的臉上浮現出堅決如鐵的神情，他的聲音不高，但透出一種絕不後退的堅強意志：「這三年來，我每天都在考慮這個結果，所以我現在的決心就是**除奸黨，滅邪魔。這條路註定艱辛，也充滿了危險，但是即使只有我一個人，也會走到底。**」

他掃了一眼在座眾人，微微一笑：「各位都是我李滄行的生死兄弟，這次肯來，李某已經感激不盡了，也不敢要各位繼續幫下去，明天護衛完楊大人，大家就回去吧，李某心裡記著各位的恩情。」

鐵震天哈哈一笑：「李滄行，你也太不把我們當兄弟了吧，既然你話說到這份上了，我們要是還抽身走人，那不全成了貪生怕死之輩？再說了，**你的那個敵人也是我們的敵人，我們大夥兒都跟他們有著不死不休之仇，幫你就是幫自己。**」

鐵震天緩了緩，說道：「賊婆娘當年要滅我鐵家莊，要不是當年被你所救，現在的鐵震天已經與莊同亡了，她現在入了魔教，我一個人根本無力向她復仇，只有靠你。你現在換回了原來的名字，又說要自立門戶，鐵某在江湖上混了幾十年，朋友故舊還是有些，我這就回去拉人，一個月後，這裡碰頭。」

天狼點點頭：「有勞鐵大哥，**神掌堂**就交給你了。」

鐵震天哈哈一笑，起身大步而行。

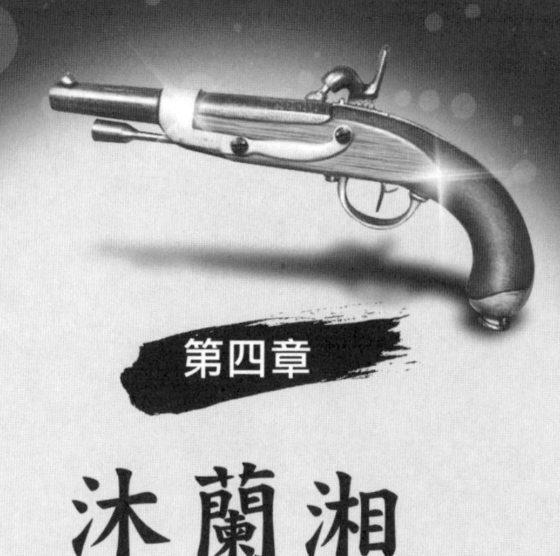

第四章

沐蘭湘

武當為幼年弟子們蓋了兩進院落，
雖然武當武功不太適合女子修煉，
但沐蘭湘身世可憐又無處可去，
所以玄沖道長特許黑石帶女上山，
這也是多年來武當收的第一個女弟子。

不憂和尚的濃眉動了動：「我的情況你也清楚，現在寶相寺落到了魔教手中，少林又不肯出手援助，其實我這次來，本來還想借助你錦衣衛的力量來復寺，現在你肯自立，那就更好了。散落在江湖的師兄弟們還有不少，跟我也有聯繫，不嫌棄的話，我也去聯絡他們。」

天狼微微一笑：「一個月後，也是這裡碰頭，先暫時叫**寶相堂**吧，以後我們收復了那裡，你可以重新自立，我不是陸炳和赫連霸之流，只想著別人臣服於自己，做自己的屬下，**記住，我們是朋友，應該互相幫忙**。」

不憂站起了身，鄭重地向天狼合十行禮，然後身形一動，瞬間消失在門外。

天狼的目光落在錢廣來的身上，突然「嘿嘿」一笑：「胖子，這回又要你破費了。」

錢廣來的臉立馬做出一副痛心疾首的模樣，拿起了金算盤，劈哩啪啦地打了一通：「奶奶的，我可是一眨眼幾十萬的生意，這次跟你做這一票，一點好處也沒有，加上來時路上的時間，損失足有二十萬兩銀子，楊瓊花的錢在我這裡，就拿這錢頂帳了！」

天狼哈哈一笑：「好啊，以後所有的錢都歸你管，你管錢，我放心。」

錢廣來的笑容慢慢地從臉上消散，表情也變得嚴肅起來：「不開玩笑了，看你這意思，是要來真的，招兵買馬，建立勢力都需要錢，這二十萬恐怕不夠，我現在回去籌錢，一個月後，會帶著足以支撐你行事的經費來這裡。」

天狼嘆了口氣：「能讓你這愛財如命的傢伙這麼大出血，真不容易，記得給自己多留點，我這人花錢手腳大你也知道，你管帳也別把自己的生意弄破產了。回來以後，**金銀堂**就勞你費心啦。」

錢廣來臉上兩堆肥肉跳了跳，一邊走一邊說道：「唉，這回棺材本兒也要賠進去嘍！」他的身形很快消失在門外的夜色之中。

歐陽可冷冷地說道：「李兄，我沒有那幾位的家底，奔馬山莊給滅了這麼多年，我早已一無所有，除了阿慈，我拉不來什麼人，只能有力出力了，你信上所說的可是事實，**陸炳真的沒有參與那次滅莊之事？**」

李滄行點了點頭：「雖然我和陸炳也是深仇大恨，但沒必要在這事上為他辯解，當年陸炳是反對上門威脅歐陽兄的，可是達克林恨你們不去援救，堅持要滅莊，陸炳沒有給他派人，他就走了魔教的路子，所以如果你要報仇，還得衝著魔教才是。」

歐陽可深深地吸了一口氣：「李兄，我聽你的，其實不管是錦衣衛還是魔教，都不是我現有力量能報仇的，剛才老鐵說的沒錯，幫你就是幫自己，我這次出來就直接來你這裡了，其實西域這裡我還有些朋友，一個月的時間，招來一兩百人問題不大。」

李滄行笑了笑：「下次記得帶上夫人，多年沒見了，看你越活越年輕，她還好吧。」

歐陽可的臉色微微一變：「你下次見到就知道了，對了，沐姑娘她……」

天狼的眼中閃過一絲酸楚：「我說過了不要提她，再說了，她現在是徐夫人，跟我又有什麼關係？」

歐陽可嘆了口氣：「怎麼會弄成這樣，我剛出來時聽說這事，都不敢相信自己的耳朵，裴兄也不相信吧。」

裴文淵看著李滄行：「當年我聽到那事時，還跑到武當她的婚禮上大鬧了一場，最後給打出去的。滄行，你說得對，她不值得你愛。」

天狼木然道：「多謝裴兄，當時你的所作所為我看到了，我也在場，真的很感激你，**這個女人我不想再提了。以後立派後，我也不想和武當有什麼往來**，若是他們找我的話，到時候麻煩你代我出面吧，面子上不傷和氣就行。」

裴文淵微微一笑：「這個我在行，我想要什麼你最清楚不過，多的不敢說，百十來個朋友還是可以拉到的，我現在動身，也是一個月後在這裡和你碰頭。」

裴文淵和歐陽可站起了身，向天狼作別，兩人直接施展輕功，一閃就出了門，幾個起落就消失不見。

大廳裡只剩下天狼和柳生雄霸兩人，柳生雄霸自始至終就沒說一句話，也沒有動過，彷彿一尊石佛，等到別人全部走完，他才問：「那個在你心裡的女人，沒了？」

天狼平靜地說道：「沒了，所以這次你再跟我比武的話，我也不會分心了。」

天狼看了眼柳生雄霸，突然微微一笑：「你的武功真的進步很多，我沒想到這次你一個人就擒下了黃宗偉和張烈兩人，還沒有傷到他們。就算和你真打，我現在也沒贏的把握。」

柳生雄霸冷冷地說道：「他們都受了傷，而且那時候陸炳帶了人突然出現，他們心虛了，發揮自然打了折扣，我這次勝他們，不值得吹噓。」

天狼點點頭：「所以**只有跟我比武，才是你現在最渴望的事吧。**」

柳生雄霸緊緊地盯著李滄行的雙眼，半晌，才嘆了口氣：「**不用比了，我認輸。**」

李滄行「哦」了一聲：「為什麼會這樣？你苦練十年，現在你的**天風神取流**已經至少到了第八層，肯拋妻棄子來中原，不就是和我比武嗎？」

柳生雄霸搖了搖頭：「第一，我打不過你，你已經可以自如地控制斬龍，我的天風神取流沒到第九層，就算打，也不是你對手，這點我清楚。」

說到這裡，柳生的眼裡突然閃出了一絲淚花：「第二，我已經沒有家了，不是我拋妻棄子，而是**上泉信之**那個狗東西在我練功閉關的時候殺我全家！他現在跑到嚴世藩那裡了，化名**羅龍文**，我這次來，**一半是為了幫你，一半是為了要你幫我報仇**，現在你懂了嗎？」

李滄行握住了柳生雄霸的手，緊緊地搖了搖，卻是一言不發，這個事情他早已經知道，但是他更清楚，只有等到柳生自己說出來，眼前的這個東洋男人才會徹底地向自己打開心結。

柳生抹了抹眼睛，居然露出了一絲笑容：「好像五歲以來就沒哭過，讓你看笑話了，你的那些朋友很不錯，也能招來幫手，**我卻只能把自己交給你**，不過你聽著，**若有一刀一劍加諸你身，必是背後的我已經爛如血泥**，明天過後，我就會回到這裡，這個月我會找你天天切磋的。」

柳生雄霸說完，風一般地消失在門外，只剩下李滄行一個人坐在桌前，微微地發愣。

回到了自己那個只有一張床的房間，李滄行脫下了穿了一天的冰蠶寶甲，兩罈七月火的熱力剛好支持到一刻鐘以前，他胸前那濃密的胸毛上已經結了一層淡淡的霜凍，亮晶晶的，就像早晨的露珠。

李滄行嘆了口氣，拿起床頭的一罈七月火，打開封泥，狠狠地灌了幾口，強烈的酒精刺激不僅讓他丹田火起，也讓他的思維變得有些混沌。

這些年來，他越來越需要酒精的麻醉才能入睡，而那些極力想要忘卻的往事，卻總是在這樣夜深人靜的時候一樁樁地浮上他的心頭。

小屋，一名全身縞素的女子坐在一張床旁，烏髮如雲，脖頸細長，即使只留下一個美麗的背影，也足以讓人心動，她一直在低聲地啜泣著，不停地抬手拭去臉上的淚痕。

床上有一具殘缺不全，裹著厚厚繃帶的肢體，繃帶上貼滿了各種奇形怪狀的符咒。女子輕輕地撫摸著這具肢體，淚如雨下。

對面，一架古色古香的琴後，坐著一位仙風道骨的長者，鶴髮童顏，長髯飄飄，神情嚴肅。

長者沉聲問女子道：「**一旦開始，就不能停下了，在那個世界裡，他依然會傷，會病，甚至會死。你可曾想好了，不會後悔？**」

女子咬著嘴唇，望了一眼那肢體：「**不悔，今生我欠他太多，這一次，換我來愛他。**」

長者的長鬚無風自飄：「他可能會結識許多女子，未必會愛上你。」

女子看著床上的肢體，眼中盡是柔情蜜意：「**即使我化身一座青石橋，看他每天從上面走過，我也心滿意足。**」

那長者嘆了口氣，眼中閃過一絲不易察覺的複雜神色，說道：

「**他這身傲視天下的武功會被封存，不能再使出，同時被封存的，還有他這一世的記憶。**那個世界中，他會把這一世的事情重新經歷，也會遇到新的挑戰，如果他對你真的有那麼深情，也許偶爾會夢到你。」

「這些都我知道，**他對我不離不棄，我必對他生死相依。**」女子抬起頭來，兩行清淚已成小溪。

長者的手指搭上了琴：「那我們開始吧。」

強烈的琴聲突然響起，震得人腦袋像要爆炸一樣，李滄行猛的坐起了身，卻發現渾身上下已經濕透。

*****

「滄行，滄行。」

李滄行睜開眼，鼻子裡是一股刺鼻的藥味，轉頭四顧，這是間普通的單室小屋，自己正躺在一張床上，室內只有一張八仙桌，兩把凳子，桌子後面有張榻，靠窗邊有張小書桌與一把坐椅，對面放著一個小書架。

八仙桌的邊上，放著一個小火爐，火爐上擺著一個藥壺，爐火正旺，壺嘴裡噴著濃濃的藥味。

李滄行的面前出現了一張中年道人的臉。此人四十歲上下，五官周正，頷下一縷山羊鬚，右眉上方有一顆指甲大小的肉瘤，眉目間有一種難以名狀的深沉感，他右手拿著一把蒲扇，剛才應該正在為自己煎藥，一臉關切地望著自己：

「滄行，你終於醒了啊，感覺如何？」

李滄行心中一陣感動，笑了笑：「師父，徒兒好多了，不知道徒兒什麼時候可以下床練武呢？」

道人的眉頭舒展了開來，拉過李滄行的一隻手，把起脈來，眼睛微微地瞇著，過了一會兒才睜開眼：「你的經脈無礙，腦後的淤血在五天前剛受傷時也被取出，現在如果神志正常的話，明天就可以練武了。」

李滄行急不可待地抓住了道人的手：「師父，徒兒的腦子好使得很，若是不信，徒兒現在就把丹田吐納功的心法背給您聽。」

道人笑著搖了搖頭：「你先說說為師是誰，你又是誰，今年是何年何月，此處又是何方？還有，你是如何受傷的，說對了，為師就認定你的傷好了。」

李滄行的臉上寫滿了興奮：

「**徒兒名叫李滄行，今年是大明嘉靖十五年，徒兒今年十歲，這裡乃是武當山，您是徒兒的師父澄光真人**。至於徒兒受的傷嘛，那是五天前的夜裡，徒兒在做夢的時候也想著練武的招式，一個鯉魚打挺摔到了地上，後腦勺著地，一直暈到現在。」

澄光真人「哦「了一聲：「你這幾天一直在昏迷，怎麼會知道自己是如何受的傷？」

李滄行道：「雖然徒兒沒力氣說話，甚至睜不開眼睛，但是師父和紫光師伯還有玄沖師祖的話，徒兒都聽得一清二楚，都怪徒兒執念過重，才會害師長們擔心，還請師父責罰。」

澄光哈哈一笑，拍了拍李滄行的肩膀：「無妨，你肯用心練功，那是好事。再過兩個月就是中秋，今年的中秋宴前，要由玄沖師祖考量你們每個弟子的功夫進展，你是大師兄，到時候一定要好好表現，明白了沒？」

李滄行高興地點點頭：「徒兒明天就去練功。」

澄光滿意地道：「好徒兒，你今天就在為師的房裡好好歇息，明天一早就來練功場用功，一切照舊，為師不會因為你傷勢初癒而手下留情的。你可要做好心理準備。哦對了，過會兒別忘了喝藥，剛熱好的，冷了喝沒效果。」

澄光說完，便離開了房間，只留下李滄行一個人在床上。

喝完藥，強烈的苦感讓李滄行幾乎想吐，但他還是忍住了，躺下來，腦子裡開始回想，這裡乃是武當山，當下是明朝中葉嘉靖十五年。

武當乃是元初奇人張三丰所創，至今已有兩百多年歷史，明成祖朱棣登基，推崇武當道教，調集民工三十萬人，用了十三年時間，在武當山修建了三十三處建築群，號稱八宮、二觀、三十六庵堂、七十二岩廟、十二祠、十二亭、三十九橋等，綿延一百四十多里。

武當山的建築格局均依經書上的真武修仙故事，由工部設計而成。至今紫霄宮正殿梁上仍有大明永樂十一年、十二年聖王御駕敕建的字跡。三天門絕壁上則有「一柱擎天」四個大字，蔚為壯觀。天柱峰頂太和宮又稱金殿，殿中供奉張三手銅鑄鎏金坐像。

數百年來，武當派人材輩出，已經成為與少林齊名的中原名門正派之首，門下弟子數以百計。

澄光道人乃是武癡，自幼好武，遍訪明師學得一身武藝，三十歲上帶藝投入武當派，成為掌門玄沖道人之徒，現與紫光、黑石二人同為武當長老。

而自己叫李滄行，今年十歲，是澄光道人在十年前上武當山的路上撿到的一個孤兒，自小在武當長大，五年前開始學藝。

李滄行也因此成了武當現在第三代弟子中的大師兄，因為澄光上山時，紫光和黑石等人都還沒來得及收徒。

武當一向很少收帶藝投師的門人，更不用說帶著一個嬰兒上山的，但當年玄沖真人卻力排眾議，將二人一起收留，多年來對澄光師徒二人的非議一直沒有中斷，而李滄行也為此發憤習武，就是想為自己的師父爭一口氣。

李滄行在床上輾轉反側，一時難以入睡，突然懷念起自己的那幫師弟來，也不知道自己一別五天，這幫傢伙有沒有好好練功，窗外的一輪明月當空，正好可以照著自己回弟子房一趟。

李滄行穿好外衣，輕手輕腳地出了門，發現這個專門供長老居住的別院裡，共有十幾間如澄光房間大小的單人房。

他不敢多停留，出了院門後，沿著右迴廊一直走了約半炷香時間，到了一處寬大的廣場，正是武當紫霄宮正殿前的練武場。

廣場西側則為一處院落，乃是自己這樣的三代小弟子們居住的別院。

李滄行一路走來，稍一思索便頭痛欲裂，他就這樣半夢半醒地狀態踱進了院中。

突然聽聞腦後有風聲，想要閃身卻已來不及，緊接著眼前一黑，雙眼似被人蒙住，一個稚嫩又熟悉的聲音在說：「猜猜我是誰？」

李滄行拉下了蒙在眼上的雙手，正待發作，回頭一看，原來是一個七八歲的小姑娘，皮色白潤，面目姣好，生得甚是靈秀，一雙水汪汪的大眼睛烏溜溜地盯著自己在轉，嘴脣倒是略有點厚。

不知為何，李滄行突然有一種似曾相識的熟悉感覺，脫口而出：「小師妹。」

那姑娘嚇了一跳，道：「你，你是怎麼知道我的？今天是爹爹第一回帶我上山哩。」

李滄行自己也有點吃驚：「你爹爹？是黑石師伯嗎？」

原來李滄行白天在澄光房中半夢半醒時，依稀聽師父和師伯提起過此事，武當門規甚嚴，自從二代俗家掌門宋遠橋教子不慎，出了一個叫名叫宋青書的欺師滅祖叛徒後，武當就定下門規：弟子凡藝成後，需要選擇是入道還是下山，入道則不能結婚，一輩子需要留在武當效力，下山則從此與師門無關，除非師門遭大劫，發江湖帖時方可回師門助拳。

如果已入道的弟子有朝一日想結婚，可以選擇一處下院前往，但不得再擔任門派的實權職務。現任武當掌門為玄沖道長，長老級別的還有紫光，澄光，黑石，紅雲，青風，明月等七八位二代弟子。

黑石師伯俗家姓沐名元慶，本已下山離派，與峨嵋派女俠紀曉君共伴江湖，後因行走江湖時，因為行俠仗義殺了魔教的一位香主，導致魔教中人趁紀女俠產後虛弱時大舉來犯。

沐家一夜間老少數十口全部被殺，只有沐元慶帶著只有幾個月的女兒沐蘭湘逃出重圍，而紀女俠則死在魔教長老向天行的三陰奪元掌之下。

遭此血海深仇後，沐元慶將女兒寄養在紀家，自己則回武當重新入道，道號黑石，他日夜苦練武功，只盼有一天能為全家報仇。

前些日子紀老太爺因病去世，沐蘭湘的舅舅一向不太待見這孩子，黑石便趁著奔喪的機會，把女兒也接上了武當。

武當立派之初，原則上是不收小孩子，也不收女弟子的，最早的第二代弟子如武當七俠，全都是成年後才被張三丰收入門下。近幾十年以來，武當在江湖上名氣越來越響，官宦人家攜數千兩香火錢帶著幼子上山求藝的也越來越多。

自玄沖道長接掌武當開始，武當就專門為這些幼年弟子們蓋了兩進院落，雖然武當武功不太適合女子修煉，但沐蘭湘身世可憐又無處可去，所以玄沖道長特許黑石帶女上山，這也是多年來**武當收的第一個女弟子**。

李滄行白天聽師父說起這事時，就覺得自己對這女孩有一種說不出的感覺，好想保護她。這時見到了女孩本人怯生生地盯著自己點頭，更是從心裡有種想要一把將她摟進懷中的衝動。

這時房門大開，二十幾位小師弟們奔了出來，嘴裡都喊著：「大師兄，你可回來了。」

李滄行一看，那瘦高瘦高的是虞鐵成，胖胖的是王家仁，拖著鼻涕抱著他腿的是辛培華，還有圍著他的有梁小發、應昌期等。

李滄行給他們搖來晃去的，骨頭都快散架了，大叫一聲：「再搖我就惱了。」師弟們這才停手。

只聽虞鐵成道：「大師兄，你前些天夜裡睡覺時又在練功了，結果一個鯉魚打挺，後腦勺著地，一下就暈過去了，當時可把我們給嚇壞了，後來師父師伯們都來了，還從山下請了大夫，說你沒事大家才放了心。這些天你不在，兄弟們練功沒人帶，都沒精打采的，全想著大師兄哪天才能回來呢。這下可好，明天又能一起練功啦。」

王家仁接過話：「虞師兄你真是的，大師兄剛下床還沒恢復呢，練什麼功啊，該讓大師兄好好休息，完全復元了再說。」

這時個子最小、輩分最低的辛培華突然來了句：「大師兄，這位小師姐是黑石師伯的女兒，下午才來我們武當的，師叔們說是去幫她收拾一個新房間，紫光師伯讓徐師兄去陪她。對了，沐師姐，徐師兄呢？」

這時眾人才想起小師妹還在一邊。

沐蘭湘突然放聲大哭：「徐師兄壞壞，他說給我捉蟲子玩，結果到現在都不回！他還說武當山上夜裡有妖怪，專門吃小女孩，我只要一跑出這個院子，妖怪就會來捉我，嗚哇……」

沐蘭湘邊哭邊指李滄行：「大師兄也壞，穿的衣服跟徐師兄一樣，害我以為是徐師兄回來了，空歡喜一場。我不管，我要蟲子玩。」

李滄行不禁心中默然：師弟**徐林宗**乃是現浙江按察副使**徐階**的兒子，自幼送上武當修煉，成為**未來掌門紫光真人的嫡傳弟子**，他生性機靈，好武成癡，悟性極高，多半是誑了這女孩在這裡等他，自己跑去獨自練功了。

想到這裡，李滄行對沐蘭湘道：「小師妹莫哭，徐師弟一定是為你捉蟲子去了，一會兒我們師兄弟都去找徐師弟，要是他沒捉到蟲子，我明天幫你捉一隻來便是。」

「真的嗎？大師兄真好，謝謝啦！」沐蘭湘破涕為笑，「只是現在天這麼晚了，能不能把徐師兄先找回來，我怕外面的妖怪把他捉了去。」

這時外面傳來一個威嚴的聲音：「誰說我們武當山有妖魔鬼怪了？」

眾人隨著話音望去，但見一位鷹鼻闊口，濃眉大眼，不怒自威的中年道人踱了過來，小弟子們紛紛跪下，嘴裡說道：「恭迎黑石師伯。」

李滄行扭頭一看，也連忙跟著跪了下去。

只聽得黑石「哼」了一聲，威嚴的目光從一個個孩子們發著抖的背上掃過，最後停在李滄行的身上：

「滄行，你這一跤摔得連我都不認識了嗎？身為大師兄，還沒有師弟們懂禮數，成何體統！而且，你現在應該躺在你師父的房裡，卻又偷跑回這裡，這已經是違背本門戒律，本該罰你思過一天，姑念你剛醒來，權且記下，下次若再犯戒律，二罪併罰。你可服氣？」

李滄行忙道：「弟子知錯，謝師伯。」

也不知為何，他對這黑石有種說不出的愧疚和畏懼，戰戰兢兢，汗不停地從每個毛孔向外湧，身上的衣服瞬間已經濕透。

黑石臉色一沉問道：「滄行，你身體還沒好嗎，怎麼如此出汗？」

李滄行不敢抬手去拭臉上的汗水：「弟子也不知，只是汗出如漿。」

「撲嗤」一聲，有人笑了出來。李滄行稍一抬頭，發現沐蘭湘正用手捂著嘴在笑。

「爹爹，你看這人多好玩，我可是頭一次看到有人出汗能出成這樣呢。」

黑石訓斥女兒的聲音明顯比剛才柔和許多，但仍然帶著威嚴：「蘭湘，休得對師兄無禮，等爹回去後再教訓你。」

沐蘭湘一聽此話，立馬又放聲大哭：「娘啊，爹又欺負我。娘啊，你在哪裡。」

黑石怒道：「再哭明天就沒飯吃。」可是沐蘭湘哭得只是更厲害了。

眾弟子平時受黑石責罰皆多，此時都心中竊喜，原來黑石師伯也有個如此扎手的女兒。

突然，沐蘭湘不再啼哭，李滄行再抬頭一看，只見一個和自己年齡相若的少年，正站在院子口，這少年生得白淨挺拔，一雙眼珠子也是滴溜溜地轉，靈氣逼人，懷裡抱了隻通體黑色，毛茸茸的小狗。

黑石轉身對這少年說道：「徐林宗，你師父叫你陪蘭湘四處走走，你為何將她一人留在此處自己離開？滄行病了以後，你就是同班師兄弟裡輩分最高的，你就是這樣給大家做表率的嗎？」

徐林宗嘻皮笑臉地說道：「黑石師叔，小師妹剛來時哭喪著臉，悶悶不樂的，哪有心思遊覽我武當！再說，黑燈瞎火的也不安全，我就讓她在這裡好好待著，我去給她找點樂子。您看這小狗多可愛。」

沐蘭湘眼見那小狗毛茸茸地一團縮在徐林宗懷裡，嚷嚷著說要抱。

黑石怒道：「成何體統。越來越不像話了，難道你當真不怕師叔嗎。看看滄行是怎麼認錯的。」

「知道呀，戰戰兢兢，汗出如漿嘛。」

「那你呢？」

「師叔，我是戰戰兢兢，汗不敢出呀。」

此話一出，跪在地上的弟子們一下子哄堂大笑，辛培華更是笑得在地上打滾，眼淚都流出來了。連李滄行也強忍著沒笑出聲來。

黑石氣得滿臉通紅，斥責道：「徐林宗，別以為紫光師兄寵你我就不能治你了，哼。」他一甩袖子，拉著沐蘭湘轉身就走。

沐蘭湘走時，一臉崇拜地盯著徐林宗看，徐林宗趁黑石不注意，向沐蘭湘做了個鬼臉。

李滄行忙拉著徐林宗跪下，順便跟師弟們使了個眼色，大家齊聲道：「恭送黑石師伯。」

等黑石父女走遠後，徐林宗把小狗向辛培華懷裡一扔，扶起李滄行道：「大師兄，你還好吧，這幾天可把我們擔心死了，我估摸著你快醒了，這才把小黑抱來，上次可是你先發現牠的，我想你看到牠一定會喜歡。走，我們進屋裡慢慢說。」

大家擁著徐林宗回了弟子房，李滄行跟在後面，突然間心裡有種莫名的失落，適才汗又出得太多，這會覺得有點口乾，便自己一個人坐在桌邊喝起水來。

只聽眾師弟們你一言我一語地問這小狗從哪來的，徐林宗從人群中探出頭來對著他說：「大師兄，這是我們上次碰到的小黑啊。」

李滄行想起這隻小狼，半個月前他和徐林宗到後山玩，發現張獵戶的陷阱裡有一隻死掉的母狼，這隻小黑正在母親的屍體邊哀號。

本來張獵戶想連牠一起殺了，還是自己跟張獵戶說，既然已經殺了牠媽媽，看這小狼好可憐，放了牠是積德行善呢。事隔兩個月，沒想到徐林宗居然把牠抱了回來，看來這小黑已經比當時大了一圈，但仍然是一副病懨懨的樣子。

此時梁小發突然插了一句：「師兄，帶隻狼回來不太好吧，要是師父師叔知道了，大家都要倒楣的。」

徐林宗看了他一眼，說道：「怕什麼，有啥事我一個人擔著，不會連累到大家的，你們別說出去就行了。」

大家都不滿意地看著梁小發，嘴上紛紛說一定會守口如瓶的。

在李滄行回來前，眾師弟本已睡下，折騰了這麼久，大家都有些倦了，於是又紛紛睡下。

弟子房裡沒有單人床，乃是兩張通鋪，武當雖處湖北，但山高兩千多米，秋冬時山上也有些寒涼，長老們考慮到小孩子身體虛弱易得病，則在弟子房裡建了這一溜長炕，可容納三十餘人一間，春夏時作通鋪，秋冬時則可生火為炕。

李滄行的床是在最外頭的一個，與徐林宗緊挨著，他看著師弟們睡下後，坐到了自己的床沿上，發現徐林宗還抱著那隻小狼。

李滄行悄聲道：「徐師弟，適才梁師弟說的有理，養狼終歸不太妥當，我看明天還是找個時間放了吧。」

「大師兄，你們的擔心我都知道。可你看這小黑這麼小，又沒了娘多可憐，我今天去上次撿到牠的地方時，牠一直趴在那裡不動，快餓死了，要不是我抱牠回來，又偷偷到廚房餵了牠一碗稀飯，牠就沒命了。師父說，我們修道之人，要先修人道再求修道，見死不救還談什麼人道呢。」

李滄行嘆了口氣不再多勸：「我會幫著你一起瞞下這事的，要是師父責罰下來，我跟你一起擔著。」

徐林宗感激地看著他，道：「我就知道從小到大你都會幫著我的，這次也不會例外。我答應大師兄，小黑長大了我會放生的，絕不連累大家。」

那小狼似乎聽懂了兩人的話，湊過來舔了舔李滄行的手。

李滄行摸了摸小黑的腦袋，對師弟們說了句：「明天早晨別忘了練功。」然後便轉身出門。

李滄行回到了長老別院，澄光依然不在，黑石的那個房間的窗戶紙上能照出小師妹的影子，李滄行鑽進了師父的房間，溜上床，蓋緊被子，這才感覺頭又有點暈，很快便睡了過去。

這一夜李滄行睡得很踏實，沒再做夢，一覺醒來，屋子裡已經灑滿了晨曦，武當小弟子每天卯時需要到殿前的廣場練紮馬步一個時辰，李滄行暗怪自己睡得太沉，趕緊起來穿好衣服，匆匆刷了牙，連臉都顧不得洗，就一路奔到廣場。

當李滄行到場時，只見徐林宗已經站在領隊的位置上，帶著師弟們紮馬，大家一個個運氣凝神，雙腿紮馬，兩手握拳放在腰間。

此時正值初春，天氣還未見暖，大家均穿著練功單服，在山風中小臉凍得通紅，但每個人都如松柏一樣紋絲不動。

依稀的晨光裡，可見每人地下放了幾塊數量不等的磚頭與兩根麻繩。在隊伍最左側的排頭位置，放了八塊磚頭而沒有人站著，那顯然就是李滄行自己的位置了。

李滄行感激地看了一眼徐林宗，快步走到那位置，深吸一口氣，開始紮起馬來，心中默念武當入門心法——丹田吐納功的口訣，他的腦子開始漸漸空明，而周身的寒冷也漸漸地覺察不到了。

約莫半個時辰後，只聽徐林宗喊了一聲：「收。」小弟子們紛紛收起姿勢，一個個跌坐地上，揉肩捶腿起來。

李滄行覺得四肢雖有些酸軟，卻沒什麼太大的反應，看後排辛培華、應昌期等幾位年紀最小的師弟們叫得最響，他主動走過去幫幾位師弟做些推拿舒筋的功夫。其他幾位年長的弟子如徐林宗、梁小發等，也都各幫著幾位小師弟推拿筋骨。

過了半炷香時間，徐林宗又回到領隊的位置，喊了聲「歸」，大家又都回到各自的位置，把磚頭用麻繩繫起，吊在左右臂肘位置，李滄行知道這是每天紮馬後半段時練臂力的步驟。

徐林宗再喊聲「起」，大家發了聲吼，再次紮下馬步，只不過這次雙手向前平推，手臂掛著數量不等的磚頭。李滄行和徐林宗的數量最多，兩臂各掛了八塊。

李滄行吸了口氣，暗念內功口訣，幾天沒練功，開始還覺得左臂的四塊磚頭略有點沉，時間一長反而不覺得那麼酸痛了，心中暗想：也許明天可以試試再加塊磚頭。

過了一段時間，只聽後面「哎喲」一聲，原來是王師弟支持不住跌坐地上了，大概受此連鎖反應，不多時，又連續有四五位師弟紛紛支持不住，先後跌倒在地，自行退在一邊打坐歇息。

再過一會兒後，眼見廣場邊的沙漏上卯時辰時相交，此時天色也已完全大亮。隨著徐林宗喊了聲「收」，大家收起架式放下磚頭。

李滄行心中記掛幾位堅持不住的師弟，跑去詢問情況，王師弟調息完畢，站起來紅著臉說道：「勞大師兄費心了，現已無大礙。這幾天沒了大師兄督促，我有點練功不努力，還請大師兄見諒。」

其他幾位師弟也皆稱如此。

李滄行嘆了口氣道：「都怪我的事情連累大家練功，今後大家要更加努力練好武功，有什麼需要我做的隨時說。」

一個熟悉的聲音從身後傳來：「滄行，看來你恢復得不錯啊。」

眾人一看，不知何時，澄光已經來到了身後，臉上掛著微笑，於是大家紛紛行禮參見。

澄光點點頭對李滄行道：「我早已在一旁觀察，看來這次受傷，你的身體機能沒衰退，紮馬的穩定性和手臂力量反倒是有所提高啊。以後不可懈怠，需要勤加苦練才行。明天開始，你和林宗吊磚時各加兩塊。」

徐林宗與李滄行皆行禮稱是。

澄光頓了一下又道：「今天你來得如此之晚，又是為何？」

「稟師父，弟子早晨貪睡過度，還請師父責罰。」李滄行的臉微微一紅。

「罷了，念你受傷初癒，這次就算了，不過你身為大師兄理當帶頭練功，給師弟們作出表率，我們習武之人講的就是冬練三九，夏練三伏，以後切不可貪睡晚起。」

「是，謹遵師父教誨。」

澄光四顧周圍的小弟子們道：「今天都練得挺好，各自吃早飯去吧，半個時辰後，還是在這裡練拳腳功夫。」言罷踱步離去。

眾弟子們等澄光走後，轟得一聲，梁小發道：「餓死我了，終於有飯可以吃囉。辛培華，昨天你把大師兄的肉包給吃了，今天可要還大師兄。」

辛培華不甘示弱：「那前天大師兄的包子給你吃掉了，你也要還。」大家就這樣互相插科打諢地結伴來到了飯堂。

此時，師父和師叔伯們已經用過早膳，幾個雜役正在收拾碗筷，並在收拾好的長條桌上放上一碗碗稀飯與鹹菜碟，每四個碗間放一盤包子。

眾人都找自己的位置坐下，李滄行和徐林宗分別坐在條桌的上首，大家各自拿了兩個肉包在手裡，狼吞虎嚥地吃起來。

徐林宗悄悄地對李滄行說道：「大師兄，昨天夜裡我起夜的時候，已經把小黑的事跟師父說了，因為黑石師伯看到了小黑，這事肯定瞞不住，師父也同意我們把他養大後再放生。現在小黑就在師父那裡，以後我每頓省下一個肉包和半碗稀飯給牠吃，你和師弟們就不用操心了。哎，師弟，這可是我們一起發現的，怎麼能讓你一個人省飯呢？這樣好了，以後我們輪著省吃的餵牠，中午那頓的饅頭我出。」

「那謝謝大師兄了。」

「跟我這麼客氣做什麼，不過紫光師伯那裡我不方便多去，還是你天天送飯吧，辛苦了。」

吃完飯，徐林宗先行離開去給小黑送飯，李滄行坐了一會，等師弟們都吃完後，領著大家集體回到了練功場。此時已是太陽高照的辰時二刻，而徐林宗也已經先行到了練功場，沐蘭湘居然也在此處。

李滄行奇道：「何師妹，你怎麼也在這裡？」

沐蘭湘咬著手指頭道：「我也要學武，以後為娘親報仇，爹爹和澄光師叔都答應的。」

「那你應該卯時就過來紮馬步呀。」

沐蘭湘粉嫩的臉蛋微微一紅：「人家來武當才第二天，不知道你們這裡的規矩嘛，在我們紀家可都是辰時才起來吃飯練功的。」

「那明天可不能遲到了呀。」

「知道啦。」沐蘭湘衝李滄行作了個鬼臉，轉向徐林宗道：「徐師兄，接下來練什麼呀。」

「小師妹，一切都聽大師兄吩咐。」

「那就老樣子，兩人一組，先練掃葉腿，再拆招練長拳十段錦。」眾弟子皆諾了一聲，兩兩組合去練。

李滄行本想和徐林宗拆招，離中秋比武還有半年多，他覺得自己應該抓緊時間，為師父臉上爭光。但是等他一扭頭，卻看到徐林宗給辛培華搶先一步拉了去。

茫然四顧間，李滄行發現大家都有了伴，只有沐蘭湘一個人呆立在一邊，眼睛裡噙滿了淚水，似是對這種無人問津的情況很傷心，李滄行心中一動，走過去對沐蘭湘說道：「小師妹，我陪你練功好不。」

沐蘭湘高興地拍著小手：「好好好，總算有人陪我玩了。」

李滄行正色道：「練武可不是玩，不好好練功，本事不行，以後怎麼好為娘親報仇呢？」

一提到娘親的仇，沐蘭湘的眼圈就有點紅了，低下頭來不再言語。

李滄行暗罵一聲自己該死，怎麼能主動提她傷心往事，忙岔開話題道：「不知師妹學過啥功夫？」

「嗯，爹爹從小教過我一些導氣之術，還練過一些長拳招葉腿之類的。」

「能使來看看嗎？」

「當然沒問題。」

於是沐蘭湘便使起了一套長拳十段錦，混合著掃葉腿法。只見她年紀雖小，但一招一式皆頗有根基，其中一些招式的變化還勝過不少師弟，只是拳腳間談不上多少力道可言。

沐蘭湘使到十段錦中段的一招金雞獨立後，轉接了一招回身急步，然後接了招坐山虎式，雙手前推，像是在紮馬步。

李滄行突然上前，伸手推了一下她肩膀，沐蘭湘重心不穩，一下摔倒在地，哇地大哭起來：「大師兄壞，暗算人家。」

李滄行表情變得嚴肅，就像平常指導師弟那樣：「師妹，這長拳十段錦需要根基扎實，你的招數變化雖多，但下盤有欠沉穩，氣力也失於浮躁，這樣對敵之時，若是對方力量突出，那你會被人帶得動作變形。我武當的武功講究根基穩固內力綿長，切忌失之浮躁，徒具形式啊。」

沐蘭湘眼淚汪汪地盯著李滄行，歪著腦袋想了一會，說道：「大師兄說得對，這個道理在紀家可沒人說與我聽哩。多謝多謝。那要怎麼樣才能打好基礎？」

「師父師伯們說，武學之道重在勤學苦練，你看我們都要每天早晨起來練功紮馬，那一個時辰的紮馬雖然辛苦但是武當入門必備的，你以後可不能偷懶貪睡哦。」

沐蘭湘不高興地嘟起了小嘴：「知道啦，不就是今天不知道練功時間嘛，以後我再也不會遲到了。」

李滄行點點頭，道：「你的招式還行，但欠缺力量，紮馬需要時間，要不先打打沙袋練練臂力腿勁。」

「好。」

於是李滄行將小師妹領到廣場一邊的沙包前，跟她說了幾句長拳與掃葉腿的發力口訣後，又示範了一下打沙包的順序，先左拳一招黑虎掏心，後右拳一招直搗黃龍，接著一招高鞭腿，打得沙包左搖右晃。

李滄行把這個套路做了兩次後，示意沐蘭湘練功。只見沐蘭湘蹲步紮馬，按著口訣稍一運氣後猛然一拳擊出，沙包紋絲不動，而她的左手痛得像要折斷一樣，眼淚都快要掉下來了，但沐蘭湘倔強地忍著，一聲不吭。

李滄行一看急忙上前，一看那手腕處腫得跟個小沙包一樣，連忙拿出放在一邊的藥酒搽上。一邊揉一邊說道：「師妹，剛才就跟你說過了，這發力不能一下太猛，要先講個柔勁，貼上後再猛的一轉，這樣發力才能最大，你現在力量本身就不強，這沙包也不是一團棉花，一下發死力只會傷到自己。」

李滄行言罷起身，向沐蘭湘再做了幾次示範，沐蘭湘看了以後若有所思，也不再流淚了，歇了半炷香左右，手上的腫有點消退下去，於是按李滄行的指點繼續打沙包，這回果然沒再讓反彈之力傷了自己。

只是沐蘭湘的力量仍嫌不足，沙包基本上動也不動。按理，打沙包應該是兩人一組輪替，一人打得沙包飛起，另一人在另一邊接著打，這樣沙包會像鐘擺一樣兩邊往復。

以前一向是李滄行與徐林宗配對打沙包，這回沐蘭湘打不動沙包，李滄行怕自己打沙包時砸到她，只能整個上午都指點她練習對沙包拳打腳踢。

很快日頭偏中，不知不覺已經午時三刻了。澄光再次出現，讓弟子們都去吃飯，已經累得滿頭大汗，沐蘭湘仍不願走，李滄行耐著性子又陪了她半天，直到沙包微微有點晃動了，沐蘭湘才停下手。

她的臉上滿是笑容，一邊揉著已經腫成個小饅頭的拳頭，一邊衝著李滄行頑皮地眨了一下眼睛：「謝謝大師兄，明天我還來找你！」接著就蹦蹦跳跳地跑去吃飯。

李滄行苦笑著搖搖頭，緊接著凝神紮馬，猛的一拳擊出，然後迅速一攬，偌大的沙包一下子給打得高高飛起。

收住了拳，李滄行自言自語道：「小師妹要是天天找我，那我自己還練什麼呢？」

當李滄行來到飯堂時，發現雜役們正在外面洗碗涮鍋，這才想起已過飯點，再向裡一看，黑石正和沐蘭湘坐在那裡吃飯。

沐蘭湘一看到李滄行便笑得眼睛如月牙彎彎，說道：「大師兄怎麼這麼晚才過來？」黑石則自顧自地吃著飯，頭都不抬一下。

李滄行上前向黑石行了個禮：「師伯，小師妹今天第一次練功，打沙包時投入了些，故而來晚了。」

黑石輕輕地哼了一聲：「勞你費心了。蘭湘，快點吃，吃完了爹帶你去丹房。」

李滄行又向黑石行了個禮後轉身欲走，突然被沐蘭湘一把拉住，只聽沐蘭湘對黑石道：「爹爹，大師兄陪女兒練功才會沒飯吃的，我們帶大師兄一起吃好不好？」

黑石的臉上顯出一絲不快：「也罷，現在沒有多的碗筷，滄行，這兩個饅頭你拿去吃吧。」

李滄行領了兩個饅頭後謝過黑石，被沐蘭湘拉住，又塞了一個饅頭在他手上，一雙水靈靈的大眼睛裡眼波流轉：「大師兄，那兩個饅頭是爹爹給你的，這個是我給你的，謝謝你陪我練功。」

李滄行心底忽然有種暖洋洋的感覺，一下子也好像不那麼又累又餓了，對沐蘭湘說了句「師妹保重」後，喜滋滋地出去了。一路上感覺天好藍，風吹在臉上好舒服。

李滄行突然想到上午答應了徐林宗要去餵小黑，就揣了一個饅頭向紫光的房裡走去，一路走一路把另兩個饅頭給吃掉。

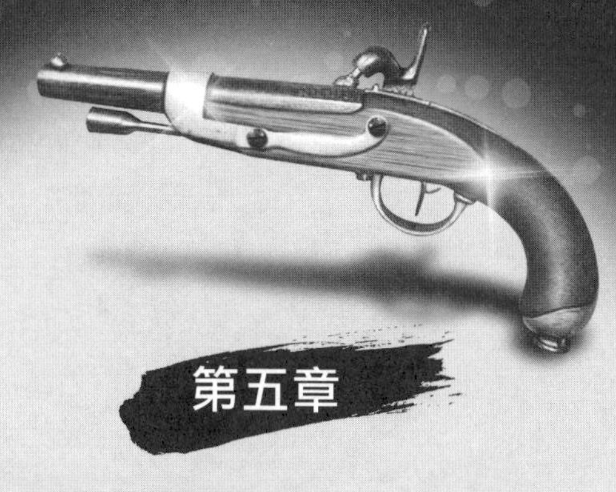

第五章

中秋比武

紫霄殿前的廣場上，搭起了擂臺，
這次中秋比武由紫光道長主持，
以紫光，黑石為首，都在擂臺前就坐，
三十多名小弟子則是聚在了臺下，
一個個摩拳擦掌，躍躍欲試。

走到紫光門外時，李滄行聽到紫光與徐林宗在說話，紫光語調相當激烈。李滄行本想轉身走開，但好奇心又讓他收住了腳。

只聽紫光說：「為師對你多年教誨都當了耳邊風嗎？這是隻狼，天生就要吃人的！你若念好生之德，不忍殺牠也就罷了，怎麼還可以帶回來養？養虎為患這故事，為師跟你們都說過吧？現在做事就如此是非不分，將來怎麼執掌武當！別以為你是我徒弟，這掌門之位就天生是你的！你若是還把我當成師父，晚上練完功後就把牠放回去，以後不得再見，聽到了沒有?!」

沉默了半天後，徐林宗才帶著哭腔說了聲是。

李滄行吐了吐舌頭，轉頭欲走，只聽紫光喝道：「什麼人？」

李滄行心中暗道不好，於是低頭走進房中，發現徐林宗低頭跪在地上，滿臉淚痕。

而站在一旁的一位四十上下，穿著紫色道袍，戴著束髮金冠，留了一把飄逸的三縷長鬚，眉宇間有一股威勢的中年道人，**正是武當首席長老，公認的未來掌門紫光真人**。

李滄行向紫光行了個禮：「師伯，徒兒是過來餵小黑的，無意中聽到您的訓話，真是抱歉。小黑是我和徐師弟一起抱回來的，您要罰請先罰我吧。」說著也跪了下來。

從小到大，李滄行都一直被教導自己是大師兄，師弟們犯了過失，幾乎本能反應就是先把過錯攬到身上，這次也不例外。

紫光嘆了口氣，說道：「都起來吧。你們都是我武當下一代的優秀弟子，師父師伯都對你們寄予了厚望，大事上千萬不能犯糊塗啊！要是你們小時對狼都存有同情，**長大後碰到魔教妖人和江湖敗類，又如何做到正邪不兩立？**你們自己好好想想吧。」言罷揮手讓二人退出了房。

兩個孩子的腳步聲消失在院外後，屋內的屏風後轉出了一位仙風道骨的白鬚道人，紫光向他行了個禮，恭聲道：「師父，弟子這樣做，您覺得合適嗎？」

白鬚道人嘆了口氣：「執掌武當這樣的事，你跟滄行說有用嗎？這些年來，我們一直引導他與世無爭，他也從沒流露過這樣的意思。」

紫光搖搖頭：「小孩子自然是什麼也不懂，弟子是擔心澄光師弟他……」

白鬚道人一下子扭頭看向了紫光，雙眼神光如電，刺得紫光一下子低下了頭：「這麼多年了，**你還是對我當年收下他們二人之事耿耿於懷？**紫光，我們都是修道之人，你很快也會是一派掌門，心胸器量不能寬大一些嗎？」

紫光恭敬的話語聲中透出一絲不容讓步的強硬：「師父，您在這事上開了先河，弟子只是想通過滄行提醒一下澄光師弟而已。中秋比武還有大半年，滄行摔傷還沒好就去練武，您不覺得奇怪嗎？」

白鬚道人沉吟了一下：「你的意思是，**兩儀劍法**不準備讓滄行學了？」

紫光點點頭：「師父，您應該清楚，作為武當掌門，若是武功上不能強過別的師弟師妹，日後也難以服眾的，林宗雖然天賦極高，但他分心的事太多，跟滄行的關係又好，萬一中秋比武時不如滄行，那到時候就不好下臺了。」

白鬚道人冷冷道：「所以你希望提前教林宗兩儀劍法，到時候讓他勝出？」

紫光微微一笑：「只要兩招足矣，當然，如果澄光師弟夠聰明，不讓滄行參與這次的比武，那是最好。此事還需要師父幫忙。」

白鬚道人嘴角邊動了動，似乎想說什麼，還是閉上了嘴，只是一聲嘆息。

一路上，李徐二人皆低頭無語，李滄行剛剛好一點的心情又彷彿從雲端掉到了冰窖，一路上都覺得紫光師伯的話怪怪的，自己卻說不出哪裡不對勁。

走到弟子房門口時，徐林宗突然抬頭問李滄行：「大師兄，我們真的不該救這小狼嗎？經書上不是說上天有好生之德麼，不是說眾生平等麼，為何就容不下一隻小狼，牠現在還沒害人呀，我們不能讓牠變好嗎？」

李滄行想了一會兒說道：「路上我一直在想這問題，我覺得師父們說的一定是有道理的，畢竟他們比我們多這麼多見識，反正按師父的吩咐做不會有錯的。我們武當是名門正派，應該有自己必須遵守的原則和立場才是。」

「那以後我一個人養小狼，我把牠放回我們發現牠的地方，每天給牠送吃的。」徐林宗不高興地說道。

「這個我同意，還是老規矩，我們輪著省飯餵牠。徐師弟，你忘了我們說過**有什麼事都要一起分擔的嗎？**」

「謝謝大師兄，你真是我好兄弟。」

「呵呵，睡會吧，下午還要去做工呢。」

武當小弟子們中午小睡了一會，到了丑時三刻，大家紛紛起床開始到各自做工的地方。年齡小的弟子如辛培華、應昌期等，幾個人一組的去後山小樹林裡撿柴禾，年齡稍長點的弟子，則需要去門派鐵匠鋪處去幫忙打造武器與防具。

李滄行和虞鐵成一組，到了派裡的李師傅那裡去打劍。兩人都脫去衣服赤了上身，各自圍了件鐵匠鋪的皮革襖子就開始做工，虞鐵成拉風箱，李滄行則幫李師傅打下手。

幾年來，李滄行對這些已經是駕輕就熟了，一邊拿著鐵鉗固定燒紅的鐵劍，一邊在想今後下山即使不靠著武藝吃飯，光是學會這手打鐵的技能也有口飯吃。

李滄行感覺著鐵劍處一陣陣鐵錘的衝擊力順著鐵鉗震動著自己的手臂，又想到這幾年來天天拉風箱、打鐵劍，實在是鍛煉了不少自己的臂力，就在一年前，自己還會被這一下下打鐵的動作帶得馬步不穩，有一次還因此被燙了一下。

當時自己連掛四塊磚頭紮馬也頂不住，可明天開始就要掛十塊磚頭了，也不知道能不能扛得住。李滄行又看了一眼鐵匠鋪裡放著的刀劍，琢磨著也許以後自己行走江湖時的武器就能從這裡產生。

忙活了快兩個時辰後，天將要黑了，經過了七八次的打磨與粹煉，李師傅終於把這柄鐵劍的主體部分基本上打完，此時紅雲道人引著幾位一身勁裝的江湖人士來這裡，取走了十幾把訂做的長劍。李虞二人喝了幾碗水後就告辭去了飯堂。

一到飯堂，正碰到徐林宗向外走，他也不說話，看了李滄行一眼就匆匆出去。李滄行知道他這是去抱小狼回去，輕嘆了口氣，就與虞師弟一起去吃飯。

吃飯間，其他做工的師弟們也陸續來用餐，大家邊吃邊聊一些瑣事與聽到的江湖傳聞，雖然一個個練功做工了一天都挺累，但少年人精力好，在一起像個大家庭一樣其樂融融。

飯罷大家一起回到臥室，開始打坐練習心法。這**武當心法是入門的基礎心**

法，指引運氣內功之道。人體號稱**奇經八脈**，就是說共有**陰交，陽交，陰維，陽維，帶脈，沖脈，任脈，督脈這八脈，加上奇經，共有九條經脈一百九十六個穴道**，每個穴位打通後，均可以激發一定的人體潛能，這套入門的武當心法丹田吐納功可以打通陰交脈。內功需要依照心法打坐運氣來慢慢累積，高到一定程度後，就可以運內力衝開穴道，進而打通整條經脈了。

李滄行記起師父說過，當今武林之中內家高手層出不窮，但依據各自門派的心法衝開五到六條經脈就可以算是高手了，打通任督二脈與奇經的可稱為一流高手。

這九條經脈外，聽說還有大周天的經脈，只有絕頂的內家高手才能修煉到這一階段。練成後，可以有先天罡氣、易筋勁、太極氣之類的護體神功，尋常刀槍也難突破。

李滄行憧憬著自己哪一天能練到刀槍不入的太極氣，默默地運氣，不一會兒便進入了物我兩忘的階段，他感覺從丹田開始，一股暖氣開始順應著自己的呼吸吐納而漸漸增強，隨著時間的推移，像一隻熱乎乎的小耗子一樣在體內鑽來鑽去。

他想起兩年前最早有這種感覺時，只覺得很好玩，操縱著這耗子在體內到處亂跑，結果最後失控，差點走火入魔。這兩年來，自己天天練習的，就是操縱這種真氣使之不到處亂躥的辦法。

收起這些思路，他開始抱元守一，按照武當的入門心法，將熱氣集中到頭部，再沿著陰交脈開始一個個地通過穴道，體內小周天八脈中，數從頭部到右腳的這條陰交脈最易打通，因為沖穴的難度也最低。

李滄行記得自己已經衝破了然谷穴，照海穴，交信穴，陰谷穴，橫谷穴，氣沖穴，乳根穴，盆缺穴，人迎穴，晴明穴，不容穴，梁門穴，橫鼻穴，最近數月一直在努力想衝開大穴足三里。這個穴道打通的難度很大，但師父說過，一旦衝開會內力大增，臂力腿力腰力都會得到很大的提升，衝開剩下的幾個穴道打通陰交經也不是難事了。

轉念間，熱氣已經慢慢到了足三里穴，李滄行此時收起一切雜念，靈臺清明地聚起這股熱氣，拼命向著體內堵著這個穴道的那團障礙衝擊。

他先後衝了十幾次，但那團障礙總覺得是紋絲不動，心裡有些沮喪，有點想要放棄了。

突然間，李滄行腦子裡靈光一閃，想到白天沐蘭湘打沙包時是全力一擊，結果非但打不動沙包，反而傷到自己，而自己當時告訴他要**用巧勁**，先發三分力黏上沙包，再猛得一轉發全力，到最後她反而能打動沙包了，自己衝穴雖是內力，但**是否也可以借鑒這種外力的原理呢？**

想到這裡，李滄行再次定下神來，收起內力再一次地沿陰交脈行走，行到足三里穴時，先分出三四分的內力一次次地輕推那團障礙，如此往復幾次後，猛的集中所有內力強衝這個穴道，果然感覺這團障礙晃了晃，像是從足三里穴向後移了一段。

李滄行心中大喜，如此這般連衝了穴道十餘次，終於在第十四次時衝開了足三里穴，那團熱氣可以沿著陰交脈繼續下行，而自己整個人的毛孔彷彿都打開了，說不出的舒服暢快。

李滄行再一試自己丹田的熱氣，感覺一下子膨脹了不少。他心裡一高興，也不睜眼，就著這股熱勁，連續衝開了足三里穴以下的豐隆、解溪、沖陽、厲兌四個穴道，這一下熱氣從咽喉可以直達右腳底。

當衝開最後一個厲兌穴時，李滄行彷彿聽到自己體內喀得一聲，全身的骨骼肌肉猛的一震，頭頂百會穴絲絲地向外冒出熱氣，而丹田內的溫度感覺一下子上升了不少。李滄行一下子明白了過來：**自己今天終於衝開了陰交脈！**

李滄行長出了一口氣，睜開雙眼，卻發現自己身邊圍滿了師弟們，紫光、澄光和黑石則站在自己對面，三人面沉如水，神情複雜。

小師妹正躲在黑石的身後，伸出小腦袋目不轉睛地盯著自己，大家都屏氣凝神大氣不敢出一口。見李滄行睜眼才長出了口氣，隨即所有師弟們熱烈地鼓起掌來。

出去放回小狼的徐林宗不知道什麼時候也回來了，率先道：「恭喜大師兄打通陰交脈。」

眾師弟們也開始七嘴八舌，虞新城道：「大師兄真厲害，我才通到盆缺。」「大師兄，聽說足三里很難衝，你是怎麼衝開的，以後告訴我好嗎？」辛培華一臉羨慕地說道。

李滄行一時不知道如何說話，只看到沐蘭湘偷偷地向自己豎了一下大姆指，心裡一陣歡喜，不由得抓抓腦袋，不好意思地笑了笑。

紫光擺擺手，示意大家安靜下來，問道：「滄行，你可曾有頭暈不適之類的感覺？」

「稟師伯，沒有，一切正常。」

「那你下來走兩步，再打套拳，看看和之前有何不同。」

李滄行依言而行，下來先走到屋外，這幾步路讓他感覺整個人都輕飄飄的。

李滄行打了十段錦長拳，只感覺出拳的力道與速度比起白日裡提高了不少，又試著用掃葉腿法踢了幾招，驚喜地發現出腿的力量比下午大出了許多，毫不費勁就能把腿抬到肩膀的位置了。

師父師伯們一邊觀看一邊點頭，待他一套拳法使完後，紫光道：「不錯，看來衝開經脈後，力量速度內力都有不小的進步，以後你要更好地擔負起大師兄的責任，多引導師弟們好好練功，切不可驕傲自滿。」

「是，師伯。」

紫光又轉向其他弟子們道：「大家要以滄行為榜樣好好練功，爭取早日打通經脈。」說完後便與黑石一起離開了。

沐蘭湘被黑石牽著小手離開，走時戀戀不捨地回頭向李滄行做了個鬼臉，李滄行心中美滋滋地，一種武功上的優越感油然而生。

就在他得意之時，澄光卻板著臉，拉他走到一邊僻靜之處，問道：「打通足三里後，為何連續衝開四個穴道？」

李滄行這才想起以前師父交代過，衝開足三里後需要馬上報告，再作定奪，於是回答道：「弟子衝足三里成功後，覺得內功有所增強，一時高興就直接連衝四穴，忘了師父的教誨，還請師父責罰。」

澄光的聲音中透出一絲慍意：「滄行，為師早就跟你說過，**習武之道如負重遠行，切不可操之過急**。為師知道你天分過人，但凡事需要**循序漸進**，你受傷初癒，體力未復，衝足三里穴又消耗了大量的內力與精力，若是接著衝四穴時不得法，走火入魔就麻煩了，輕則受內傷需要調息數月，重則終身癱瘓甚至有性命之虞。以後千萬別在練功時自作主張，貪功冒進。」

澄光的一番話說得李滄行背上冷汗直冒，剛才衝脈成功的喜悅一下子都飛到了九霄雲外，忙不迭地向師父賠罪，道：「徒兒知錯，以後再也不敢如此了。」

澄光看著李滄行的眼光，透出一絲無奈與不甘：「還有，明天開始，多帶帶小師妹練功，人家新來乍到，你作為大師兄要多教教她。」

李滄行的臉上閃過一絲迷茫：「師父，不是說要徒兒抓緊練功的嗎？小師妹底子不行，徒兒要是成天帶著她練，那徒兒自己就沒時間練功了，離中秋比試已經不到半年了，徒兒……」

澄光擺擺手打斷李滄行的話：「徒兒，中秋比試的事不要多想，順其自然好了，你是武當的大師兄，要多帶著師弟和師妹們練武，明白嗎？」

李滄行的心裡犯著嘀咕，嘴上說道：「那難道就不為師父臉上爭光了嗎？」

澄光擠出一絲笑容，摸了摸李滄行的腦袋：「你現在這個樣子就很好，把師弟師妹們教好了，師父臉上一樣有光的。對了，師傅給你縫了件衣服，明天有空來我房裡拿一下。」

李滄行聽了心中一陣感動，從小到大，自己身上的貼身衣服，都是師父這個大男人一針一線縫製的，也不知自己何時才能報答師父的深恩。

師徒二人又說了幾句後，澄光便轉身出院。

回到房後，大家都已經睡下，李滄行卻想著剛才實在是在鬼門關前走了一遭，把他嚇得久久不能入睡，而今天師父的話又和昨天判若兩人，透著古怪，讓李滄行琢磨不透，一直到快三更時才入夢。

這回在夢裡，李滄行夢見自己一直在練功，體內寒熱兩道真氣一直在衝撞，整個身體脹得像要炸開一樣，這真氣像是想從身體裡一切有洞的地方鑽出，無論是腦袋還是下身都有撕裂的感覺，他大吼了聲「不要」，一挺身坐了起來，發現此時天已微亮，而師弟們一個個正盯著自己。

李滄行定了定神，問道：「現在卯時可到？」

「還沒出更呢，大師兄你是怎麼了？睡覺時一直拳打腳踢的，徐師兄這一夜給你鬧得不行，都打地鋪啦。」梁小發從被子裡探出頭道。

李滄行低頭一看，徐林宗正睡在地上向自己招手呢，心中頓覺歉意：「對不起啊徐師弟，我昨天練功衝穴有點過於興奮了。」

「自己兄弟這麼客氣做啥。上次要不是我也回踢了一腳，你也不會掉到地上腦袋受傷。不過，昨天晚上看你那咬牙切齒的樣子真挺嚇人的，現在可有哪裡不適？」

李滄行跳下床走了兩步，又運了一下內息，發現一切正常，便道：「有勞各位師弟擔心，我一切正常。」

徐林宗看了看窗外已經開始泛白的天色：「那就好，大家都起來準備練功啦。」於是眾人紛紛起身，穿衣洗漱後出院。到了廣場時，大家發現沐蘭湘已經先到了，正靠著場邊的大樹在山風中發抖呢。

沐蘭湘一見眾人來到，立馬跑過來拉著徐林宗道：「徐師兄，從今以後，我每天都要跟著練，紫光師伯跟你交代過了吧。」

「嗯，那你就站隊尾一起紮馬步吧，你根基還不牢，先不要掛磚頭，要是能推手紮馬半個時辰都沒事，再開始加。」

「好的。」

新一天的習武又開始了，照常是清晨起來紮馬掛磚，早飯後練拳腳，午飯後做工，晚飯後打坐調息。

李滄行在通脈後發現自己的速度力量反應都有提高，不用運氣紮馬都能把這沙袋打得飛起，這樣一來，除了指導沐蘭湘外，也沒別人能陪他配對練功了。

紮馬一結束，徐林宗就被紫光叫走，從這一天開始，他就再也沒跟李滄行合練過武功。

在眾師弟師妹中，沐蘭湘和辛培華顯然要比別人更加勤奮，這二人基礎相當，年齡也相仿，李滄行安排二人配對練習，自己則從旁指導，五個多月下來，兩人的力量速度均大有長進，也衝開了好幾個陰交脈的穴道，沐蘭湘手臂上掛的磚頭也很快達到了六塊，在所有師弟裡算是數一數二了。

徐林宗也在這段時間內打通了陰交脈。李滄行在內功練習中不敢再像上次一樣趁勢連續衝穴，這五個月只衝開了陰維脈的前三個穴道。

一晃眼，夏去秋來，快要到中秋節了。

從中秋節前的一個月開始，小弟子們就不怎麼談這次比試了，相互間的話語也少了許多。

每天紮馬過後，每個人都是神神秘秘地找個地方偷偷練武，連沐蘭湘也在和大家合練了三個月後，被黑石叫去每天單獨練功了。李滄行有幾次在吃飯時問她最近在練什麼，她卻和那徐林宗一樣，支吾不說。

澄光自從李滄行衝開陰交脈的那天開始，也變得沉默寡言，對中秋比武的事情從不提及，讓李滄行都覺得氣氛有些神秘地可怕。

到了中秋的三天前，正好是本次武當第三代小弟子三年一度的比武排序大會，由於這是眾人上武當後的第一次排序，決定了本次測試後會被授予何種武功修習，一個個都充滿了興奮與期待。

紫霄殿前的廣場上成了本次比武的場所，中間搭起了一個四丈見方的木質擂臺，由於掌門玄沖道長閉關未出，這次中秋比武改由紫光道長主持，二十多名入道的道長們，以紫光、黑石為首，在擂臺前就坐，三十多名小弟子則是聚在臺下，一個個摩拳擦掌，躍躍欲試。

紫光站上了臺，神情嚴肅，緩緩開了口：

「武當三代弟子們，今天是你們加入武當後的第一次中秋比試，根據今天的成績，選拔出兩名有幸學習我武當鎮門絕技『兩儀劍法』的優勝者，而今天大家的表現，也會決定以後授予何種進階武功。大家比武時按照入門的先後順序來，注意！這是同門切磋，點到為止，如果有出手傷人，或者是有違道義的，則依律按門規處罰，大家都聽明白了嗎？」

李滄行等人齊聲道：「弟子明白。」

紫光看了看臺下個子最小的應昌期和辛培華，「昌期，你和培華先來。」

一對一的捉對比試開始了，雖然小弟子們用的都是入門級的武當長拳、綿掌和掃葉腿之類功夫，可是平時修煉的差距還是能體現出來。

辛培華雖然年紀比應昌期還小上了大半歲，可是平時練功勤奮，尤其是這半年來，在李滄行的督促下，進步神速，打了小半炷香的功夫，就趁著應昌期下盤有些虛浮，一記掃葉腿將其勾倒在地。

勝出的辛培華在臺上興奮地直跳，而落敗的應昌期則是神情沮喪，紫光滿意地點了點頭，讓二人下臺，新挑了兩名弟子上臺比試。

如此一來，三個多時辰過去了，李滄行和徐林宗也上臺比試過兩輪，都輕鬆勝出，而沐蘭湘雖然年紀小，但這半年多武功上進步的幅度比辛培華都要大，再加上原來在紀家時三歲就開始練武，論起習武的時間來比起李滄行差不多，連梁小發和王師弟也敗在了她的手上。

留在場內的人越來越少，最後只剩下了李滄行、徐林宗、辛培華和沐蘭湘四人，被淘汰的師弟們雖然臉上都寫著懊惱，但是平時大家天天拆招，對這一結果也早就心裡有數，現在一個個都紛紛地議論起這次比試誰才能笑到最後。

「還是大師兄厲害，我跟他一對拳，直接就給震得手都抬不起來了，我看肯定大師兄能得到優勝。」

「我看徐師兄才厲害，剛才我跟他打，還沒怎麼醒過神來，就給他那樣一推一帶，一下子就倒地了，大師兄力量上可能要強點，但巧勁上肯定不如徐師兄。」

「嘿嘿，小師弟和小師妹我覺得也有機會呢，他們這半年可是練得狠，大師兄成天帶我們練功，自己倒是沒多少時間練。」

「不可能的事，大師兄都通了陰交脈了，光憑這個，小師弟和小師妹至少還得練個一年才能趕上他。」

「就是，兩儀劍法反正有兩個人可以學呢，大師兄和徐師兄是肯定的兩個人選啦，至於第一是誰，那便無所謂啦。」

紫光在臺上向臺下掃視了一圈，議論聲漸漸地變得消失不見。

只聽紫光的聲音再次響起：

「下面捉對比試，決出優勝者，第一場，辛培華對沐蘭湘。」

此言一出，臺上臺下一下子全炸了開來，就連坐在椅子上的幾個二代道長也一下子站起了身，多數人滿臉的疑雲，只有黑石神色平靜如常，而澄光則是陰沉著臉，緊緊地攥著拳頭。

小弟子們即使再笨，也明白這個決定的意義：公認武功最高的徐林宗和李滄行二人中必定要淘汰掉一個。但他們還沒來得及多議論，對上紫光那威嚴的目光，便一個個噤若寒蟬，不敢再說話。

李滄行站在臺上，聽到這消息時，心裡也是「咯登」一聲猛的一沉，從小到大，雖然陪著徐林宗無數次過招，但使出全力的較量，還真是從沒有過，他心情複雜地看了一眼徐林宗，發現他的神情平靜，似是早已經知道了這個安排。

沐蘭湘和辛培華的比武只用了小半炷香就結束了，辛培華無論是力量還是經驗都不如沐蘭湘，而且李滄行明顯發現沐蘭湘所用的一套掌法連自己都沒有見過，很可能就是這一個多月來被叫去黑石那裡開小灶所學。

隨著沐蘭湘的一招雙龍戲水，兩隻粉拳打到了辛培華的胸膛上，猛的一轉，後勁盡吐，正是李滄行教過她的那一招，現在已經運用自如了，辛培華大叫一聲，仰天向後栽倒，一下子摔了個灰頭土臉。

沐蘭湘的臉上現出一陣會心的笑容，她先是向著地上的辛培華抱了抱拳：

「辛師弟，承讓啦。」

沐蘭湘轉過頭來與李滄行四目相對，又伸出小拳頭猛的一轉，頑皮地眨了一下眼睛。

李滄行心中正為著小師妹的勝出而高興，突然聽到紫光宣布：

「第二場，由徐林宗對李滄行，你們兩人入門時間比其他師弟師妹要長，這一場就用木劍比試一下吧。」

李滄行的臉色微微一變，習武四年多，他只學過基礎入門的武當劍法，每天所練的也是以拳腳功夫為主，而徐林宗這幾個月卻一直沒有和大家一起練功，從剛才沐蘭湘打倒辛培華所用的招式看，很可能是在練劍，如此一來，自己與他比武，實在是勝算不大。

李滄行想到這裡，看了看臺下的澄光，暗自嘆了口氣，到擂臺的兵器架上拿了一把木劍，徐林宗早已在他的對面站好，持劍不語。

一陣秋風拂過，李滄行率先發動了攻擊，這套入門劍法多數招式都沒有名稱，只是最基本的刺，削，挑，斬等動作，李滄行右手運劍，左手則一直打出十段錦長拳，配合著掃葉腿的功夫，儘量還是希望用拳腳來解決問題。

徐林宗擋了李滄行幾劍，兩人的力量相差不多，各自震得手臂有些微微發酸，而他也沒有如李滄行預料的那樣，使出一些高明劍法，所用的只是最基本的入門招式，一時間兩個人劍來腿往，乒乒乓乓地打得好不熱鬧。

五十餘招過後，兩人重新拉開了距離，李滄行拭了拭臉上的汗水，笑道：「徐師弟，真厲害呀，這半年多力量漲了這麼多。」

徐林宗嘴角邊勾了勾，突然撞上了紫光的眼神，心中一凜，輕輕地說了聲：「大師兄，得罪了！」

徐林宗話音未落，木劍便緩緩地出手，這一次他沒有像剛才那樣橫斬直刺，而是手中劍如挽千斤力量，慢慢地畫了個圓圈，而他身邊的空氣也彷彿被這個圓圈所禁錮，一下子失去了流動性。

小弟子們沒人見過這樣的劍招，一個個目瞪口呆，觀戰的道長們則臉上閃過一絲驚愕，面面相覷。李滄行的腦海裡突然閃過四個字：「兩儀劍法」。

李滄行很奇怪自己為什麼對這劍法如此熟悉，看著徐林宗這樣忽快忽慢地畫出一個個圈圈，改變著自己周邊氣息的流動，**他突然有一種感覺，彷彿自己不知道在哪裡見過這劍法**。

李滄行收拾了一下心神，揉身上前，揮劍走刺徐林宗的手腕，徐林宗右手木劍迴旋，正好畫出一個圓圈，把李滄行直刺他的這一劍圈在了這個劍圈之中。

李滄行只感覺到一股莫名的吸力，拉著他的劍，帶著他整個人向著徐林宗那邊倒去，而自己的劍想要變招橫斬或者下劈，卻是一點力也發不出來。

李滄行心中一驚，連忙向後一抽，「嘶」地一聲，拉回了木劍，這一下先機盡失，徐林宗低吼一聲，踏步上前，木劍依然拉出一個個圓圈，試圖把李滄行的劍圈到裡面。

十餘招一過，李滄行便不住地後退，無法形成有力的反擊，而徐林宗則穩穩地佔據擂臺的中央，慢慢地以這種畫著圓圈的劍法，把李滄行向著死角逼去，臺下的紫光臉上帶著得意之色，輕輕地拂著長髯，**明眼人都能看出，李滄行的落敗只是時間問題了。**

又是一招由慢轉快的畫圈劍法，這一回李滄行本已退到了臺角，好不容易就地一滾才躲過了這一下，馬上徐林宗的下一招又接踵而至，李滄行咬了咬牙，索性不再躲閃，長劍直出，從徐林宗的劍圈中心直刺了進去。

徐林宗臉色瞬間一變，手上木劍一抖，連著向後畫出三個圈，人也跟著向後連退三步，以化解李滄行這凶狠的來勢，一直在臺下微笑的紫光，笑容突然凝結在臉上，連嘴也閉不上了。

李滄行一劍刺出，開始只覺得一股巨大的吸力帶著自己向後拖，整個右臂都像是要被絞了進去，但是隨著他這一劍真的向裡刺，卻突然覺得那股巨大的吸力一下子消失不見，自己的手臂又重新運用自如。

李滄行心裡一下敞亮，原來**這兩儀劍法劍圈中心位置看似是力量最大的地方，但恰恰就是破這劍法的罩門所在**，知道了這一點，他心中一塊巨石落地，無論徐林宗再如何畫圈，只管向著圈子中心去刺，這樣一來，**攻守易勢**，完全變成了李滄行反過來追著徐林宗打。

紫光的臉色脹得鐵青，面沉如水，而一眾師弟們看向自己的眼神裡也多少帶了些戲謔，他看了一眼澄光，只見他面帶微笑，一邊看著李滄行一邊點著頭，眼光中盡是欣慰。

紫光輕輕地咳了一聲，澄光突然領悟到了什麼，收起笑容，而臺上的李滄行正在越戰越勇間，得意洋洋地看了一眼自己的師父，突然發現澄光的臉上掛著一絲愁苦，看向自己的眼神裡竟然有一分埋怨，甚至還輕輕地搖了搖頭。

李滄行一下子醒悟了過來，他人本來極為聰明，這一下完全明白了為何這半年來，準確地說是衝穴的那一天後，澄光為何對這比武之事一下子全無興趣：**徐林宗是紫光真人的首徒，又是當朝高官的子弟，以後註定會接管武當，而自己，只不過是個帶藝投師的人帶來的一個來歷不明的孤兒，又怎麼可能去和徐師弟相爭呢？**

想到這裡，李滄行的萬丈雄心一下子化成了泡影，微一分神，手下一慢，被徐林宗趁機一下打落了手中的劍，怔怔地立在了原地。

紫光的臉上一下子由陰轉晴，哈哈一笑：「滄行和林宗真不愧是三代中最出色的弟子，打得真好。林宗這半年很努力，滄行打得也不錯，三代弟子們都要以他們為榜樣，好好練功。」

臺下的小弟子們都不明白剛才發生了什麼，只看到李滄行和徐林宗二人打得有來有回，速度之快連眼睛都快跟不上了，直到徐林宗打落李滄行的木劍時，才轟地發出了一聲喝彩聲，而沐湘蘭看向徐林宗的雙眼中，更是充滿了崇拜與激動。

李滄行暗暗嘆了口氣，對著徐林宗一拱手，朗聲道：「師弟好武功，滄行佩服。」

徐林宗的臉微微一紅：「師兄承讓了。」

兩人並肩走下臺時，徐林宗悄悄地問了一句：「剛才你明明可以贏我，為什麼停下了？」

李滄行搖搖頭，沒有說話。

接下來，沐湘蘭主動放棄了爭冠的資格，這個決定沒有任何人會覺得奇怪，明眼人都知道，李徐二人的武功遠遠強過其他人，再比也是多餘。

紫光走上臺，春風滿面地說：「今年的比武排位到此結束，徐林宗，沐湘蘭為優勝，從此傳授本門不傳之秘『兩儀劍法』，希望你們能勤學苦練，將來斬妖除魔，不負武當弟子之名。」

徐林宗和沐湘蘭上臺拜謝。

紫光看了眼李滄行，繼續道：「李滄行和辛培華，比武進入四強，成為本派核心弟子，授予繞指柔劍法。滄行，你今天表現很好，以後要繼續負起大師兄的責任，好好帶領師弟們練功。」

李滄行看了一眼在遠處一言不發，若有所思的澄光，心下黯然，低頭謝道：「滄行謹記師伯教誨。」從紫光手上接過一本繞指柔劍法的劍譜，垂首而退。

紫光滿意地看了李滄行一眼，接下來把小弟子們一個個叫上臺，授予各種不同的武功秘笈，就連第一個被淘汰的應昌期，也拿到了一本鐵彈弓的暗器譜。

眾人都歡天喜地的拿了圖譜找僻靜之處查看，只有李滄行心頭茫然，一個人走到後山發呆，直到半夜才回屋休息。

第二天一早，武當上下便開始忙忙碌碌，為中秋的晚宴作準備。年長些的二代小師叔們忙著下山採辦與張燈結綵，而李滄行這批三代弟子們，則做些力所能及的事，如布置會場，分發糕點果盤等。

小孩子生性貪玩貪吃，辛培華偷吃了一個豆沙月餅，被黑石發現後狠狠責罰了一通，罰站了一整天不讓吃飯，此後再也無人敢偷吃貢品糕點了。

當天夜裡下山採辦的師叔們回來了，帶了一大批山下群芳齋裡做的蓮蓉、五仁、火腿、蛋黃等各色月餅。

小弟子們看了眼饞不已，但有辛培華的教訓在前，無人敢動，只是每個人暗暗地挑到了自己中意的那個月餅，只待像往年一樣，掌門師公一聲令下，大家就能跑上去搶到自己喜歡的那個。

這天夜裡，沐蘭湘跑來找師兄們玩時，一反常態地主動找到了李滄行，笑嘻嘻地對他說：「大師兄，能幫我一個忙嗎？」

「何事？」

不知為何，李滄行每次看到沐蘭湘時，都有種莫名的親切感，看到蹦蹦跳跳，一臉歡樂的沐湘蘭，也讓他這兩天低落的心情好了不少。

「明天是中秋節，聽說掌門師公每年都讓大家去搶月餅，能幫我去搶一個蓮蓉的嗎，人家喜歡吃那個。」

李滄行微微一愣：「為何你自己不搶？」

沐蘭湘「嘻嘻」一笑：「人家是姑娘家嘛，去搶月餅多難看！我知道大師兄對我最好了，幫我這次，我以後都記得你的好。」

李滄行在武當一向以大師兄身分自居，很少做這種爭先出頭之事，往年自己也是從不去與師弟們搶這月餅，往往是最後一個才拿到。這次聽到沐蘭湘要自己主動去搶，不免略一沉吟，沒有馬上答應。

沐蘭湘一看這架式，馬上拉著李滄行的胳膊，一邊搖著一邊撒嬌。

李滄行看著她那可憐巴巴的樣子，心中突然生出一份異樣的感覺，點點頭：「師妹，我答應你。」

回到弟子房後，李滄行召集大家說：「明天分月餅時，請各位師弟幫我個忙，讓我先取，好嗎？」

梁小發不解地問道：「大師兄，你往年都不跟師弟們爭，今年這是為何？」

「這個原因嘛，暫時還不能說，總之，請大家幫我這個忙吧。」

「既然是大師兄交代的，兄弟們自會遵從，明天就請大師兄先取，我們後面再分，大家說好不好。」徐林宗拍著李滄行的肩膀笑著說。

「沒問題。」眾人皆諾。

睡下時，徐林宗悄悄地對李滄行說：「是小師妹找你要的吧。」

李滄行奇道：「你怎麼會知道？」

徐林宗嘆了口氣：「因為她最早來找我，我沒答應，料想她一定會去找你。」

「你為何不答應她呢。」李滄行沉默了一會兒，問道。

「呵呵，這小妮子成天纏著我玩，快給她煩死了；再說，給她搶月餅，那我吃啥？我又不喜歡吃蓮蓉口味的。」

徐林宗說到這裡時，突然壓低了聲音說：「大師兄，這幾個月師父一直在教我兩儀劍法，我剛學的時候還不知道是兩儀，昨天比武結束時才知道的，對不起。」

李滄行微微一笑：「沒什麼，這是師父和師伯的安排，肯定有他們道理的，你好好和小師妹練，以後把我們武當發揚光大，我會一直支持你的。」

徐林宗笑了起來：「好的，以後我練熟了找機會跟大師兄切磋，對了，你昨天是怎麼看出來我的罩門在劍圈中間的……」

聊著聊著二人都睡著了。

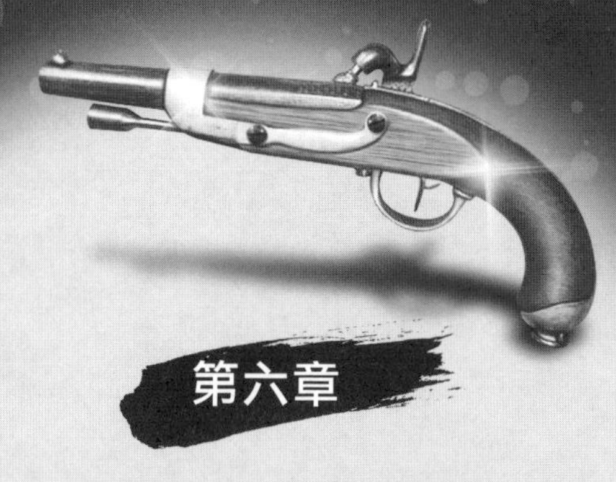

第六章

長幼有序

玄沖眼神凌厲如電，道：「今天我武當掌門更替，
紫光這輩弟子全面接管幫中事務，
從今天起，他們就是一代弟子。
林宗、滄行年齡雖小，卻可算是我武當二代弟子，
從現在開始，要學會長幼有序。」

一覺醒來，已是中秋，這一天武當上下都洋溢著過節的氣氛，上山修行的小弟子們一年到頭難得與家人團聚，心中早已經把武當當成了自己的家，而這中秋團圓則和除夕一樣，成為一年中最重要的節日。

這一天大家都無心練功，一早起來紮了馬步，吃過早飯後，就各自到自己的師父那裡去幫忙佈置晚宴了。

李滄行也跟著澄光擺了半天的桌椅板凳，還幫著把祖師爺的畫像給掛到了紫霄殿的廳堂上。忙活了一天，大家才閒了下來，一個個滿意地看著紫霄大殿上擺滿了六七十桌宴席的成果。

上山道賀的俗家師兄師叔們足有二三百人，從午後就開始陸續上山，加上武當原本的三代弟子，這四五百人把整個紫霄大殿擠得滿滿當當。

李滄行這一輩的小弟子們輩分最低，四十多人分了五桌，坐在最靠門口的位置，大家看著桌上一盤盤散發著香氣，勾引著體內饞蟲的燒雞、風鴨、紅燒肉，一個個都咽著口水，想像著一會兒怎麼才能動作快點，不至於在這一年一度的饕餮大餐中虧待了自己的五臟廟。

此時只聽有人高聲宣道：「掌門到。」

武當上下無論輩分，二代以下弟子皆離座下跪，迎接掌門玄沖道長。李滄行也帶著本桌的師弟們一起下跪，應昌期本想趁機偷吃兩塊口條，被李滄行餘光掃到偷偷踢了他一腳，才不情願地也跟著跪下。

此時，只見一位仙風道骨，鶴髮童顏，中等身材的道長，昂首闊步地步入了大殿。眾人齊聲道：「恭迎掌門。」

這位武當掌門，今年已經年近八旬，一身修為早已爐火純青，紫光、黑石、澄光都是他的親傳弟子。半年前，他開始閉關修煉，連前天的三代弟子排名比武都沒有參加，特地算好了今天出關，參加這一年一度的中秋盛會。

玄沖滿意地環顧大殿一眼，走到了大殿正中的祖師爺畫像與歷代掌門牌位處，也跪下向祖師爺和歷代掌門叩頭。

他起身後，雙手作了個向上的手勢，道：「大家都起來吧。」

李滄行在地上跪了半天，加上今天實在忙，一下站起時腿腳酸麻，竟然差點摔了一跤，一看周圍師弟們也是一個個互相扶持著才能起身，心中暗想這兩日忙著中秋節的事，功夫有點落下，得要好好補上才是。

這時，便聽玄沖道長說道：「今天的中秋宴，有一件大事需要向全幫宣布，那就是有關我武當掌門的更替。」

他的聲音不高，但是話語卻鑽進了每個人的耳朵裡，連坐在最靠門邊的三代弟子這幾桌的孩子們也都聽得清清楚楚，大家都暗嘆玄沖道長的內力之強。

玄沖頓了頓，道：「經過本派長老們的商議，決定將掌門一職授與紫光，而我則按門規轉為本派長老，從此閉關修煉，不再過問本派俗事。紫光，上前來接任掌門權杖。」

紫光道長接任掌門一事在派內風傳已久，眾人聽到後都不驚訝，只是對在今天這個場合宣布略微有些意外，李滄行心中卻是敞亮：中秋是一年一度的俗家弟子們也回山的盛會，此時宣布掌門交接之事，更加名正言順。

紫光起身離席，在祖師爺畫像前跪下，對著玄沖拜了拜：「紫光何德何能，受此職位，還請師父另選高明。」

玄沖道：「此事已是本派長老合議，你莫要推辭了。接任掌門後需得恪守幫派門規，將我武當發揚光大。」

紫光再次謝過玄沖，雙手恭敬地接過了那塊代表掌門權威的權杖，李滄行雖然隔得遠，也看出他的雙手在微微地發著抖。

殿內眾人皆起身拱手，齊聲道賀。

接下來晚宴開始，小弟子們餓了半天，早已經迫不及待了，一個個如狼似虎地搶著肉吃。李滄行笑呵呵地看著師弟們，不住地勸大家慢點吃，別噎著。

這頓飯足足吃了一個多時辰，大家才一個個捂著自己圓滾滾的肚子離了席，走到各自的師父身後，每個人都知道馬上要開始發月餅了。

李滄行看到站在黑石身後的沐蘭湘朝自己頑皮地眨了下眼睛，心中一陣暗喜，默默地對自己說：一定要把那蓮蓉的月餅拿到手，交給小師妹。

武當的規矩歷來是弟子們按輩分領月餅，最先是玄沖、重光等幾位一代的長老各自拿了一塊，接下來是紫光為首的二代弟子們領取。

不知為何，今年領蓮蓉月餅的人特別多，等到二代的師伯師叔們領完後，蓮蓉月餅只剩一塊了，孤零零地躺在所有月餅的最前面，特別地顯眼。

李滄行注意到最後幾位小師叔們上去領取時，沐蘭湘的眼睛就沒離開過那塊蓮蓉月餅，最後一個上去領的是白雲師叔，他開始像是要奔著那塊蓮蓉月餅去，小師妹的眼淚差點都掉下來了，結果他拿起了蓮蓉月餅，搖搖頭，又放下來，換了塊豆沙的，沐蘭湘這才又重新展現出了笑容。

眼見該輪著自己這些三代弟子挑了，李滄行得意地看了一眼滿臉期待的沐蘭湘，徑直向那塊蓮蓉月餅走去，就在他的手碰到月餅的那一刻，突然聽到一個聲音：「滄行，退下！」

李滄行回頭一看，原來是玄沖道長站在自己身後，臉上神情嚴肅，渾身散發著一股凜然不可侵犯的森嚴氣勢，跟往年那位慈眉善目、和藹可親的老爺爺判若兩人。

剛才還熱鬧非凡的大殿一下子變得鴉雀無聲，連根針尖掉在地上的聲音都能聽見，每個小弟子都低下了頭，不敢直視玄沖。

一股寒意從李滄行的心底裡升了起來，他縮回了手，把月餅放回，低頭向玄沖行了個禮，退回到澄光身後，突然發現師父背在身後的手也在微微地發抖。

玄沖走到了供桌前，眼神凌厲如電，掃視全場後，清了清嗓子說道：

「往年三代弟子們領這月餅時，因為年紀過小，從未對其有所約束。今天我武當掌門更替，三代弟子們在昨天也都進行過了測試，算是正式弟子了。以後我們這些老傢伙都會退出門派日常事務，紫光這輩弟子全面接管幫中事務，從今天起，他們就是一代弟子。林宗、滄行這些年齡雖小，卻可以算是我武當二代弟子，從現在開始，要學會長幼有序。」

眾人皆諾了聲是。

玄沖環顧大殿，最後目光落在澄光的身上，沉聲道：

「隔代之間，以上一代的為長，這點大家都清楚；我今天要強調的是，**同代之間，掌門人的嫡傳弟子為長，其次以入門先後而論**，今後無論是授業還是領東西，都要按這個順序，你們可否清楚？」

眾人又諾了聲是。

玄沖的臉色稍有緩和，對著李滄行正色道：「滄行，按這順序，你以後凡事需要排在林宗後面，能否做到？」

李滄行的大腦一片空白，還想著那個蓮蓉月餅，嘴裡卻是隨口應道：「一切但憑師公吩咐。」

「這不是師公自己的吩咐，而是我武當祖師爺傳下的規矩，武當能屹立江湖數百年不倒，成為名門正派之首，首要的一點就是長幼有序，凡事不能壞了規矩，亂了輩分！來，大家現在都向祖師爺磕頭立誓。」

玄沖言罷，轉身面向張三丰的畫像跪了下來，殿內眾人也一齊跟著跪下。

玄沖口中唸道：「祖師爺在上，弟子玄沖，攜武當全體弟子在此立誓，凡我武當弟子，皆需行俠仗義，修身立性，任何時候需謹記長幼尊卑有序，敬愛師長，禮讓師兄，有違此誓，天誅地滅。」

大家都跟著玄沖重複了這個誓言。

站起身後，玄沖看了一眼李滄行，說道：「滄行作為二代弟子中的大師兄，今天未得師長許可，便私自上前拿月餅，按門規當小以懲戒，以敬效尤，執法長老何在？」

面沉如水的黑石站了出來，朗聲道：「執法長老在此。二代弟子李滄行，目無尊長，擅自動手拿月餅，當罰以取消今日領月餅資格，明日開始面壁三天。李滄行，你可有不服？」

李滄行但覺腦中「轟」的一聲，一個聲音在自己心裡大叫：「為什麼，為什麼？又沒人跟我說過這規矩，憑什麼罰我？我不服，我不服！」

他正要喊出心聲，但抬頭一看黑石，卻發現沐蘭湘站在他身後，淚眼汪汪地看著自己，轉念一想，還是不要當眾頂撞她的父親。

李滄行不由得心裡一陣酸楚，嘴上說道：「弟子知錯，謹領罰。」言罷退回澄光身後，卻發現此時師父的手緊緊地握成了一個拳頭。

李滄行的視線漸漸變得模糊，鼻子也開始有點發酸，但心裡有一個聲音對自己說：「不許哭，不許哭。」

玄沖滿意地看了一眼澄光，又看向了徐林宗，瞬間又恢復了往年的慈眉善目，笑著道：「來，林宗，今年你先來領月餅。」

徐林宗看了一眼李滄行，只見他咬著嘴脣，低頭站在澄光身後，雙拳緊握，渾身微微發抖，眼中隱隱有淚光。

徐林宗又看了看沐蘭湘，遲疑了一下，還是走上前去，一言不發地拿走了那個蓮蓉月餅。

李滄行呆在澄光身後如泥雕木塑一樣，任憑師弟們一個個從自己身邊經過，拿了月餅後再退回，自己卻一動不動，外界發生的一切已經與他無關。

全場從黑石宣布處罰後，氣氛便沉悶得可怕，沒人主動說話。也不知何時大家領完了月餅，一個個都離開了大殿，若不是澄光拉著李滄行走，也不知他還要在那裡一個人站多久。

從大殿回來後，李滄行沒有回弟子房，而是直接去了後山的思過崖，山道崎嶇，他也還沒學會九宮八卦步和梯雲縱之類的輕功，只是憑著心裡的一股隨時要衝胸而出的悲憤之氣，一個人在後山爬了一晚上，終於在天明時分爬上了思過崖。

李滄行從小到大沒有受過這種委屈，在有人的地方不能發作，眼下四顧無人，眼淚就像開了閘的洪水奔湧而出，終於忍不住放聲大哭。

哭了許久，李滄行才發現澄光正站在自己身後，面色凝重，眼中也隱隱有淚光閃爍。李滄行擦乾眼淚，站起身，低頭道了聲「師父」，低頭不語，然而眼中的淚水卻不爭氣地滴滴滑落。

澄光盯著李滄行的臉看了許久，突然一把把他摟進懷中，顫聲道：「好孩子，有啥委屈就都哭出來，師父不會笑話你的。」

李滄行本已有些平復的情緒再次失去控制，「哇」地一聲，哭了出來，他自幼無父無母，在其心中，澄光就是他的親生爹娘，心中的千般委屈也隨著淚水一起盡情流淌。

李滄行一邊哭一邊說：「師父，師公為什麼要這樣罰我，往年不都是自己去拿麼，不事先告訴大家，卻只罰我一個，我不服，我不服。」

澄光只是輕輕地拍著他的後背，一言不發。

良久，李滄行終於平靜了下來，坐直了身，不再哭泣，只是木然地發著呆。

澄光望著他看了半天，嘆了口氣，拿出汗巾幫他擦去小臉上的淚痕，說道：「滄行，**在你心裡，武當是什麼？**」

李滄行本能地回答道：「武當？武當是弟子的家啊。」

澄光點了點頭：「那作為一個家，要不要有個規矩呢？」

李滄行這次不假思索地回道：「要的。」

澄光輕輕地摸著李滄行的頭，一臉的慈愛：

「今天師公罰你，錯不在你，而是師公要借這事宣告武當上下，今後必須要做到**長幼有序**。你紫光師伯當了掌門，**徐林宗就會是未來的掌門**，這點你莫要與他爭，不然就是壞了武當的規矩。」

李滄行激動起來，不平地道：「我沒想過要和徐師弟爭，可今天我只是拿個月餅啊。而且事先也沒人告訴我這個事，往年都是各拿各的，憑什麼就要在大庭廣眾下這樣罰我？今後我在師弟們面前還怎麼抬得起頭！」

澄光長嘆一聲：「好孩子，有些道理你現在可能不懂，以後就會明白了。師父是帶藝來的武當，當年被仇家追殺，萬不得已才上的山，當時師父在路上還撿到了你，一起帶上了武當。師公當年肯收留師父，師父自是感激不盡，而且還留下了作為嬰兒的你，當了武當的大師兄，這已經是壞了規矩的事，對咱們來說，武當為我們遮風擋雨十幾年，早就是我們的家了，**但我們並不是這個家的主人，凡事還是要聽家長的話**，你說是不是這個道理？」

這些往事李滄行都明白，他若有所思地點了點頭，道：「師父，你這麼一說，我有點明白了。」

「師公今天的話，有一大半是說給師叔師伯們聽的，從今以後，你的紫光師伯是掌門，黑石師伯負責門派的戒律處罰，師父我則主要負責弟子的日常訓練。**當今的武林並不平靜，魔教乃是我武當，以至於整個武林正派的百年大敵，錦衣**

衛也對我派有敵意，名門正派中想挑戰我武當領袖地位的更是不在少數，我武當適逢掌門交接，屬多事之秋，這種情況下，我們武當內部更要團結，個人受點委屈不算什麼，**重要的是這個家不能受損害。不然哪天武當沒了，天下之大，你我師徒又能去哪裡？」**

李滄行點點頭，目光堅毅：「師父您不用說了，徒兒明白。以後徒兒會事事讓著徐師弟的，不會再給師父添麻煩，也不會惹得師公師伯們不開心。」

澄光滿意地拍了拍李滄行的頭，道：「乖徒兒，來，你該餓了吧，快吃點東西。」說著，他拿起了放在一旁的一個食盒。

李滄行爬了一晚上的山，這時已近正午，昨天晚上的那頓大餐早已經消耗掉了，頓覺腹中饑餓，接過食盒，打開一看，裡面有不少剩下的雞肉豬肉，立馬高興地就著兩個饅頭吃了起來，澄光則慈愛地撫著他的背，不停地囑咐他慢點吃，別噎著。

吃完飯後，澄光又笑著對李滄行道：「滄行，你看這是什麼？」

李滄行定睛一看，居然是個蛋黃月餅，大喜之下問道：「師父，您這是？」

「這是昨天為師領的月餅，知道你喜歡吃這蛋黃餡的，就拿來給你。」澄光笑著把月餅遞了過來。

李滄行接過月餅，喜極而泣：「師父，我……」就再也說不下去了。

「男子漢大丈夫不要成天哭鼻子，今天師父在，你就盡情地哭，以後可不許這麼丟人啊。師父要走了，這幾天每天會有人送飯的，你思過之餘，功夫也別落下，繞指柔劍法這幾天是練不成了，下山後，為師還要檢驗你的綿掌有沒有長進呢。」澄光又恢復了平時的嚴厲，正色道。

「是。」李滄行堅定地點了點頭。

澄光又叮囑了幾句，便飄然下山而去。

李滄行心結既解，這幾日練功反而更有動力，內力也有所增長，居然在第二日晚間又衝開了陰維脈的一個穴道。

這幾日是幾位小師叔於中午輪流送飯。

到了第三日正午，李滄行練完了綿掌後，正準備吃掉昨天剩下的那個饅頭時，突然聽到後面有個聲音在叫他：

「大師兄，我來看你咯。」

李滄行回頭一看，差點沒嚇死，只見一張臉，兩根大黃牙自下而上地從嘴裡齜出，兩眼翻著眼白，紅紅的眼瞼翻在外面，臉上是青一塊黃一塊的，左臉大，右臉小，舌頭歪歪地從嘴裡伸出，三分像人，倒是有七分像鬼。

李滄行畢竟是個孩子，一看這不人不鬼的東西差點沒嚇癱在地，半天說不出話來。

那鬼臉一見李滄行給嚇得說不出話了，一下子臉舒展開來，兩顆牙也掉到了地上。李滄行仔細一看，可不正是沐蘭湘嗎。

小師妹笑得前仰後覆，到後來捂著肚子在地上打滾，一邊滾，一邊還指著李滄行道：「大師兄給我嚇到了，大師兄給我嚇到了。」

李滄行在一邊惱火地盯著她卻說不出話來。心中半是惱怒，半是為看到小師妹而高興。

過了好一會兒，沐蘭湘才停止笑聲。

李滄行這才發現白雲師叔拿著食盒，站在一邊笑看自己二人，便對沐蘭湘道：「你怎麼上來了？」

沐蘭湘笑道：「人家怕你不高興嘛，特地來看你。這個鬼臉真厲害，我上次剛來武當時，徐師兄就用這個臉來嚇我，我直接就暈過去了，後來爹給我揉了半天才醒過來哩。不過也奇怪，我那時候剛來武當，本來很害怕，給這樣一嚇，倒是開心起來了。嘻嘻，我可是學了半年才把這個鬼臉學會哦。大師兄，你現在開心點了沒？」

李滄行聽她這一說，不禁又好氣又好笑，「撲嗤」一聲也笑出聲來。

突然間，沐蘭湘低下了頭，扭捏道：「大師兄，那天都是因為我才害你受罰，你不會怪我吧。」

李滄行連忙擺擺手：「當然不會，我答應師妹的事就一定會做到，這事只怪我上前太急，與師妹無關，只是連累師妹吃不到蓮蓉月餅了。」

沐蘭湘聽了，從背後拿出一個蓮蓉月餅，興奮地道：「大師兄，你看這是什麼？」

李滄行一看，這不正是當日那個自己想拿的蓮蓉月餅麼？奇道：「這月餅哪來的，不是給徐師弟拿走了嗎？」

「徐師兄當天晚上來找我，說他本想拿了月餅後交給你，讓你給我的，結果找了半天沒找到你人，估摸著你直接上思過崖了，於是他就直接把月餅給我，說要我記住，這是大師兄為我拿的。」

李滄行心中突然莫名地感動，一陣暖暖的感覺瞬間遍及了全身：「徐師弟真是好兄弟。」

沐蘭湘看著李滄行，臉上飛過兩朵紅雲：「大師兄，這個月餅是你拿給我的，為了這個，害你自己都沒月餅吃了，還要上來受罰。我求了爹爹兩天，他才勉強答應我跟著白雲師叔一起來看你，這個月餅我一直沒吃，就是要帶上來親手給你，不然我心裡會不安的。」

言罷，她把月餅塞進了李滄行的手裡。李滄行看著沐蘭湘笑得那麼燦爛，一句話也說不出來。

「時候不早了，我也要回去了，你在這裡要好好吃月餅，千萬不能不開心哦。師弟們，還有我，都等你明天回來一起練功呢。」沐蘭湘說完，便趴在白雲的背讓他背著下山，一路上戀戀不捨地幾度回頭。

而李滄行握著那個月餅，好像握著沐蘭湘的纖纖柔荑，一直到二人的身影消失在山道拐角處，才把眼光移開，喃喃地說道：

「謝謝你，小師妹。」

光陰似劍，一晃七年過去了，轉眼間已經是嘉靖二十二年。

這一天正是盛夏午後，知了正在歡快地鳴叫，炎炎的夏日讓人昏昏欲睡。

一個十四五歲的秀麗少女，道姑打扮，瓜子臉，柳眉杏眼，烏髮朱脣，身著標準武當紫藍二色練功勁裝，汗濕的衣服貼在身上，更顯出她婀娜的曲線美，濕淋淋的劉海貼在額頭上，她卻無心打理，從廣場一側發足奔到另一側，如離弦的利箭一樣，瞬間即至。

突然，一點寒星帶著凌厲的風聲迎面而來，只見少女原地急停，一招鐵板橋，上身瞬間後仰，與腿呈直角，堪堪避過了這一物。

此時又是連著幾物後從三個方向打來，少女眼見避無可避，突然嬌吒一聲，原地旋身而起，那幾點寒芒直接從其腳下掠過。

在空中，少女右腳向左腳一踩，借力輕飄飄地向左側滑出兩丈遠，翩然落地。少女柳眉倒豎，向著一邊的大殿臺階上斥道：「小辛子，你又暗算師姐啦。」

這時臺階上的護欄處露出一張十四五歲少年的臉，嘻皮笑臉地說道：「小師姐的九宮八卦步越發地俊哩，這招鐵板橋和那招龍旋風真帥，又是大師兄教你的吧？啥時能教教小弟呢？」

少女清秀的臉上飛過一朵紅雲：「才不是哩，你這招八方風雨的彈弓手法也進步不少呀，又是誰教的？」

「徐師兄教我的，我練了一個月才有點門道，正好師姐來了，幫我做做靶子嘛。」小辛子頑皮地笑道。

「就你小辛子油嘴滑舌，師姐要不是新學了這兩招，還不是讓你給打著了？真要把我打壞了，看我怎麼收拾你。」少女板起了臉，微嗔道。

「嘻嘻，不用師姐收拾，大師兄就會收拾我的，我可不敢。」小辛子一臉壞笑，朝著少女吐了吐舌頭，扭頭就跑。

少女的臉上飛過一朵紅雲，跺腳道：「死小辛子，敢拿師姐開玩笑，看我不打你。」

兩人打鬧著跑到了一邊廣場側的樹蔭下。只見一個劍眉虎目，下頜瘦削，英氣逼人的少年，正背靠大樹笑盈盈地看著二人，見二人奔過，長身而起。

這少年年約十七八歲上下，一身結實的肌肉被身上的藍紫色勁裝襯托得更為突出，看到二人奔至，笑呵呵地道：「小師弟、小師妹最近都大有長進啊。」

這名少年正是李滄行，小師弟、小師妹乃是辛培華與沐蘭湘，光陰似箭，上次中秋月餅風波之後，至今已將近七年。

三年前，玄沖道長駕鶴西去，紫光道長幾年中帶領師兄弟們在江湖上斬妖除魔，武當的聲勢如日中天，直逼少林，在得到本朝嘉靖皇帝御筆親封後，武當的規模擴大了不少，上山學藝與帶藝投師的弟子們絡繹不絕。

七年間，昔日的幼童都已長大，李滄行與徐林宗在去年已經通過高階弟子的考核，能夠穿上標誌著藝滿出師的靛藍色制服。

而不少出身官家的師弟們練了兩三年，學會兩套拳法後，就被家人接下了山，每年中秋前的新弟子招收會上，總是有上百名新弟子們加入，其中不乏一些已經成年但帶藝投師的弟子。

徐林宗在最近的一年多的時間中，三次下山完成執行過幫派任務，上個月又與黑石師伯一起下山去了。

而李滄行在這七年中，一直幫著師父澄光道人訓練師弟師妹們。自從七年前徐林宗在那次中秋測試勝出後，紫光真人開始親授其武功，徐林宗也搬至高階弟子房中居住，與李滄行等師兄弟的來往變得少了，一般要十天半月才有機會再在一起拆招練習。

每年的時間，徐林宗總能學到一兩門本派上乘的武功，除了**兩儀劍法**外，大前年是**神門十三劍**，前年是**真武七截劍**，去年是**太極拳**，今年恐怕要輪到**太極劍法**了。

李滄行四年前被澄光傳授了**柔雲劍法**和**梯雲縱**後，便再也沒有學到本派更上乘的武功，近幾年一直在學江湖上各門各派的功夫，但他**所學越雜**，**越覺得本門武功的博大精深**。

李滄行常獨自暗想：若是能學到本派上乘劍法內功，當能像徐師弟一樣獨自行走江湖。但每念及七年前中秋之夜的往事，和在思過崖頂與師父的一番話，就會嘆息一聲，打消這種想法。

見到二位師弟師妹奔到面前，李滄行笑道：「小師妹的警惕性提高不少了嘛，被暗器突襲也能隨機應變。不過你剛才跳得太早，若是敵人算準了你這招龍旋風，以八步趕蟾的手法先打空中，你將如何自處？」

他轉頭對辛培華道：「前面一發流星趕月速度仍有不足，後面的三發三羊開泰，第二枚打的膻中穴偏了半寸。而且你發出暗器後，人在原地不動，這很危險，若對方是高手，以燕子三抄水的手法接住暗器再原地打回，你就有性命之虞。來，你照剛才那樣打我一下。」

辛培華屏息凝神，退開兩丈左右距離，喊了聲：「大師兄得罪了！」

這一次他用了全力，分襲李滄行周身上下的七處要穴。李滄行大喝一聲來得好，雙腿紮在原地不動，虎腰一扭，一個原地大旋身，正是柔雲劍法中的燕子三抄水。

七點寒芒盡沒入他藍色的身影之中，李滄行嘿嘿一笑，抬手處，七點寒芒激射而出，去勢比來勢迅捷許多。七枚彈子盡皆打入左首邊二十步外的一個木人身上，不偏不倚，正中來襲的七處要穴。

「小師弟，曲池向右偏了一寸，橫骨向下偏了一寸五分。」李滄行直起身，一邊拍了拍身上的塵土，一邊說道。

小師妹跳著過來拉著李滄行的胳膊，嬌聲道：「大師兄，你再多教我兩招嘛。」

辛培華則難以置信地走到木人前，看著那七枚深入木人的彈子，每枚都是打入穴道一寸二分，手勁拿捏得一般無二，不由得吐了吐舌頭：「大師兄，你這招滿天花雨怕是徐師兄也不及啊。我更是這輩子拍馬都趕不上嘍。」

李滄行微微一笑，道：「論及暗器，**蜀中唐門**可謂一絕，可惜近年來人才凋零，聽說近年來與巫山派結怨，連年爭鬥下來日漸衰微，**百步穿揚**、**八步趕蟾**、**暴雨梨花**這些上乘手法已經在江湖上絕跡多年了。**寶相寺**的**金剛錘**則以力取勝，若非頂尖內家高手，無法防住其霸道的氣勁，中招者無不骨斷筋折。

「至於**巫山派**的**芙蓉醉香**，配合其特有的**千手羅剎**手法，據說很難有人能抵擋得住。不過聽說她們最厲害的暗器叫**千蛛奪魄**，專門破內家護身真氣，中者瞬間無法運功，端的是霸道非常。聽說巫山派主林鳳仙當年憑這一手暗器和天狼刀法打遍三峽無敵手，最終以一己之力創立巫山派，實在是當今之世一等一的高手。」

沐蘭湘聽到李滄行大談別派高手，撇了撇嘴：「我看他們都沒什麼了不起的嘛，暗器本就是見不得光的，哪有刀劍拳腳來得實在。再說，大師兄不是也會甚麼唐門的暴雨梨花手法嗎，又有什麼稀奇？」

李滄行收起笑容，正色道：「師妹所言差矣，**行走江湖，暗器下毒，偷襲土遁，無所不用其極**，多少高手英雄都死在這暗器之下。我們未必需要學會這暗器手法，但瞭解有哪些人擅長用暗器，以何種方式使暗器，還是有必要的。」

「哼，大師兄，你看我這套劍法，使出來可懼暗器？」沐蘭湘說著，擺開架式使出一套李滄行未曾學過的劍法，只見這路劍法綿柔持久，劍氣如虹，沐蘭湘右手長劍畫出一個個的光圈，遍佈周身。

隨著光圈一個接一個的迭加，周身的氣勁不斷地加強，竟然隱隱有風雷之聲。辛培華看得呆立原地，半天無語，李滄行則是一下站了起來，看了幾招後重新坐下，若有所思，沉默不語。

小師妹使了十幾招後，得意地收劍回鞘：「大師兄，看我這劍法如何，能不能擋住你說的那些暗器？」

李滄行沉聲道：「師妹，你這是兩儀劍法吧，果然名不虛傳，不愧為本門上乘劍法。這應該是兩儀劍法中的**陰極劍**，與**徐師弟的陽極劍**聯手的話，絕對威力增強數倍。」

「咦，大師兄怎麼會知道的這麼清楚？難道是澄光師叔也教你這個了？」此話一出，沐蘭湘就後悔了，一轉頭看到辛培華也盯著自己一臉嚴肅，意識到自己犯了個大錯。

當年第一次中秋比武大會上，紫光宣布挑選門下兩名最優秀的二代弟子學習兩儀劍法，當時全派上下皆以為非李滄行與徐林宗莫屬，然而最後的結果卻是徐林宗與沐蘭湘被選中雙修此劍法。

此事在武當上下傳得沸沸揚揚，李滄行倒是對此沒有表露過任何不滿，反而是一眾師弟們紛紛替他感到憤憤不平。

最後還是澄光道長親自宣布兩儀劍法適合陰陽調和，男女共修，這才平息了弟子間的議論。不過背後仍有些流言說，前代長輩均是二名男子修習兩儀劍法，非男女雙修不可這一說實在過於牽強。

梁小發有一次跟新進師弟石浩聊及此事時，被黑石聽到，還被狠狠地罰在思過崖待了半個月呢。

「也不是，我也奇怪為啥我會對這兩儀劍法這麼熟悉，只是今天看你使來，倒是與我夢中跟師妹合使的一路劍法好生相似。」

近年來，李滄行晚上做夢，經常夢到自己與沐蘭湘雙修一套威力極大的劍法，一直不知道名字，但今天見沐蘭湘一使出，幾乎脫口而出，這就是自己夢裡使的那套劍法。

自從七年前沐蘭湘在思過崖上贈自己月餅後，她就再也沒離開過李滄行的夢中，一想及此，李滄行臉馬上紅了，立馬岔開了話題，道：「師妹，上次跟你說的柔雲劍法中的霧鎖雲天轉白雲出岫，你可曾使得熟了？」

沐蘭湘聽到李滄行說夢中與自己練劍時，早已羞得滿臉通紅了，正待發作之時，突然聽到應昌期歡快的聲音：「大師兄，徐師兄他們回來了！」

李滄行正不知如何下臺，聽到這消息如逢大赦，另一方面確也掛念徐林宗，立馬奔向山門，一展輕功梯雲縱，只兩三個起落，人已經穿越了整個廣場。

沐蘭湘與辛培華也跟在他後面施展輕功跟隨，距離卻是越拉越大，不一會就看不見李滄行的身影了。

李滄行奔到山門前，只見黑石紅雲二位師伯輩正領著二位中年僧人上山，徐林宗則跟在後面，幾個月不見，感覺他滿臉的風塵，人黑了，也結實了不少。

那二位僧人均是面色紅潤，健步如飛，兩側太陽穴高高隆起，一看便是內外皆修的一流好手，但所穿僧袍卻大不一樣。

左邊一位圓臉僧人身材高大，穿的乃是土黃色僧袍，外披一件木棉大紅袈裟，右邊的長臉僧人身形矮小，穿的卻是一身灰色僧袍，外披一件杏黃色的袈裟，上面還印了個寶字。

李滄行雖從未下過山，但澄光平時將江湖上名門大派的一些高手都對其有所交代，尤其是名門正派的前輩高手更是詳加描述，囑咐其一旦遇到，切不可失了禮數。

看左邊這位打扮，應該是少林派見字輩高僧，右邊應該是寶相寺的一字輩禪師。一想到此，李滄行連忙上前行禮：「師伯辛苦，掌門師伯正在大殿打坐，應師弟已經去通報了。」

黑石「嗯」了聲：「滄行，我給你介紹一下，這位是**少林寺的見聞大師**，這位是**寶相寺的一我禪師**，快快上來向大師行禮。二位大師，這位是我武當二代中的大弟子李滄行，以後還請多關照。」

李滄行上前，以弟子禮見過二位僧人，二位大師也都合十回禮。

李滄行想起師父說過，這位見聞大師乃是少林達摩院首座，一手**羅漢拳**出神入化，而寶相寺的一我禪師，出家前俗名「**八面猴**」**程劇**，為揚州大盜，後為寶相寺聖因禪師所敗，聖因見其頗具慧根，饒其不死並收為弟子。

這二位皆是江湖成名前輩，在少林寺和寶相寺也都是數一數二的人物，而且少林與寶相寺一向關係不是太好。蓋因寶相寺方丈一相大師早年曾是少林和尚，因為偷學武功被趕出師門，後至寶相寺機緣巧合修煉成為一代武學大師，而年輕時的羞辱始終無法忘懷，多年來一直與少林寺唱反調。

這二位在此時不知為何同時來到武當，**難道會有大事發生**？李滄行一邊行禮，一邊心裡飛快地盤算著。

黑石又道：「滄行，帶二位大師去客房休息，我等有事先見掌門師兄。」

李滄行恭身行了個禮，引著二位高僧向客房而去，經過徐林宗時，二人四目相交，不約而同地同時眨了下眼睛。

領著二位大師轉過迎客松時，李滄行餘光一掃，黑石一行正好和小師弟小師妹碰上，二人蹦蹦跳跳地圍著徐林宗邊走邊聊。

安排二位高僧住進東首的廂房時，李滄行驚奇地發現這裡已經有些客人入住了，包括**華山掌門岳千愁夫婦**，**衡山掌門盛大仁**，**丐幫新任幫主公孫豪**，聽說是在昨天和今天上山的，而**峨嵋派的曉淨師太**也在上午來到，安排在西廂房。

李滄行暗罵一聲該死，這麼多重量級人物到來，顯然要有大事發生，自己竟渾然不知，實在是過於閉塞。安排好見聞與一我的住宿後，李滄行徑直去了徐林宗那裡。

七年前從小弟子院中搬出後，徐林宗就住到了原來紫光、澄光他們住的那個二代高階弟子院中。去年李滄行在年度考試中通過高階弟子試煉後，也搬到了這裡，和徐林宗做了鄰居，兩人又能像幼年時一樣晚上互相串門，聊天到三更。

四年前，那隻小狼小黑長大後狼性發作，咬死了從小打死牠母親的張獵戶性命，徐林宗被紫光嚴令，在李滄行的陪同下去追殺那隻狼，面對小黑那苦苦哀求的眼神，徐林宗始終下不了手，還是陪他去的李滄行實在看不下去，只得自己出手殺了小黑。

事後徐林宗難過得幾天茶飯不思，也是李滄行拉上沐蘭湘和辛培華，整天陪他練功說笑話解悶，過了兩個月後才讓他慢慢恢復過來。

從七年前的中秋到此事發生之前，李徐二人本是聚少離多，加上李滄行對徐林宗事事謙讓，兩人間關係反而總隔了層什麼，此事之後，兩人又找到以前的感覺，變得無話不談了。

李滄行推開徐林宗的房門，發現他正在和沐蘭湘、辛培華神秘地商量些啥，一見到李滄行，辛培華忙著招呼他先關上門。

李滄行一頭霧水地關好門，好奇地問：「何事如此神秘？」

「大師兄，我們正商量著晚上去黑石師伯的房間偷酒喝呢，徐師兄走了幾個月，我都快悶死了，這下他回來可好了。大師兄，你每次都輸，這次不會是沒興趣參加了吧。」辛培華一臉的壞笑。

「誰說的，這次我一定贏。」李滄行笑道。

其實他從沒進過黑石的房間，因為他知道小師妹小師弟都喜歡看徐林宗贏。每次他看著沐蘭湘看到徐林宗偷來酒時，那種發自內心的開心，他心裡也會像吃了蜜糖一樣。

雖然在做夢時總會想到與師妹相會，但醒來時想到師父在那天看著自己時那種近乎哀求的眼神，他便會告訴自己**要面對現實，無論是掌門之位還是師妹，將來都是徐師弟的，自己萬萬不能與他相爭**。武當和小師妹是自己最在乎的兩樣東西，只要他們能平安幸福，那自己還有什麼放不下的呢?!

辛培華和沐蘭湘立下了偷酒的賭約後，開心地跑回去作準備了，李滄行在他們離開後，跟徐林宗聊了起來：「師弟，這回下山歷練得如何？」

徐林宗搖搖頭：「沒啥歷練的，就是跟著黑石師叔直接去了少林，在那裡一住就是一個多月，少林內部好像對這次的事挺重視的，聽說開了不少次會議後，才決定派出見聞大師和我們一起回來。」

「對了，大師兄，我在少林這段時間，跟少林的師兄們切磋了不少功夫，他們的硬功果然厲害，天下武功出少林真是名不虛傳，一會兒我把他們的**一相劫指**

與**大金剛拳**使給你看。」

李滄行擺了擺手：「這個以後再說，切磋有的是時間。那紅雲師叔和一我大師又是怎麼跟你們碰上的？」

「他是去寶相寺，我們是在山下碰到的。」

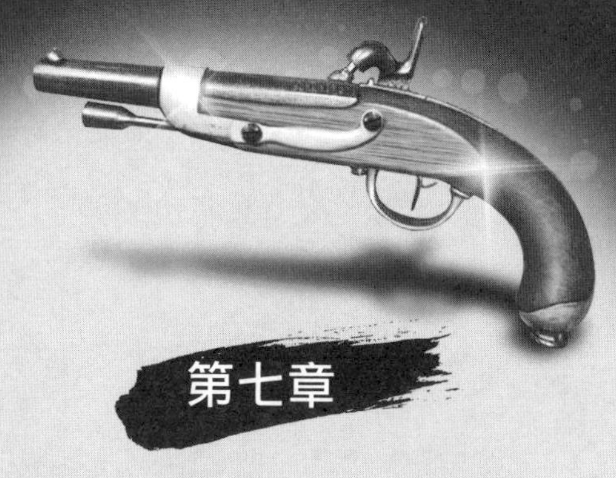

第七章

驚天突變

突然只聽「丁」地一聲，濃眉僧睜眼一看，
那筆被一枚燕子鏢擊落在地，李滄行正衝著自己一笑。
這一切的突變只在剎那之間，原來彭虎等人情知不敵，
但自己的手下多有死傷，就這麼走了又實有不甘，
於是商議這條計謀。

李滄行看了一眼門外，湊近了一點，低聲道：「師弟，你可知峨嵋、華山、丐幫、衡山的各派代表都來了我們武當？」

徐林宗搖了搖頭，神色平靜：「不知，但這些並不奇怪。」

徐林宗的這個反應有點出乎李滄行的意外：「為何你對此一點不驚訝？」

徐林宗壓低聲音：「因為一路上耳聞目睹，差不多知道個大概了。這次聽說是**中原正派聯合，想一舉剷除魔教，各派的掌門與長老這次來武當，可能就是商議這個聯合的細節。**」

李滄行不解地道：「魔教已經存在了千年之久，以前雖與正派有幾次大的衝突，但也不至於鬧這麼大動靜。自從一百多年前，元末大亂的時候，六大派圍攻光明頂後，魔教一直與中原各正派沒有大的衝突，這次又有何玄機？」

徐林宗笑了笑：「大師兄久在山上，對外面的情況有所不知啊。魔教立教千年，跟中原各名門正派早已經是數百年的血仇了。一百多年前六大派圍攻光明頂本已得手，要不是機緣巧合，讓出身本派的張無忌接管了魔教，也不會停戰的。

「張教主之後，魔教被本朝太祖所忌諱，多次出動大內高手圍剿魔教，其中不乏我武當藝成下山的高手。魔教奸徒懷恨在心，於八十多年前突襲我武當，將祖師爺所用的長劍和本派至寶達摩劍法搶去，還傷了我派三位一等一的高手。雖然此戰中，魔教教主也被當場擊斃，但此舉無異於與中原正派重新開戰。這幾十年來一直在江湖上明爭暗鬥不斷。」

李滄行從沒聽過此事，失聲道：「竟有此事，我從沒聽師父提起過。」

徐林宗拉著李滄行坐下：「我也是幾年前才聽師父說過此事，畢竟祖師爺的兵器及門派秘笈丟失不是光彩之事，後來聽說我武當數次偷襲黑木崖想奪回這二物，皆未成功。師父當年接任掌門弟子時，就立誓要追回這二物，我也發了這樣的誓了。大師兄，以後你可得幫我啊。」

李滄行平復了一下心情，點點頭：「這是自然。但為何最近才會有各派的聯合行動呢？」

徐林宗又輕嘆了一聲，眼裡的光芒也變得黯淡起來：

「這全是因為**中原各派內部矛盾重重**，**少林與我武當一向為了正道首領的地位明爭暗鬥**，更不用說其他各派了。自宋末的襄陽大俠郭靖後，一直都沒有一位能讓所有人服氣的武林盟主來號令群雄，所以各派與魔教單打獨鬥往往勢單力孤，吃了虧又不願意多聲張，自然也就難以聯合了。

「七年前，魔教教主陰步雲修煉乾坤大挪移時，走火入魔而死，繼任教主**冷天雄**聽說是位野心勃勃、雄才大略之人，不到三年就完全接管了魔教上下，也不知用了何種手段，讓各大魔頭俯首聽命於他。這幾年魔教四處擴張，先是**滅了雲南點蒼派**，再是**血洗交州聚英莊**，魔爪已經伸出傳統的滇貴地區，直達嶺南，聽說最近還在拉攏巫山派與他們聯合。

「要是他們的圖謀成功的話，以巫山派號令江南七省綠林的實力，將會是武林千年未有之浩劫了。所以去年開始，少林就牽頭，想要聯合中原名門大派圍攻魔教，我武當率先回應，這才有了今日之會啊。」

李滄行聽得心驚肉跳，面色凝重：「原來如此！**看來江湖風波將起，武林將不再平靜啊**，不知道我們在武當山上無憂無慮的日子還能有多久。」

徐林宗的眼神突然變得堅毅起來：「**我們習得一身武藝，不就是為了斬妖除魔、行俠仗義麼**？這幾年魔教做下的滅門滅派之案，光我知道的就有七八起了。」

「嗯，師弟說得是，看來我得找師父多打聽一些魔教的招數，以後跟師弟們多拆拆招以作防備。」

兩人又聊了一陣其他閒事後，李滄行見天色已晚，便告辭退出了房間。

走在回房路上，李滄行滿腦子都在想著今後與魔教的大戰，突然聽到身後一個聲音叫自己：「滄行，這麼晚怎麼還在外閒逛？」

李滄行扭頭一看，正是澄光，連忙向師父行了禮。

澄光正色道：「滄行，最近兩日山上有友幫的前輩在此，你身為武當大師兄，應該循規蹈矩，切不可在外人面前失了我武當的面子；更何況現在還有女眷在山，這個時辰你應該在房中打坐練功，怎麼深夜還在外面到處亂跑？」

李滄行暗道一聲糟糕，今天跟徐林宗聊得太久忘了時間，眼下已經是二更出頭了：「回師父，今天徐師弟下山數月歸來，弟子與其聊得久了些，現在正要回房用功，然後歇息。」

「原來是這樣，滄行，帶為師去你房中，為師有事要向你交代。」澄光看了眼四周，低聲道。

進了李滄行的房間後，二人沿桌邊坐下，澄光盯著李滄行看了一會兒，突然問道：「滄行，這些年委屈你了，你可曾怨為師？」

李滄行眼圈一熱，低頭回道：「師父待弟子恩重如山，有如生身父親，武當為弟子遮風擋雨，早已經是弟子的家，弟子心中豈敢有半點怨恨？七年前的那天我就已經想通了，在武當能平安快樂地成長，滄行已經很滿意，哪還會有其他非分之想！」

「你能這樣想再好不過。想必你也從徐林宗那裡聽說了一些事，眼下武林風起雲湧，正邪大戰一觸即發，**二代弟子中，只有你和林宗明顯可堪大用**，希望在這次的考驗中你能把握機會好好表現，爭取你未來在武當的地位。」澄光目光炯炯，聲音中透著一股熱切的期望。

「弟子不求什麼未來的地位，只想著對武當盡自己該盡的責任，這不是您一直教導我的嗎？」李滄行覺得今天的澄光有些奇怪。

澄光怒容滿面地站起來，罵道：「糊塗，上天生你這大好皮囊，只是為了在這裡一輩子居於人下？」

看著一臉驚愕的李滄行，澄光嘆道：「為師受玄沖道長和武當上下的接納大恩，一輩子居於師兄之下也就罷了，我本來天賦也不如他。可你上山時只是個孩子，沒有人追殺你，為師不會讓你受我牽連，永遠只能在武當忍辱受氣的。別人不知道你的天賦，為師卻最清楚不過，**你說你什麼都可以忍，什麼都能讓，那這個呢？」**

澄光說著，拉開了李滄行的床頭櫃，拿出了一個木雕的小人，可不正是沐蘭湘?!

李滄行一看此物，立時驚得三魂出竅，這是他心底裡最深的秘密，不想今日被澄光一語道破。李滄行一下子變得語無倫次：「師父……我……我……我跟小師妹只是……兄妹之情，這個……」

「你看你還不承認，兄妹之情會這樣？」

澄光又從盒子裡拿出一個黑黑的麵團，上面都長了綠毛了。「這是那年你想拿的月餅吧？聽說後來徐林宗給了蘭湘，怎麼會又跑到你這裡來了？」

李滄行羞紅了臉，低頭看著自己的腳尖，一句話也說不出來。

「知徒莫如師，嘿嘿，就你心裡這點小心思，為師怎麼可能不知？你確實淡泊名利，啥也不想爭，但為師不想看著你把這個也失去。」

澄光把小木人和月餅放回了床頭櫃：「眼下與魔教的大戰一觸即發，你在此戰中如果好好表現，你這心事就有實現的可能。明白了嗎？」

李滄行感激地看著師父，卻哽咽著一句話也說不出來。

「好啦，今天也不早了，你早點休息，明天還有任務，這把鎖留給你，床頭櫃上有鎖扣，每個人都應該有一點自己的秘密，不要輕易讓別人知道。」澄光丟下一把鎖後，離開了房間。

刀光，劍影，隨處可見的斷肢與殘缺不全的屍體，一地流淌的內臟與鮮血，空氣中瀰漫著刺鼻的血腥味，耳邊傳來一些臨死之人痛苦的呻吟聲。

李滄行夢見自己渾身是血，渾身上下像是骨頭全碎了一樣的感覺，動一下手指頭都會鑽心地疼痛，下身和腦袋更是要炸裂了的感覺，無力地靠在一個小木屋的牆壁上，而小師妹卻哭得如梨花帶雨，緊緊地摟著自己。

自己的肉體是那麼地痛，心裡卻是那麼地甜。突然間，只見黑石出現在自己的面前，大吼一聲：搞清楚你的地位，話音未落，重重的一巴掌打在自己臉上。……

夢醒，坐起，已過三更，臉上彷彿還在隱隱作痛。李滄行從來沒做過這樣的夢，但也從沒有感覺那麼的真實。他從櫃子裡拿出師妹的雕像，喃喃自語：「我這是怎麼了？」他對著雕像就這麼坐到了天明。

早晨起床後，李滄行一如平常地去監督新師弟們紮馬掛臂，一年前新上山的石浩師弟已經可以掛四個鐵塊了。

李滄行自己掛了八個鐵塊，腿上紮了四個沙包，陪師弟們練完了早課。吃早飯時，紫光來到飯堂，吩咐他馬上去大殿外值守，任何人均不許接近大殿。

李滄行到大殿外時，發現徐林宗已經站在一邊了，偌大的大殿也就七八張椅子，紫光澄光二人一身正裝，坐在正中主人位的兩個蒲團上，旁邊的一個蒲團空著，應該是黑石的，昨天見過的各派代表有好幾位已經到了。

徐林宗不認識其中的一些人，李滄行悄聲地跟他介紹：

「右首邊首位那個國字臉、濃眉大眼、氣宇軒昂的三十多歲乞丐，是丐幫幫主公孫豪；第二位的那位青衣文士，五綹長鬚，很帥的中年大叔，是華山派掌門岳千愁；坐他邊上的那位勁裝中年美婦，是岳夫人李無雙李女俠；第三位那個白髮帶鬚子的老者，是衡山派的盛掌門；左邊第二位是寶相寺的一我大師，第三位看著像是有六七十的矮個子老師太，應該就是峨嵋派的曉風師太了。左首第一張位子還空著，想必應該是給少林的見聞大師留著。」

話音未落，只見黑石領著見聞大師走上臺階。李、徐忙向這兩位行弟子之禮，黑石進殿前，又吩咐兩人切不可讓人靠近，值守時不得交頭接耳，兩人頻頻點頭稱是。

見聞到場後，向各位代表行了個禮，坐在了左首的首座，眾人皆起身回禮，只有公孫豪「哼」了一聲，也不站起，直接坐在椅子上隨便拱了拱手。

見聞眉頭微微一皺，剛坐下，公孫豪就道：

「見聞大師，我幫掌棒龍頭**胡不歸**去年中秋到貴寺觀禮時，突然死在貴派絕技大力金剛手之下，隨身帶的打狗幫也不翼而飛，當時在下就要個說法，貴派答應全力追查，不知現在可有線索，能否告之一二？」

見聞宣了聲阿彌陀佛，道：「公孫幫主請少安勿躁，當時我等查看現場時，就發現吳長老是胸前中掌，乃是正面搏鬥被人所殺，全身骨骼皆被打斷，確是本派大力金剛手。但本派自上任達摩院首座明仁大師圓寂後，再未有使大力金剛手至如此地步的高手。而且少林與丐幫的交情已有千年，怎麼會向貴幫來本寺觀禮的吳長老下手？這其中一定是**有奸人挑撥**，當今武林與我兩派皆為仇敵的首推魔教，老衲認為，這次如果我等攻打魔教，必會找到本案的線索。不知公孫幫主意下如何？」

公孫豪「哼」了一聲，扭頭旁顧，不置可否。

紫光一看氣氛有些緊張，微微一笑：「今天請各位大俠前來，乃是商議共同出力剷除魔教一事，一些平日的過節暫且先放下，大家既然肯同意前來，也都是答應了這一條的，此次倡議乃是少林派發動，還請見聞大師談談具體步驟。」

於是眾掌門開始商議何時出人，數量多少，何時集合的具體細節，華山、衡山、峨嵋三派態度最為積極，均表示會傾門下弟子出動，岳千愁還說，回去後願意聯絡一些中小規模的正道門派一起出戰。一我也表示，到時一相禪師會親自帶隊。

少林武當二派既為發動門派，自然也表態會全力以赴，只是召集俗家弟子需要點時間。只有公孫豪一直沒說話，最後大家的目光一起落在了他身上。

公孫豪面沉如水，看了見聞一眼，清了清嗓子說道：「各位，實不相瞞，現在本幫內部意見有分歧，不少兄弟對胡長老在少林寺身死一事仍不能釋懷，今天我公孫豪是以個人身分列席此會的，讓各位見笑了。」

眾掌門皆失色，面面相覷，心道丐幫若不肯出力，此戰勝算必會大減，只有紫光與見聞不動聲色。

公孫豪將各人表情一一看在眼裡，又說道：「今天我來這裡，主要是想聽聽少林對此案進展的說法，希望能有個滿意的答覆，也好回去說服幫裡兄弟。只是很可惜，見聞大師的回答連我都無法說服啊。」

見聞宣了聲佛號，道了聲慚愧。

公孫豪站起身，語調一下子變得慷慨激昂起來：

「不過，**斬妖除魔乃我正道中人所為**，剛才紫光道長說了，我等正派之間有些過節也屬正常，今天來這裡的各位，平時也不盡是相安無事的，個個糾結平時的恩怨，那我們啥也做不成，只會被魔教各個擊破。這裡我可以表個態，我公孫豪生平最恨魔教，無論幫內決議如何，我個人都會參加此次行動，而且我回去後，也會儘量勸說各位兄弟參與這次的行動，但現在無法作出任何承諾。」

紫光起身，神情肅穆，向公孫豪行了個禮：「公孫幫主果然俠肝義膽，不愧為我正道人士之楷模。」

「道長過獎。」公孫豪微微一笑，向紫光回了個禮，坐回了自己的座位，神情自若，而各派掌門一個個也有意無意地長出一口氣，把一顆顆懸著的心重新放回。

連在殿外值守的李滄行都知道公孫豪武功蓋世，幾年前還只是丐幫傳功長老時，就能以**屠龍十八掌**和**逍遙遊**兩門絕世武功行走江湖，傳說是丐幫繼喬峰、洪七公後數百年來天賦最高的一位弟子，有他加盟，正派的實力必會大增。

剛才初聞他的言論時，李滄行一顆心都提到嗓子眼裡，這下才長出了一口氣，轉頭看看徐林宗，也是同樣如釋重負的表情，四目相對，徐林宗頑皮地吐了吐舌頭。

各派態度既定，就約下了以中秋為期，在武當山會合，公推少林寺方丈見性大師為首，紫光與公孫豪為副，到時候兵分三路，直取黑木崖。議定之時已是黃昏，用過晚膳後，各位掌門均說事不宜遲，紛紛告辭下山。

當天晚上，李滄行就去找徐林宗商量，期間沐蘭湘與辛培華從黑石房中偷來了酒，四人一邊喝酒，一邊討論了當前的形勢，都認為大敵當前需要勤加練習，一切聽從師命為上。

一向機靈過人的徐林宗這次也難得的面色凝重，但李滄行覺得他沉重的表情下似乎又有什麼大家都不知道的心事。在酒精與壓力的雙重作用下，大家都覺得今天特別累，聊了一會兒就早早回房休息。

第二天一早，紫光就暫停了早晨的紮馬，把所有弟子召集到大殿前的廣場，宣布從昨天開始，**中原各大門派已經決定聯手剷除魔教，這次的行動是兩百年來未曾有過之正邪大決戰**，凡武當正式弟子無論入道還是俗家，均需回師門效力。

從今天開始的兩個月時間內，一二代弟子全需行動起來，一代弟子除了掌門本人坐鎮武當外，全部下山，召集各處的俗家弟子返派集結，二代弟子中，李滄行與徐林宗已經藝成，也可以跟隨各自師父下山。

除此之外的弟子需要打掃廂房，並加強值守，嚴防敵人偷襲，另外還需要在半個月內安排出數千人的新住處。出身達官貴人家的記名弟子則被建議先回家，半年後再回武當。

眾弟子從前天開始已經或多或少地聽說到這一消息，聞之無不摩拳擦掌，躍躍欲試，連那些被勸離的記名弟子們也多數當場表態，不願在此時離開。

紫光宣布完這些事後，就下令解散，一代弟子們進入大殿，單獨安排任務。自黑石開始，二十多位一代的弟子一個個排隊進入大殿領命。

片刻之後，黑石健步而出，背著長劍行囊，直接帶著徐林宗出山門下山，接著是澄光，領了命後也叫上了李滄行。李滄行昨夜早有準備，此時行囊在身，早早地穿好了一套下山勁裝，路過鐵匠鋪時領了長劍與暗器，也跟著師父下了山。

在武當的十餘年中，李滄行從未去過山下，此次下山，頓覺雲淡風清，一路走來，清風拂風，心裡說不出的暢快。

一路上的官道，但見勁裝打扮、鮮衣怒馬的江湖人士往來絡繹不絕。一天之內，李滄行師徒碰到了十幾撥各派的好手，多為華山、衡山二派的俗家高手，其中衡山一派，號稱「**十三太保**」的**樂林**、**湯鎮惡**與**陸松**都帶著十幾名弟子向武當方向趕去。

原來盛大仁在上武當前就通知這些俗家師兄弟作好準備，昨天會議一結束，就飛鴿傳書，讓他們趕到武當集合。澄光暗地囑咐李滄行加快腳程，兩人稍微離了官道之後，施展輕功向前奔去，兩個時辰左右便奔出了二百餘里地。

當晚澄光師徒來到了武當附近的江陵城，夜暮已降，澄光見天色已晚，帶李滄行走進了一家悅來客棧，進門前，澄光在門口拴馬樁子上用劍畫了一個圖案。

李滄行好奇地問師父這是做啥，澄光只說此乃武當弟子下山時所留記號，方便與同樣下山辦事的師兄弟們聯繫。

言語間，二人走進了旅館大堂，只見一位小二走上來問道：「二位大俠是打尖還是住店？」

李滄行看了一眼那小二，生得是精明強幹，一雙眼珠子滴溜溜地直轉，言語間不經意地向二人的隨身包袱打量了一眼。

澄光說道：「住一晚上，安排個靠窗的房間，要臨街。」

「好咧，客官二位，地字號二號房咧。」小二唱了聲諾，轉身引二人向樓上走去。

澄光在前，李滄行在後，跟著他進了二樓的左手第二間房。進屋後，小二說給二人打熱水去，退身出房，順便帶上了門。

澄光見他出門後，先開窗看了下外面的情況，又把客桌上的幾隻茶杯茶壺仔細地看了看，戴上銀指套，沾了點水後在內壁摸了摸，接著走到床前，用劍鞘挑了挑床上的被子與床單，然後伏地看了一下床板，最後打開了那個大木櫃仔細察探了一番，在關上櫃門前還用劍敲了敲櫃子的壁面。

做完這一切後，澄光才放心地坐了下來，向李滄行問道：「為師剛才的動作都看清楚了沒有？」

李滄行點點頭，一邊給師父倒了杯水：「看清楚了。」

澄光接過那杯水，喝了起來：「那你說說這些動作都是為何？」

李滄行正色道：「先看窗外，是為了看是否有人在外潛伏，此外也觀察這裡的地形，萬一敵人突襲，是否能跳窗逃生；看茶具，先是看是否有粉末以判斷下毒，戴上銀指套沾水可進一步檢驗。床上有時會有機關暗器，需要用兵刃先探查一下，床板下也需要檢查；木櫃裡有時候會有機關暗道，或者夾層內有文章，也需要詳查。師父，您說我說得對嗎？」

澄光滿意地點點頭：「不錯，你雖是第一次下山，但這方面已經頗有經驗了，是林宗跟你說的吧。」

李滄行不好意思地摸了摸腦袋笑了笑。

澄光看了一眼門外：「以後你獨自下山走江湖時，住店也需按此規律。切記在城鎮需多備乾糧，荒村野店裡的東西儘量不要吃，酒切不可飲。住宿睡覺時一定要留意。今晚我們輪流值守，一人上床歇息，一人在窗邊打坐，一會洗了腳後，上半夜你先睡。」

李滄行應了聲是，師徒兩又聊了會兒最近李滄行練功的進展。不一會兒，小二將一大壺熱水與兩個盛了熱水的木桶端入，澄光又照前法驗了一下熱水與木桶後才放心。

兩人洗漱之後，按之前的分工輪流休息。

三更半時李滄行被澄光叫醒，值守了下半夜，他一邊打坐，一邊仔細聽著外面的聲音，隱隱間覺得這江陵城夜間並不平靜，二三里外經常有破空風聲，顯然是有夜行人來來往往。

李滄行的腦子裡回憶起師父們曾說過的什麼採花淫賊入香閨，劫富夜盜草上飛之類的傳說，不覺神往，內息的運轉也比在武當時來得急促，不知不覺間雞鳴聲入耳，睜眼一看，東方天已發白。

早晨洗漱過後，澄光師徒二人下樓結帳。

吃早飯時，李滄行發現鄰近的幾桌皆是江湖人士，滿臉凶悍之氣，一看便知並非善類，對著自己師徒二人一邊上下打量，一邊交頭接耳。

李滄行一邊吃飯一邊全身運氣，澄光則神態自若，一如往常。

過了一會兒，從外面跑進來一人，與那名看似為首的滿臉橫肉中年漢子耳語了幾句，中年漢子立即起身向外走，經過澄光這桌時，那中年漢子看了二人一眼後，快步走出，其餘十餘人也跟在他身後走出了酒店。

李滄行長出一口氣，剛才他雖然感覺這些人，除了那為首的漢子外，武功都不是太高，但畢竟人多勢眾，而且刀劍無眼，在這城鎮中動起手來，怕是會傷及無辜。

澄光則一邊吃飯，一邊似有所思，他突然把筷子一放，對李滄行說道：「我們走，遠遠跟上那幫人。」

二人出了客棧後，遠遠地跟著剛出門的那一行人，很快出了城外。

一路上，先後又有兩撥人跟他們會合，不一會兒的功夫，便有四五十人走在一起了。

出了城外五里處的一處小樹林，停了下來，伏身沒入路邊的長草之中，看樣子像是要伏擊什麼人，澄光師徒則遠遠地找了處小山包靜觀其變。

不一會兒，遠方的道上走來三位灰衣僧人，為首一位手持禪杖，正是前日還在武當碰到的寶相寺一我禪師。後面兩位都是年輕僧人，年紀約莫二十上下，手裡均持一把戒刀，身形矯健，一看皆知乃是好手。

澄光低聲對李滄行道：「看來這夥人要對寶相寺的大師出手，你我暫且按兵不動，若是大師有難，再出手不遲。在客棧裡和我們碰到的那個為首的中年漢子，應該是**揚州翻雲寨**的大當家**彭虎**，後來來的兩撥人裡，那一對使短槍的黑皮漢子應該是**金湖黑雲寨**的**劉氏兄弟**，拿判官筆的，是河南一帶的『**血手判官**』林一奇，一會兒要是動起手來，仔細留意這幾人。」

很快，一我大師一行三人走入林中，一我走了幾步後，突然停下腳步，宣了一聲佛號後道：「草叢中的朋友還請出來吧，既已跟了貧僧一路，何不出來指教一二？」

話音未落，埋伏在草叢中的幾十人都跳了出來，將三人圍在中間。

只見彭虎看到一我大師後，「嘿嘿」一笑：「程大哥，別來無恙？」

一我宣了聲佛號：「阿彌陀佛，彭施主，這裡只有寶相寺的一我和尚，沒有什麼程大哥。」

彭虎重重地向地上啐了一口：

「呸，二十年前我們兄弟跟著林老大做了那票生意，事後哥幾個見風聲緊分頭跑路，我們的那份全在你那裡。老子在巫山派躲了兩年多，聽說風頭小了點才敢出來，卻聽說你個龜孫居然進了寶相寺！你要是不想在綠林當好漢了，想立地成佛，那是你的事，但你得把兄弟們拼死拼活掙來的分子先還了我們才行。這些年你躲在寺裡，老子拿你沒辦法，今天好不容易在這裡截住你，識相的快點交出分子！」

「我大師淡淡說道：「彭施主，貧僧當年一時糊塗，墮入邪道，殺人、放火、越貨、採花，端的是無惡不做，如今想來實在是慚愧得緊。後得遇寶相寺聖因大師點化，幡然悔悟，遁入空門。這二十年來貧僧吃齋念佛，就是想贖回當年的罪孽。至於你說的那筆銀子，貧僧在出家前，已經將其分給了那次伏擊中死在我等手中軍士們的家屬，權當良心上求個安穩。看在我們當年相交一場的份上，貧僧勸你也早日回頭是岸，不然有朝一日因果循環，悔之晚矣！」

彭虎氣得直跳腳，黑臉脹得血紅：「跟爺玩這手，當老子是三歲小孩啊！告訴你，今天這錢你交也得交，不交也得交！老子現在把你拿下，不信在爺的手段下你會不招，兄弟們並肩上！」

言罷，他身後的嘍囉們一擁而上。

「我嘆了口氣，灰色的僧衣突然像膨脹的氣球一樣，一下子鼓了起來，右手單手掄起禪杖，左手凌空向衝在最前面的兩條大漢隔空虛點了兩下，那兩人大叫一聲，扔掉兵器，倒地打起滾來。

其他人一見，嚇得不敢再上前。「我身後的兩名僧人也抽出戒刀，三人背靠背呈品字站位，各自護住了同伴的後方。

李滄行看得真切，兩人腿上的曲泉和地機穴均腫起，顯然是被內家氣勁打中。

澄光低聲道：「看到沒有，這就是寶相寺的絕學**妙締指**，氣勁可透指而出，打人要穴。一我大師應該是練到了第四層，可以隔空點穴。聽說一相禪師練到了第八層，剛才的距離，如果是他出手，這二人腿上二穴必將直接被打成血洞，終身殘疾了。」

李滄行也是頭一次見到這門神奇的指法：「這麼厲害呀，只有傳說中的六脈神劍有這樣的威力。」

澄光道：「六脈神劍失傳多年，**這妙締指乃是當今江湖第一指法，也是寶相寺的鎮派絕學**，我們武當以拳掌劍術和內功見長，指法上除了**蘭花拂穴手**外，沒有太上乘的，只能說各有所長，滄行，你也不必妄自菲薄。」

一我大師對彭虎道：「彭施主，貧僧已經一讓再讓，完全是顧念我佛慈悲，上天有好生之德，這才未痛下殺手。你也就此罷手吧。」

彭虎本以為這一我在出家前武功與自己相去不遠，即使在寶相寺練得一兩門厲害武功，就靠今天自己邀請了兩批好手，加上這麼多手下，將其三人拿下應不是難事。

可是他沒想到此人在寶相寺中竟學得如此厲害武功，可以隔空傷人，光憑自己這兩下子，恐怕未近其身就會被打倒。但自己二十年來朝思暮想的財寶，要是就這麼沒了，又實在不甘心。

彭虎環顧四周，只見自己的手下一個個都面有懼色，而那兩個被打傷的手下被抬到一旁後，發出的聲聲慘叫更是讓大家一個個臉色慘白，劉氏兄弟與林一奇都盯著自己，顯然不會主動出手。

彭虎臉上陰晴不定，頭上一滴滴的汗珠布滿了腦門。

這時，林一奇突然陰森森地道：「大家莫要被這大和尚唬住了，他用這指法極耗內力！你們沒看他剛才點了兩下後，原來脹得像個球一樣的僧袍一下子扁了許多麼？他要是真有本事，早把咱兄弟們廢了，還會有心情在這裡囉嗦嗎？大家快上，不信累不死他！」

彭虎聞言，精神一振，馬上眼露凶光，身形向後一縱，跳到樹下那兩個還在哼哼的手下身邊，「啪啪」兩腳連環踢出，將二人踢得飛了起來，向一我撞去。

一我側身一讓，這二人腦袋在空中相撞，登時腦漿迸裂，落在地上，眼見是活不成了。

「有敢後退者，以趙三和李七為下場，跟我上！」彭虎抄起插在地上的一把斬馬刀飛身撲了上去。

群盜發一聲喊，紛紛抽出兵器一湧而上，劉氏兄弟也加入了戰團，而林一奇則慢慢向後踱了兩步，眼睛死死地盯著中間的三位僧人。

澄光悄聲對李滄行道：「這林一奇看來最為棘手，一會真要動起手來，一定要留意此人。我們作好準備隨時出手幫忙，下手切記留有分寸，勿要傷人性命。」

李滄行彷彿可以聽到自己的心跳，學藝十幾年，這還是第一次真刀真槍的和人作生死搏，**「江湖，我來了。」**他在心中暗暗地這樣對自己說。

一我宣了一聲佛號，寬大的僧袍再次如球一般地鼓起，不過，這次他沒有再用妙締指，而是雙手掄杖使出一套降魔杖法，虎虎生風。

彭虎衝在最前面，二尺三寸的一把斬馬大刀在頭上掄了一個大圈後，一招力劈華山，直接當頭劈了下來，勢若千鈞。

一我大師喝了一聲「來得好！」禪杖向上一招舉火燎天，只聽一聲巨響，氣勁四散，向前撲的眾人身形也不由為之一滯。

彭虎「登登登」地向後退出七八步，差點握不住刀，再一看這把精鋼打造的斬馬刀上居然崩出了三四個小口子。一我的腳則陷進地裡約有半寸，臉上微微一泛白，瞬間又轉回了紅潤。

此時手持鋼鞭的劉氏兄弟殺到一我面前，一人攻上路，一人攻下盤，與一我鬥成了一團，彭虎坐在地上調息了一會後，也抄起大刀直奔一我而去。

與此同時，彭虎手下的嘍囉們也與那二名年輕僧人交上了手。左邊那位濃眉大眼的功力明顯比右邊那位小眼睛僧人要強了不少，剛才在一我與彭虎交手期間，已經迎面一拳打中一名黑衣大漢的面門，順勢左肘撞中左邊一人的肋下，右邊一招穿心腳，把另一人當胸踹中倒飛出去。

濃眉僧人右手的刀卻是以刀背擊人，瞬間即以橫掃千軍這一式打倒了三人，刀如其名，使的正是出自少林寺，以刀背擊人、不傷人性命的慈悲刀法。

只不過片刻之間，這位僧人便以**伏虎拳**、**穿心腳**、**慈悲刀法**的武功連續打倒了六七人，動作之快，敵人連他的衣角都沒沾到。

李滄行此時已經隨著澄光奔進了林中，趁著雙方混戰，師徒二人找了處草叢蹲了下來，他一邊看一邊在想，剛才這僧人所表現出來的武功，恐怕換了自己也無法做得更好。

右邊那位白面僧人顯然功力不如左邊的濃眉僧，在五六人的圍攻下顯得左支右拙，難以為繼，突然大吼一聲使出，也一招橫掃千軍，逼退了當面的三人。左邊一名賊人趁機使出地堂刀法欺近了僧人的身，一刀砍在他左腿上，登時血流如注。

這白面僧人負痛之下，也不顧慈悲為懷了，回手一刀，直接砍下了那漢子的一隻手臂。不料此人乃亡命之徒，斷臂之下反而更加凶悍，單臂抱住白面僧人的腿，狠狠地一口就咬在了那道刀傷之上。

白面僧人痛得大叫一聲，差點沒當場暈倒，再也站立不住，撲倒在地。

一我聽到慘叫聲，杖法不由一滯，想要逼退當前的三人好去救援，卻被彭虎等人拼命擋住，無法脫身。

澄光道了聲「不好」，身形暴起，直接就向那倒地的白面僧人飛去。李滄行也拔出了劍，緊隨其後。

只見此時六七個嘍囉均舉起明晃晃的鋼刀，直接向這僧人腦袋上砍去，為首的一人還惡狠狠地叫道：「先宰了小禿驢給死傷的兄弟報仇，再去圍攻老的。」

只聽「噹」的一聲，原來是那濃眉僧人見同伴危急，放棄了眼前的對手，匆忙趕了過來，舉刀架住了眾賊砍下的六七把刀，隨即濃眉僧人大喝一聲，戒刀一震，那六七名賊人個個被這力道震得虎口迸裂，握不住兵器，單刀「乒乒乒乒」地落了一地。

那倒地的白面僧人此時也緩過勁來，一腳蹬出，把抱他腿的那名悍賊踹在胸口，只聽「喀嚓」幾聲胸骨折斷的聲音，那賊人在地上滾了幾下，兩腿一蹬，氣絕身亡。

濃眉僧人運指如風，點了同伴幾處腿上穴道，幫白面僧人止了血，低聲道：「師弟暫且調息，師兄為你護法。」

濃眉僧人剛站起身來，只聽腦後突然一股勁風，心道不好，回身抵擋已是來不及，忙運氣於背，雙足發力蹬地，整個人向前撲去。饒是如此，濃眉僧人仍被這氣勁掃中，喉頭一甜，「哇」地吐出一口鮮血，再也站不起來。

出手偷襲的正是那「血手判官」林一奇，他見劉氏兄弟與彭虎絆住了一我，一時半會兒難分高下，心想先制住了兩個小和尚，以此要脅一我。

不料這濃眉僧人武功頗高，當面動起手來自己恐怕也不是對手，於是趁他救護師弟時，林一奇隱住氣息，不施展輕功，悄悄地踱到他身上一丈左右，趁濃眉僧人蹲下查看同伴時，突然欺近，出手就是**陰風掌**。

此掌法出自魔教鬼宮，詭異邪惡，中者會陰氣入體，短期內無法提氣運功，林一奇出身鬼宮宮主鬼聖門下，這陰風掌已經練到三成，一丈距離已經可以掌風。

林一奇知這濃眉僧人乃是高手，這一下更是全力施為。即使濃眉僧人向前一躍，避開了這一擊，但掌風仍然擊在背上，陰風入體，頓時全身酥軟酸麻，再也提不起勁來。

林一奇「嘿嘿」一笑，上前兩步，先點中了地上運功的那白面僧人的穴道，再向那倒地的濃眉僧人走去。

林一奇再次獰笑著舉起了右掌，正要下手之時，忽然覺得背後一陣勁風襲來，心下大駭，立馬向左側躍去，躲開了這一擊，隨手抽出背後的一對判官筆，護住頭胸要害，喝了句：

「來者何人？」

只見澄光已站在那濃眉僧人身邊，李滄行也在此時跳到了這裡，順手一掌，把一個企圖趁機偷襲澄光背後的黑衣大漢打得飛了出去。

嘍囉們一看是這二人，一個個都嚇得不敢動。

澄光稽首向遠處的彭虎行了個禮道：「貧道乃武當派澄光，懇請各位俠士高抬貴手，勿再相逼。」

「爺爺死了這多人，你說罷手就罷手？」

「也就多了兩個人罷了，兩個小禿驢已經不行了，大家並肩子上，廢了他們。」一群盜四下叫囂，卻無一人敢上前。

劉氏兄弟與彭虎此時也都跳開，彭虎身上中了二指，劉老大肩頭中了一拳，老二屁股上中了一腿，手碗中了一指，已將鋼鞭換交左手。三人皆氣喘吁吁，汗如雨下，雖是有硬功護身，但中指中拳處仍覺火辣辣地疼。

一我雖然也中了一拳一腿，但並不嚴重，毫不影響他功力的發揮，看這架式，再打上片刻，三人即將不敵。

澄光這一出聲救了地上二僧不假，對彭虎這三人也無異於救命之舉。三人後退與林一奇站至一處，而一我也戒備著退到澄光身邊，二人眼神相交，一我點了點頭，以示對澄光援手的感謝。

彭虎滿頭大汗，作出一副強硬的表情，也不還禮，對澄光說道：「我等與這和尚乃是私怨，武當今天是硬要插這一手嗎？就不怕與我巫山派結下梁子？」

澄光微微一笑：「閣下抬出巫山派來，可是說你等今天的行為是奉了林寨主的命令？今日既然林寨主沒有親自前來，想必各位應該有**羅剎令**在手吧，可否讓貧道一見？」

彭虎頓時語塞，他今日前來乃是自作主張，邀來的劉氏兄弟是自己多年好友，且同為巫山派屬下之江南七省的綠林豪傑，而那林一奇卻是河南一帶的獨行大盜，出身魔教，並非巫山派所管轄，雖是自己過命兄弟，但也是以那藏寶的重利誘來。

若是此事張揚出去，招來林鳳仙的責罰，實在是大大不上算，眼下這局勢有澄光師徒加入，動起手來是絕討不了好。

想念及此，四人低頭商議一陣，便有了結果。

彭虎衝著澄光抱拳道：「閣下今日所為，彭某記下了，青山不改，綠山長流，咱們後會有期。」一言罷轉身離去。

澄光心下暗鬆了口氣，剛行了個禮，準備說話時，突然見彭虎與劉氏兄弟同時返身向自己攻來，心下大吃一驚，忙運功抵擋。

那林一奇兩枝判官筆則突然飛出，去勢迅如奔雷，分襲地上的二位年輕僧人，一我此時正在地上查看那白面僧人，見此情況大叫一聲，一掌擊出，掌風把一枝襲來的判官筆打落在地，卻對另一枝襲向濃眉僧人的筆無能為力。

那濃眉僧中了陰風掌正無法運勁，驚呼一聲，閉目待死。

突然只聽「叮」地一聲，濃眉僧睜眼一看，那筆被一枚燕子鏢擊落在地，李滄行正衝著自己一笑。

這一切的突變只在剎那之間，原來彭虎等人情知不敵，但自己的手下多有死傷，就這麼走了又實有不甘，於是商議這條計謀。

四人計畫由彭虎等三人同時出手纏住澄光，林一奇則用判官筆對地上二僧進行突襲，料想總能殺掉對方一兩人挽回些顏面，卻未算到李滄行在武當時學了不少各派暗器手法，情急之下使出**八步趕蟾**，以燕子鏢打落判官筆，將濃眉僧人救下。

彭虎見一擊不成，吹了聲口哨，一眾嘍囉抬起地上同伴屍體，馬上四處逃散，彭虎等三人也齊手對澄光丟出了幾枚鋼鏢，逼其以劍護身，無法追擊，自己則是轉頭就跑。

只聽一我大怒道：「賊徒敢爾！」一抬手，一枚暗器帶著金光奔著三人飛過去。

一我在此前的交手中一直手下留情，始終沒用殺招，卻見這些賊人手段毒辣，一再相逼，不由動了真怒，扔出了寶相寺的霸道暗器金鋼錘。

三人中，劉老二受傷最重，落在後面，這一錘正中其後心，劉老二登時鮮血狂噴，骨斷筋折，話都不說一聲，就在地上斷了氣。

劉老大回頭一見，大慟，想要回去撲在屍體上，卻被彭虎拉著，硬是拖走，連劉老二的屍體也來不及帶回。

一我搖搖頭，嘆了口氣，上前把那金剛錘撿起，放回懷中，回身向澄光師徒行了個禮：「多謝道長出手相救。這位李少俠貧僧在武當時見過，好俊的暗器功夫，不知是哪位道長的高徒？」

「正是小徒李滄行，平日裡喜歡搗鼓些暗器啥的，今天胡亂使了使，讓大師見笑了。滄行，還不來向大師行禮。」澄光笑了笑，謙虛的話語中卻掩飾不住心中的驕傲。

李滄行此時正在扶地上那濃眉僧人起身，聽了這話後，向一我行了後輩弟子禮。

一我嘆了口氣，看著那濃眉僧人：「不憂，你的傷勢如何？」

濃眉僧人名叫不憂，這時已經運功把陰風掌勁驅散了不少，仍覺得有些四肢酥軟乏力：「稟師叔，剛中掌時，陰風入體，說不出的難受，無法運功。現在已經好多了，調息一陣應該就沒事。只是不平師弟他……」

那名叫做不平的白面僧人失血過多，已然昏了過去，腿上的刀傷自大腿中部直接砍到小腿肚，連裡面的筋都翻了出來，還被那賊人生生咬掉了一大塊肉，傷口觸目驚心，這條腿多半是廢了以後再也不能練武。想到這裡，不憂不由眼圈一紅，差點掉下淚來。

「生死有命，行走江湖，凶險難測，時刻有可能會發生這種事的。不憂，回寺後要好好練功，學藝不精無法自保不說，還要累及同門啊。你先背著不平，我們到前面的鎮上雇輛車再回寺。」一我強忍著心中的難過，儘量以平靜的語氣下著令，然後轉向澄光師徒，合十道：「澄光道長，貧僧還有事在身，大恩改日再言謝，你我就此別過。」

「大師請便。」澄光也稽首回禮。

不憂在背著不平上路前，突然回身對李滄行說道：「李少俠，救命之恩，他日不憂一定會報，但凡有事用得著不憂的，請儘管吩咐。」

澄光目送寶相寺三人的身影消失在官道盡頭處，暗地裡與李滄行遠遠地跟著他們，直到三人到了最近的鎮子，雇了車上路後才放心地離開。

李滄行知道師父是怕那夥賊人心有不甘，想回來下毒手，又怕直言護衛傷了一我的自尊心，這才選擇了暗中保護。

兩人回到小樹林，本想掩埋那劉老二的身體，發現地上除了一灘血跡外，所有的屍體和兵器已經不見，連兩枝判官筆也被取走，想來是那劉老大林一奇等人中途折回，給兄弟收了屍並取回了兵器。

澄光嘆了口氣：「這回看來和巫山派可能要結下梁子了，滄行，咱們今天這一仗可能耽誤了腳程，還得加快才好。此事一完，需要向掌門師伯彙報今日經過，一切由他來定奪。走吧，離李家莊還有一天的路呢，今晚我們到前面劉家浦過夜。」

第八章

正道聯軍

「半年前，我聽聞嶺南秦家寨被魔教長老上官武所滅，
其勢力開始進入洞庭一帶時深感憂慮，
遂與武當派紫光道長先行商議滅魔一事，
虧得各位同道掌門奔走，終於促成今日正道聯軍，
見性不才，不勝惶恐之至。」

一路上澄光都不說話，似乎心事重重，李滄行剛才一戰牛刀初試，心中還是非常興奮的，但見師父如此神情，也只能忍著心中的衝動，一路上一言不發。

到了劉家浦後，兩人住進了一家如歸客棧，澄光依舊是在拴馬樁上留下記號。

進得房中後，李滄行終於忍不住心中的疑惑，問了澄光一句：「那幫賊人為何要追殺一我大師？他們就不怕和寶相寺結怨嗎？從他們的話判斷，好像這夥賊人跟一我大師出家前有瓜葛？」

澄光看了李滄行一眼，道：「你可知一我大師在出家前是何身分？」

「弟子以前只是聽您提起過，一我大師在出家前曾是綠林，後來被寶相寺的聖因大師點化後皈依佛門，卻不知和今天的這夥巫山派賊人有何關係。」李滄行把心中的疑惑索性一次說了個透。

澄光嘆了口氣：「一我出家前俗名叫**程劇**，江湖人稱『**八面猴**』，**本是揚州翻雲寨的大當家**，而那『**翻山虎**』**彭虎乃是他以前的副手**。後來程劇有一次失手，被仇家擒獲，本是難逃一死，卻被寶相寺聖因大師所救，並用佛法將其感化。從此改惡從善，遁入空門，這十幾年一直待在寶相寺，很少行走江湖。這次寶相寺一相禪師閉關修煉，無法參加武當的會議，這才由一我大師代替其師兄出席，想不到在路上遇到昔日同伴向其尋仇。」

李滄行「哦」了一聲：「那師父可知為何彭虎會找上外人幫手，來向昔日的老大尋仇呢？」

澄光笑著搖了搖頭：「這就不得而知了，應該是分贓不均導致反目成仇吧。不管怎麼說，身為正道俠士，路見不平拔刀相助是應該的，寶相寺與我武當前日達成同盟共討魔教，他們有難，我們出手相助是理所當然的事，何況對方並非善類，那林一奇更是魔教的人。

「只是此次可能會與巫山派結怨，這次我們集結後，攻打魔教總壇黑木崖時，應該會經過巫山派，不知道這次的事件會不會對滅魔大事造成影響。為師剛才一路就在想這問題，我們還得加快速度，完成了任務後早點回山，向掌門報告此事。」

李滄行這下完全明白了，長出一口氣，又想到了那兩名少年僧人：

「好的，師父。只是寶相寺的那二位師兄不知道傷勢如何，還能不能趕上這次的滅魔之戰？」

「那個白面小眼睛叫不平的，應該是要殘廢了，這輩子估計都無法再與人動手，肯定無法參加此戰；濃眉的那個叫不憂，倒是功夫不錯，看起來不在你之下。從他的出手看，他學成了不少寶相寺的獨門武功，應該是一相大師的親傳弟子。這次你救了他，他感恩在心，以後有機會多和他結交，跟各大派的未來掌門搞好關係不是壞事，這對為師在武當跟你提過的那事也絕對有幫助。」

說到這裡，澄光露出了一絲耐人尋味的笑容。

李滄行想起那日師父跟自己提起沐蘭湘的事，不由得羞紅了臉，忙找了個別的話題岔開。師徒倆又閒聊了幾句接下來幾日的行程，即各自歇息，依舊輪流值守，一宿無話。

第二天，兩人一早繼續出發，趕往五十里外的魚龍浦。

如此這般，師徒二人在半月時間內走遍了荊州一帶的十幾個城鎮，在每個城鎮的拴馬樁上都留下了同樣的記號。

李滄行看了二三處就已明白，這是留給各地的武當俗家記名弟子看的，通知他們師門有事需要集結。

澄光最後回到了江陵城外三十里的**李家莊**，莊主**李冰**乃是澄光的俗家師弟，十年前下的山，李滄行當時年紀雖小，對其還有些模糊印象。

師兄弟多年不見，碰到後好一陣寒暄，飯後，澄光師徒即在莊中住下，隨後的兩天，陸續有附近的武當俗家弟子趕到莊中，與澄光會合。先後有十餘人皆是澄光這一輩的弟子，有三四人已經自立門戶，開館授徒，這一次每人也帶了三四名得意門生趕來。

李滄行認得不少人是當年中秋宴上見過的，一晃七八年，有些人已經有點老態了，仔細一看師父，白頭髮也已經占了頭髮的一半多，心中不由一陣感慨：以前從沒注意到師父變老，只想著自己快點長大，現在自己長大了，師父卻老了。

當晚最後一位孫師叔也帶著兩個徒弟趕到李家莊。澄光見人已到齊，通知大家明早動身，一起回武當。

第二天一早，眾人皆起身上路，李滄行看著身後三十多人，想起自己下山時不過師徒二人，而此時回山時已有一支隊伍。

李滄行又想起自己這一路乃是離武當最近的一路，下山的師叔伯們尚有二十多人，加上山上的弟子們，這樣計算，光武當一派，此戰即可派出一千多武林高手，如此大的陣仗在武林中真是前所未聞，蕩平魔教應該是毫無問題吧。

正心馳神往之際，李滄行感覺衣角被澄光拉了一下，耳邊傳來師父的話：

「還愣著做什麼？上路了。」

李家莊就在江陵郊外，離武當不過四五十里的路程，眾人上了官道，發現這時大道上更加熱鬧了，不斷地有十幾二十人的武林人士結隊趕往武當方向。

澄光上前一問，有華山、衡山、峨嵋、少林各派的俗家弟子都收到師門的消息後動身前來，只半天功夫不到，澄光這支隊伍就如滾雪球一樣地擴大到了五六百人，甚至還會合了上次沒來開盟會的黃山三清觀的火華子、火松子師兄弟二人。

由於人數太多，路過的武當腳下十里鋪鎮無法接納這麼多人，眾人只好在路邊吃了乾糧後繼續上路，趕在太陽下山前到達武當。

十幾天不見，武當已經在真武大殿兩側的空地搭起了兩個巨大的棚子，各置了上千張桌椅板凳，足可容納四五千人。

紫光掌門親自在山門迎接，一眾二代師弟妹們負責接待上山群豪。

李滄行上了山後，還沒來得及喘口氣，就被澄光吩咐去幫著師弟們一起引導各派豪傑入棚歇息。

虞鐵成悄悄告訴李滄行，他們是回山的第一批人，師弟們這幾天都累得夠嗆，下午剛把棚子搭好，他們就來了。而澄光則跟著紫光耳語了幾句後，兩人進了紫霄大殿。

沐蘭湘與辛培華引了各派的女弟子們，前往南邊的一個稍小棚子吃飯歇息，李滄行則帶著師弟們把男俠士按門派順序，分到各自位置後安置。

棚內的桌上盡是大魚大肉甚至還有酒，與武當平日的粗茶淡飯完全不同，眾人趕了一天路，中午又沒吃上熱飯，入了席後，一個個均狼吞虎嚥起來。

雖然住宿條件簡陋，沒有床鋪，但群豪大多行走江湖多年，加上有幸參加此次武林百年未有之大戰，一個個都興奮不已，用過酒飯後，群豪們紛紛摩拳擦掌，整理兵器裝備。

不少交好的師兄弟多年未見，趁這時間一訴這些年的經歷，甚至李滄行還看到有幾位俠士飯後去了女俠士的棚子裡去，過了一陣後，有幾位女俠出來跟這幾位聊著什麼。

「大概是多年未見的師兄妹或者是戀人，在大戰前要一訴衷腸吧。」李滄行心裡這樣想，突然看到沐蘭湘引著剛上山的幾位女俠向那裡走去。

「也不知道這次大戰我能不能活下來，還有沒有機會向師妹說出我的心裡話。」李滄行突然產生一個想要走過去的衝動。

還沒等他邁開步子就聽有人大叫：「掌門，出事了！」

李滄行定睛一看，只見白雲師叔渾身是血，左手已經齊肘而斷，發足狂奔到廣場中央，再也支撐不住，一下撲倒在地，鮮血狂噴，離他最近的幾名俠士連忙將其抱住，向他體內輸起真氣。

紫光聞聲而出，連忙蹲下抓著白雲的手，順手點了他肩頭的四五處穴道為其止血，而澄光則直奔藥房而去。

白雲睜開眼，看到紫光正抱著自己，吃力地說道：「師兄，弟子帶同門回山路上，在山下十里鋪外三里的樹林裡，遭到一夥蒙面人的突襲。他們個個武功高強，訓練有素，所使武功似乎都有魔教的路子，我們一進伏擊圈，就中了毒煙，提不起勁，又被他們一陣暗器傷了一半多人。李師兄和孫師兄他們拼死擋著賊人，要我回來報信，快，快去救……」

白雲本已失血過多，一路狂奔至此，更是已到油盡燈枯之境地，這一氣說了許多話後，傷口一陣劇痛，又暈了過去。

紫光一看他的左臂斷肘處流出的血已是黑色，立即吩咐辛培華將白雲抬下去，先解毒，再救治。

紫光起身，抽出腰間長劍道：「武當二代弟子聽令，沐蘭湘、辛培華隨同澄光師叔留守，其餘人帶上火把，隨我前去營救。」

李滄行等人皆抄起兵器，隨手拿起廣場上與棚子邊燃著的火把，隨著紫光衝下了山，上山的群豪也有不少跟了過去。

紫光心急如焚，輕功全力施展，幾個起落便把眾人遠遠地甩在了後面。

李滄行在一眾下山二代弟子中武功當屬上乘，梯雲縱也是使出十成，雖趕不上紫光，但遠遠能望見其背影，再一看身邊只有李冰師叔和三清觀的火松子、火華子二人與自己並駕齊驅。

當他奔進小樹林時，看到一地的屍體，看著裝打扮，皆是武當弟子，而有幾處地方空有大團血跡，並無屍體，料想該是敵人的死者已被其運走。

紫光正蹲在地上，打了火摺子，查看一具屍體上的傷痕。李滄行向他行了個禮，紫光只是擺了擺手，沒有說話。

李滄行認得紫光在看的屍體，正是跟自己一起回山的孫師叔，屍身上中了十幾刀，正面胸部已經給砍得血肉模糊。

孫師叔那年來中秋宴上吃過飯，是個身材高大的漢子，小時候還摸過自己的頭，給過自己糖吃，一想到昔日的長輩一個下午沒見，再見已是陰陽兩隔，李滄行也不禁眼眶一熱，差點就要落下淚來。

紫光查看完所有屍體傷痕站起身時，後續的弟子與群豪都已經奔到，一下子多了不少火把，樹林裡被照得如同白晝。紫光起身後默不作聲，只吩咐武當弟子們將屍體運回武當掩埋，回山後，紫光召來澄光與李滄行商議。

當澄光問及情形如何時，紫光長嘆了一口氣，說道：

「都怪我考慮不周，敵人在我們這裡似是有內線，知道我武當的一代弟子都分頭下山召集人手去了，所以特意選擇在小樹林設伏。因為到了武當山下時，大家的警惕性是最低的。來襲者俱是高手，我查看孫師弟傷口時，發現他腹部中了魔教的**絕魂針**，背上中了青城派的**摧心掌**，胸口更是中了十幾刀，有江湖黑道常用的**五虎斷門刀**，也有太湖水寇使的**板刀十七式**，這些傷口都很細，傷口卻是流血不止，可見使刀的人功力很深，都是高手啊。」

澄光追問道：「那敵人可曾留下屍體和別的線索？」

紫光搖搖頭，一臉的失望：「沒有，幾位師弟的劍上也有血跡，地上有幾灘大團的血，可見他們也有死傷。只有所有的敵方屍體都被運走了，連兵器也沒留下一把。所以我只能從師弟們身上留下的傷口來判斷對方的來路，看樣子武功有魔教的路子，也有綠林悍匪啊。」

澄光的臉色微微一變：「師兄的意思是說，**巫山派有可能捲入此事嗎？**」

紫光點了點頭：「不能完全排除，但師弟你剛才說，彭虎等人襲擊你們不是林鳳仙下的令，而且你們十幾天前才跟彭虎結的仇，林鳳仙知道消息再派人過來埋伏也來不及啊。從手法上看，對方有綠林也有水匪，需要動用七省水陸分寨的高手，這都需要時間。」

澄光也跟著連連點頭：「師兄分析得是，那以你的判斷，這會是何人所為？」

紫光沉吟了一下，開口道：「恐怕現在還不能輕易下結論。這樣吧，眼下滅魔之戰是頭等大事，先保證此事順利進行。明天開始，你帶二代弟子們輪流下山，在各要道接應回山的師兄弟們，今晚的事再也不能發生了。」

「是。」

紫光抬起頭，忽然又想到了些什麼：「白雲師弟傷勢如何？」

澄光的表情一下子凝重了起來：「性命已無大礙，中的毒是魔教的**五毒煙**，我已將他體內的毒逼出，只是以後這武功恐怕……」

「唉，都是怪我這個做師兄的沒有考慮好萬全之策，才會害了孫師弟他們。」紫光說這話時，眼中隱隱有淚光，李滄行和澄光看了也不由得一陣心酸，低下頭去再也無話。

紫光沉默了片刻，對李滄行說道：「滄行，當下人手不足，師叔們又多下山未歸，這幾天你要負起大師兄的責任來，多幫著做些事。除了你師父那路外，北邊渡口那裡，你就每天去接應一下吧，碰到強敵不要硬拼，及時用信號彈報信。」

李滄行沉聲行禮：「弟子遵命。」

群豪初來時的興奮與激動都被晚上這事弄得意興闌珊，武當上下這一夜沉浸在一股難言的壓抑氣氛中，大家不是在喝悶酒，就是默不作聲，連一路上最喜歡說笑的火松子此時也不說話了。

李滄行強打著笑容，巡視了一遍東大棚，確認了上山時的人都在，這才準備回房休息，正走在回廊間，只聽得身後一個銀鈴般的聲音：「大師兄，回來半天了怎麼都不理我呢？」

李滄行不用回頭就知是沐蘭湘，本來他回山前朝思暮想的就是小師妹，恨不得能長上雙翅膀，早點飛回武當，但經歷了晚上的事，心情大壞，竟然忘了自己回山後還沒去找過她。

想到這裡，李滄行轉身叫了聲師妹。燈光下，看到她正一臉興奮地盯著自己，才想到她這段時間一直在山上留守，對樹林的事也知之不多。

沐蘭湘仔細地打量著李滄行，搖了搖頭：「師兄，下山這些天，你瘦了、黑了。」

李滄行勉強擠出了一絲笑容：「出門在外，哪及得上在武當舒服。」

沐蘭湘不高興地勾了勾嘴：「人家還從來沒下過山呢，給你這麼一說，好打擊啊。」

李滄行眼光看向了別處，聲音中透出一絲淒苦：「我下山前也是對江湖充滿了憧憬，這短短半個多月的歷練，不敢說自己有多瞭解江湖，但我現在情願師妹你一輩子不用下山，永遠能在武當快快樂樂、無憂無慮地過一輩子。」

沐蘭湘嘟起了厚厚的小嘴唇：「我可不要，山上無聊死了，大師兄你不知道，每個月我下山到小鎮上逛街的那半天，是我最快樂的時候，鎮上有好多好看好玩的，還有我最愛喝的銀耳湯。這小鎮就這麼好玩了，要到了大都市還不更熱鬧呀。」

李滄行搖了搖頭：「師妹如果想喝銀耳湯，我給你做就是，只是**江湖險惡，一朝踏入，想要再踏出就難了**。你知道麼，上次來我們這裡的那位寶相寺的一我大師，出家前原來還是個大盜呢，過了二十多年，還被以前的仇家追殺。」

沐蘭湘花容失色，「啊」了一聲。

李滄行於是把跟澄光經歷的江陵城外的那場惡鬥說了一遍，隔了十餘日，他已經平靜了很多，但是說起那驚心動魄，生死繫於一髮的情形還是歷歷在目，連李滄行自己說起來，也都是幾度動容。

李滄行本不是非常擅於言辭，甚至可以說有些笨嘴拙舌，饒是如此，還是讓沐蘭湘聽得目不轉睛，在說到最後那林一奇判官筆突襲三僧時，更是緊緊地握住了李滄行的手，他甚至能感覺到那溫暖的小手掌心滲出的汗來。

一直講到自己打落了那暗器時，沐蘭湘才長出了一口氣，察覺到自己一直捏著一個男人的手，不由得羞紅了臉，趕忙把手抽了回來。

沐蘭湘的粉臉熱得發燙，螓首低垂，突然想到了什麼，抓住李滄行的胳膊左右打量了一下，道：「大師兄，你沒受傷吧。」

李滄行笑了笑：「多年來在武當苦練的武藝終於起了作用，你看我這不好好的！不過這次我下山啊，碰到的寶相寺的不憂、黃山三清觀的火華子都是好手，年紀也比我大不了兩歲，都是同輩，看來這江湖中人才輩出，青年俊傑各派也都有啊，我以後還得多加努力，才不至於給武當丟臉。」

沐蘭湘又高興了起來：「大師兄和徐師兄最棒了，我們武當的功夫肯定不會比別派差的。我對你有信心，你說的那個不憂和尚，最後不還是給你救了嘛。」

「呵呵。還是師妹會說話。」

李滄行本來心情極為不好，跟沐蘭湘說了這一陣，心裡一下子輕鬆了許多，剛才那鬱悶的心情幾乎一掃而光，此時在燈下看著沐蘭湘嬌俏可愛，笑魘如花的樣子，更平添了幾分嫵媚，突然想到傍晚時想要向她表白，倉促之間又不知道如何開口，只是盯著她發呆。

沐蘭湘被李滄行一動不動地看著，有點不好意思，低下頭，側過了身子，輕聲地說道：「大師兄，你這回下山，可曾碰到過什麼……俠女？」

李滄行猛然發現自己的失態，在她低頭時趕忙轉開了目光，正覺氣氛尷尬之時，忽然聽到這麼一句，奇道：「什麼俠女？」

沐蘭湘急急地道：「就是說書裡的那種單身行走江湖、年輕貌美的俠女嘛，去年徐師兄回來後，辛培華就說他肯定是碰到什麼俠女了，不然怎麼會回來後幾天不理我。」

李滄行笑了起來：「沒這麼巧的事吧，說書的一向是添油加醋的，不可全信。反正我是沒碰到什麼俠女，大和尚小和尚倒是碰到了三個。再說了，我這次下山也要師父帶著，什麼年輕俠女即使出來走江湖，也應該是有長輩看護吧。」

沐蘭湘「撲哧」一聲笑了出來：

「我就說嘛，單身女孩子哪有本事一個人行走江湖。去年我去找徐師兄問的時候，他開始還不高興。我看到他身上帶了個女兒家的鈴鐺，一下子就來火了，還把那鈴鐺搶過來看。他居然凶我，後來我不高興了也不理他，他又來哄我，還做了這個笛子給我呢，我這才勉強同意他去爹的房間給我偷酒喝。大師兄，你看，這笛子做得可好呢。」

沐蘭湘說著，還拿出了一支笛子，在李滄行面前得意地炫耀。

李滄行一見那笛子，即知出自徐林宗之手，因為去年有次去他房中聊天時，正見他在削這東西。

李滄行心想，小師妹終究是徐師弟的，自己萬不可與之相爭，又看到沐蘭湘那種如釋重負後得意洋洋的表情，想到小師妹從小就喜歡徐師弟，對自己並無男女之情，只要她能快樂幸福，自己也就心滿意足了，何必再存非分之想。

但他越是這樣對自己解釋，心中越是酸楚，聯想到晚上師叔們的死，不由黯然無語。沐蘭湘見他又不說話，問他是否累了，李滄行隨口應答了兩聲，就辭別了小師妹，自己回房歇息。

李滄行躺在床上，看著窗外的月亮，這一晚他想了很多很多，也不知何時竟沉沉睡去。

一覺醒來，天已大亮，李滄行從這一天開始，擔負起了下山迎接各路英雄的任務，幾天下來，一連接應了少林派的見性方丈，丐幫的公孫豪幫主等重量級人物。

公孫豪這次只帶了十幾個弟子前來，顯然沒有說服丐幫幫眾一起參戰，他看到李滄行後，還誇李滄行義助一我大師之事，說什麼英雄出少年，李滄行這才知道，短短**十來天的功夫，自己的大名居然已經傳遍江湖了。**

也就三四天的時間，武當山變得熱鬧非凡，武當派出去召集的各位師叔伯們均已回山。

上次伏擊白雲一行的敵人一擊得手後，也消失得無影無蹤，山上群雄言及此事時，均認定是魔教妖人所為，一個個都同仇敵愾，發誓此回定要消滅魔教。

此時山上群雄已有五六千，武當自建派以來，從未有過今日之沸騰人氣。

徐林宗也隨著黑石師伯一起回來，但李滄行見他心事重重，一言不發，跟他打招呼時也是魂不守舍，回了武當後，就把自己一個人關在房中。

黑石則是滿臉怒氣，一回幫後，就去見了紫光，還因為李滄行第一天值守時睡過了頭，罰李滄行閉門思過了一天，嚇得各位二代弟子們這一兩天都躲著他。

李滄行心中焦急，但去找徐林宗問，他卻只是不說。

就在這樣的氣氛裡，中秋節到了。

武當自立派以來，這麼多人一起過中秋還是頭一次。但這次的中秋大會又有著特殊的意義。此次大會由少林方丈見性大師與紫光道長共同主持，互相謙讓了一番後，還是見性上了廣場中央臨時搭設的木臺。

木臺之上放著左右兩排椅子，丐幫、峨嵋、華山、衡山、寶相寺、三清觀等大小門派的掌門或門主均正襟危坐，只有三清觀掌教雲涯子本人未到，這位子空著，顯得特別的扎眼。

各派的其他人等則按幫派而分，環繞在木臺周圍，五六千人此時鴉雀無聲，只有眾人的衣袂及門派的大旗在風聲中獵獵作響。

李滄行站在澄光身後，眼睛一動不動地盯著臺上。

見性上臺後清了清嗓子，寶相莊嚴，運起佛門絕學**獅子吼**，以內力將聲音送入每個人的耳中，武當廣場上無論遠近，每人聽到的聲音大小都幾乎一模一樣。

李滄行想起當年中秋宴上，玄沖師公也顯過這一手，但那時是在室內，見性大師這番是在室外，人數也比當年多出數倍，大風中仍有如此效果，實在是驚人，看來這少林絕學果然名不虛傳。

只聽見性大師說道：

「承蒙各派英雄回應，今天來到這裡共襄盛舉，此次我等在此聚義，是為了徹底剷除魔教。魔教妖人一向行事陰險毒辣，近年來冷天雄接任教主後，更是野心勃勃，持續擴張。

「他們已經消滅了西南一帶數十個大小門派，就連立派已有數百年的雲南點蒼派也沒有逃脫其毒手。如果任由其發展下去，恐怕遲早我們中原武林會禍及自身。少林派千年來受武林朋友抬舉，與武當並稱為當今武林正道之首，理當負起這個責任來。

「半年前，我聽聞嶺南秦家寨又被魔教長老上官武所滅，其勢力開始進入洞庭一帶時，深感憂慮，遂與武當派紫光道長先行商議滅魔一事。半年來，虧得各位同道掌門奔走，終於促成了今日之正道聯軍，見性不才，不勝惶恐之至。」

這時突然有個聲音也清楚地飄入所有人的耳中：

「見性大師，場面話不用多說啦，**請問這次正道聯軍，誰當為盟主？**」

此言一出，眾皆譁然，本來群豪皆以為此次事件乃少林武當發起，而武當派紫光道長一向謙遜，事事唯少林馬首是瞻，所有人都認為盟主之位非見性莫屬，想不到在這會上居然有人公然叫板。

大家都在東張西望，想看看是誰有如此膽量，竟敢公然挑戰少林。

見性大師白眉飄揚，宣了聲佛號：「阿彌陀佛，盟主之位本是虛妄，一相大師可是對這職位有意？既是如此，這盟主由你來做，再好不過！」

此言一出，臺下如炸了鍋的沸水，大派弟子尚受師門約束，雖一個個面露不平之色，卻也默不作聲，可不少俗家弟子和普通江湖人士則開始嚷嚷了，多數是說憑什麼一相想當盟主就讓他當，還有不少跟風起鬨的人說，華山派岳先生、衡山派盛掌門也有資格當這盟主。

此時，只見一相大師站起了身，李滄行遠遠見得其年紀約莫五十上下，中等身材，體格倒是粗壯有力，一臉的絡腮鬍子，雙目如電，如果不是一身的僧袍和大紅袈裟，說他是個大將軍更勝於是個佛門高僧。

只聽一相一字一頓地說道：「既是推舉武林正道的盟主，武功當是第一位的，如果哪位武功能技壓群雄，自然當這盟主無人有意見，大家說是也不是？」

他聲音聽起來不高，但一下子把在場數千人的交頭接耳聲全給壓了下來，眾人均覺耳朵被他的話震得發痛，心下無不駭然，暗嘆此人內力居然深厚至此。

一相見各路群雄皆安靜下來，踱到了木臺正中，宣了聲佛號，說道：

「一相不才，願為此次滅魔之舉出一把力。前些天魔教妖人勾結巫山派下屬，偷襲我寺一我師弟，此仇不報，枉為習武之人。若蒙各位抬愛，滅魔一戰，一相將萬死不辭。」

李滄行一聽就覺得納悶，開始一相顯露神功時，他覺得此人內力如此之強，當盟主也未嘗不可。但江陵城郊一戰乃李滄行自己親歷，沒有任何證據能證明此事與魔教有關係，林一奇顯然只是來助拳的，並非主謀，甚至彭虎等人也是背著巫山派寨主林鳳仙所為，這些一我和不憂不可能不如實報告。

一相為了急於當上盟主，不惜捏造事實，當著天下英雄的面撒謊，這種行徑又如何能稱得上俠義之士所為？更不用說當這盟主了。

念及於此，李滄行心底裡這一相大師的高度，一下由一米八五變成了一米五八，轉眼一看各位師叔伯們，也大都搖頭嘆息。

澄光悄悄地對李滄行道：「一相心高氣傲，自認為天下無敵，可我估計這次他會輸得一敗塗地，**少林能領袖武林千年，靠的絕不僅僅是武功**，今天這大會你要仔細看好，對你未來的人生閱歷會是寶貴的財富。」

李滄行點了點頭，眼睛一眨不眨地看著臺上。

一相站在臺上，見四下寂靜無聲，不由心中一陣得意，又道：「還請想當這滅魔盟主的英雄，現在就上來，與一相切磋一二。」

話音未落，只聽得一個有力的聲音：「阿彌陀佛，一相大師，你原本出身少林，又在佛門出家多年，已是一代宗師，怎地還未修身養性？今日之會乃武林百年未有之盛舉，你卻在此視天下英雄於無物。掌門師兄慈悲為懷，不與你計較，老衲不才，斗膽領教寶相寺絕學。」

眾人一看，乃是少林達摩院首座見聞大師，心下不由一陣驚喜，心道今天有幸目睹當世兩位絕頂高手較量，不虛此行。

一相年輕時原本出身少林，而見聞則是當年帶他練過武的傳功師兄，當年師兄弟拆招時，一相從未勝過見聞，雖然離寺已有四十年，自己多年來勤學苦練，早非吳下阿蒙，但此刻見其一出，還是多少有些心生懼意。

但一相轉瞬間想起自己當年被逐出少林時的狼狽情形，又聽到他當眾提及自己這醜事，不由得怒從心頭起，惡向膽邊生，說了聲「領教師兄高招」，脫了袈裟，就走到場地中央。

一時間，各位掌門均離臺撤椅，這木臺一下子就成了兩大高手比武的擂臺。臺下的群豪們一下子也來了勁，許多俗家弟子或者江湖散人都開始紛紛起哄，嚷嚷著比武奪帥，更是有些好事之徒開始口沫橫飛地打起賭來，猜測哪一方能夠勝出，就連李滄行身邊的幾位師叔師伯，也都一個個竊竊私語，回憶起各自記憶裡兩位高僧，乃至兩派武學的優劣長短起來。

只見見聞起手一式羅漢迎客，擺出了羅漢拳的架式，正是同門師兄弟切磋時使用的起手式，寬大的僧袍無風自飄，周身隱隱騰起一陣金氣。而一相則回以韋陀掌的靈山禮佛，漸漸地，僧衣也如一我在樹林那樣，被黑色氣勁所鼓起。

兩人大喝一聲就撲到了一起，第一招拳掌相交，只聽「轟」的一聲巨響，眾人離臺足有丈餘都感覺勁風撲面，那木臺竟然中間裂了個大洞。

兩道身影倏地分開，各自退到木臺一角，心下都暗自一驚，轉瞬間又揉身而上，各施絕學鬥在了一起。只見兩道身影纏鬥在一起，拳來掌往，速度快得讓人目不暇接，而金黑兩色的氣勁在空中激蕩，爆發出一聲聲雷鳴般的巨響。

轉眼之間兩人已經拆了五六十招，一相先後用出了金剛韋陀掌、一戒伏魔指、如影隨形腿等頂級武功，而見聞則還以羅漢拳、旋風掌、少林彈腿相應。加上一相使出的穿花飛葉的絕頂輕功，與見聞使的金鐘罩護體勁，片刻之間二人已經用了七八種頂尖的絕技了。

在場數千群豪生平難得一見如此高水準的高手過招，一大半看得已是癡了，不少修為稍差的年輕弟子眼睛跟不上兩人的速度，頓覺頭暈噁心欲吐。

李滄行看著二人的一招一式卻是清清楚楚，雙手不由自主地在胸前比劃起來，想著若是敵人這樣攻，我該當如何應對。

但看了一陣後，李滄行又感覺有些招式需要強大的內力與頂尖的輕功硬功作保證，自己修為尚不足，萬萬不能照搬這樣高手的打法。他暗想，如果現在是自己在臺上，即使兵刃在手，恐怕幾十招下來，就要不敵落敗了。

又是一個多時辰過去了，二人交手已有四五百招，仍是你來我往，不能一舉制敵。

一相心下暗生煩躁，心想：這見聞只不過是少林的第二高手，還不是掌門見性，自己就久戰不下，還有何顏面當這武林盟主？而且自己當年所學的少林絕技已經使盡，寶相寺的武功也大多用完，而見聞似乎還留有餘力，幾次想用妙締指，又擔心壞了比武規矩，更怕一擊不中，反為對方所乘。

一相一咬牙，也不再顧及這種比武時點到為止的約定，一招雙峰貫耳擊出，逼得見聞後躍，拉出空檔後，一相抬手一記金剛錘出手。金光一閃，金剛錘挾奔雷之勢襲向見聞，眼見其避無可避了。

李滄行見一我使過這霸道暗器擊斃過劉老二，心中暗叫不好，一邊為見聞擔心，一邊對一相作為一代宗師的人品極其鄙視。人群中也不約而同地發出了一聲驚呼。

只聽見聞大喝一聲「來得好」。一個大旋身後，抬手打出一枚銀光，說時遲那時快，一金一銀兩道光芒空中一碰，只聽「啪」地一聲，那金剛錘在空中炸開，碎片四射。

一相做夢也沒想到有人能用這樣的方式打回自己的金剛錘，那碎片來勢太急，自己無法施展輕功，匆忙間就地一個懶驢打滾，這才堪堪躲過，只是爬起來時已是灰頭土臉，實在是大失面子。

而見聞則一個旱地拔蔥，平地一躍兩丈高，萬點金光盡從他腳下飛過，他在空中一個鷂子翻身，人如紙片一般輕輕地向左邊滑去，身體則在此過程中如氣球一樣膨脹，即使此時有人向他出手，也可化解無虞。

眾人看得不由呆住，直到見聞落地時，才發出一聲雷鳴般的掌聲。

澄光也情不自禁地喝了一聲彩，扭頭對李滄行道：「看到沒有，那是見聞大師以**拈花指法**打出**鐵菩提**，力道準頭拿捏得正好，**少林果然藏龍臥虎啊**，這份功力，我們武當只怕只有紫光師伯才能和他一較高下。」

李滄行也點了點頭，他知道剛才如果換了自己在見聞的位置，雖然可以用八步趕蟾手法將這金剛錘擊落，但很難躲開這急射的鋼鏢，即使如一相一般不顧形象，就地打滾，堪堪躲過碎片，也不可能通過反擊敵人來躲過其追擊，心裡不由得對這見聞大師由衷地起了敬意。

見聞勝了這招後，走近一相至身前兩步，合十道：「承讓了。」

而一相臉上青一塊紫一塊，臉色陰晴不定，也不回禮，突然怪叫一聲，僧袍間黑氣暴漲，中指食指併在一處，突然向見聞的胸前膻中穴點去。

澄光一聲「不好」脫口而出，李滄行一看這情形，立馬悟出一相是要使出妙締指了，也急得叫出一聲：「大師當心！」

就見見聞一個原地大旋身，上身一個鐵板橋直接後仰，一道氣勁堪堪從他上方飛過，將他胸前飄起的佛珠鏈擊個粉碎。

一相像個輸紅了眼的賭徒，又攻出第二指，這次乃是點向見聞的左肩井穴，距離太近，見聞避無可避，咬咬牙，鼓起金鐘罩的護身神功，左肩膀向下一沉，左足猛得向下一踏，以卸來勁，「叭」地一聲硬受了這一指。

而見聞的右拳鼓上十分勁，一招**羅漢神打世間無**擊出，結結實實打在一相的腹部。只聽一相慘叫一聲，身體如斷線風箏，帶起一蓬血雨，飛出有二丈遠，掙扎了兩下無法起身，竟自暈了過去。

而見聞也是搖搖晃晃，差點要倒下，左腳下的木臺被其向下卸的勁力硬生生地震出一個大洞，左肩上一個血洞觸目驚心，一條左臂則再也無法提起。

幸虧一相未及重新運氣便攻出的第二指，力道比起第一下已經弱了許多，見聞的金鐘罩與卸力訣也是爐火純青，才能硬抗這一下，不至於指勁穿肩而過，落個終身殘廢。

兩寺各奔出兩名僧人分別將一相抬走，又將見聞扶下，在場眾僧尼則皆宣了聲「阿彌陀佛」。

群豪初時得見兩大絕世高手比武奪帥，見到這麼多佛門絕學個個都是大飽眼福，但誰也沒想到會鬧成這結局。

見聞大師生生挨了一記妙締指，左臂起碼兩三個月不能動，恢復功力至少要有半年，而那一相大師更是給打得人事不省，生死如何亦未可知，這滅魔大戰，二人是無論如何也趕不上了。

想及於此，大家都不禁心下黯然，不少人也後悔自己剛才跟風起鬨，鬧得這樣不可收拾。

見性大師此時踱上了臺，宣了聲阿彌陀佛，人群才漸漸平靜了下來，只聽得見性又說道：「適才見聞師弟出手有失分寸，與一相大師一起兩敗俱傷，這樣的結果，大家誰也不想看到，老衲何德何能，再也不敢居此位置，還請天下英雄另請高明吧，我少林唯其馬首是瞻。」

紫光此時走上臺來，神情嚴肅，沉聲道：「見性大師勿要再推辭了，少林一向執武林正道之牛耳，換了別人都不可能讓大家服氣的，要是有哪位英雄再對這盟主之位有想法，紫光先向他討教一二。」

眾人一見武當此時明確表明了立場，更是人人皆知此時無人會出頭再去爭這盟主位了。

見性在臺上推讓了一番後，勉為其難地坐上了正中那把盟主大座，剛才下場的各位掌門也各自回到兩側入席，一相的位子暫時由一我坐上。

見性一看這盟主已定，宣了聲佛號：

「今日乃是中秋，大家明日一早動身，我們人數太多，幾千人一起行動的話，會招致朝廷的注意，引來不必要的麻煩，暫且兵分三路。少林，峨嵋為一路，就由老衲和曉淨師太一起負責；武當，華山為一路，煩請紫光真人與岳先生帶隊；丐幫，寶相寺，衡山為一路，有勞公孫幫主，一我大師與盛掌門把持。十日後，三路人馬在巫山派以南五十里的落月峽會合。至於其他各位拔刀相助的江湖朋友，可自行選擇跟隨某路一起行動，不過還請今夜到各路的負責人那裡，先行登記。」

在座的各位掌門皆行禮領命。

見性環視四周，見大局基本已定，嘴角一動，準備開口下令，讓群雄各自解散，用了晚宴後早點歇息，明早上路。

就在此時，一名武當弟子匆匆奔上臺來，對著紫光耳語了幾句，紫光臉色一變，忙走上前來，叫住了見性，只說了一句，見性便臉色一變。

二人在臺上說了數句後，紫光便跟著那弟子走下了臺。

李滄行認得那是守在山門的李師弟，澄光低聲對他說道：「看樣子只怕有貴客來訪。」

臺下群雄也都竊竊私語，交頭接耳。

見性大師清了清嗓子，說道：「今日天下英雄皆聚於此，又有錦衣衛總指揮使陸施主登山指教，還請各位英雄讓出條通道。」

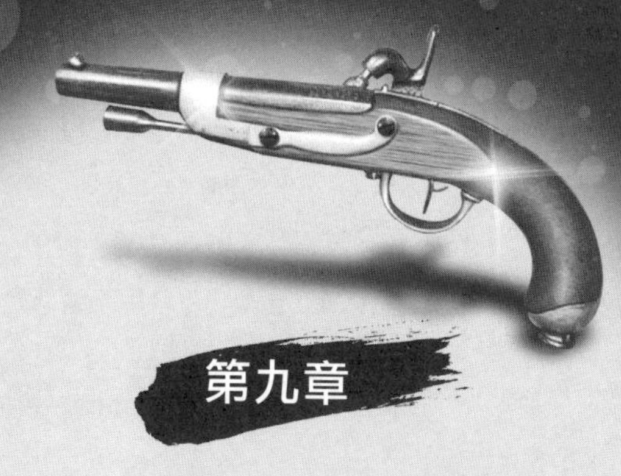

第九章

人在江湖

灰衣老者仰天長笑：「哈哈哈，年輕人，
你沒聽說過人在江湖，身不由己的話嗎？
我歸有常雖不是神教教眾，但受過神教長老大恩，
今天唯有一死而報矣。你年紀輕輕倒是俠義心腸，
今天就用我的命來成就你李滄行的俠名吧。」

此話一出，臺下皆炸了鍋，連李滄行也吃了一驚。

他對朝局知之不多，但也知道這**錦衣衛總指揮使陸炳**，即使在當今武林也算得一個傳奇，號稱錦衣衛建立近兩百年來，從未有過的高手。

陸炳出身武將世家，自幼文武雙全，涉獵各派之絕學，十五歲即中了武狀元投身錦衣衛。陸炳入行十年來，斃泰山五虎，收伏塞外三魔，五年前孤身一人一夜之間連挑江西綠林十三處分寨，甚至與聞訊而來的江南七省綠林盟主，公認的絕頂高手林鳳仙大戰一場不分勝負，從此一戰成名，奠定了其絕頂高手的地位，世人皆稱其為「**六扇門第一高手**」。

陸炳的手下也是人材濟濟，其親自訓練的**慕容翎**、**岳鳴岐**等人都乃當今一流高手。

更可怕的是，此人與當今聖上乃是兒時玩伴，其母親還是當今嘉靖皇帝的乳娘，陸炳本人更是**有過救駕之功**，**是嘉靖帝難得信任的一個人**，年紀輕輕就因功而身居太子少保之職。自大明開國以來，在錦衣衛即使做到總指揮使，也多為鷹犬走狗，**在此職上受三孤之職的**，**陸炳是第一位**。

只是江湖中的事，只要不涉及謀反大逆，朝廷一般是不過問的，**此人今日前來，不知道是何用意**。

李滄行還在思量間，只聽得一陣笑聲自山腳下遠遠地傳來，笑聲淒厲刺耳，聽得心中一陣氣血翻湧，說不出的難受，一下意識到這是有高手在以上乘內功亂人心神，忙抱元守一凝神運氣，頓覺剛才有些鬱積的氣血為之一暢。

李滄行一看四周，群雄多數也和自己一樣在調息運氣，功力較差的，更是需要直接打坐在地，有些小弟子擋不住這怪笑，直接就地嘔吐起來。

片刻間，那笑聲由遠而近，只見一紅一藍兩條身影自山道疾馳而來，百丈距離幾乎轉眼即到，這輕功簡直是驚世駭俗，見者無不動容。

紅色身影正是發笑的那人，只見其來到人群外突然躍起，一個御風萬里的身法，在空中竟不借力，直接就向前飄出十數丈，輕飄飄地落在臺上，比之前面見聞大師的那個鷂子翻身難度似要更高一些。

群雄雖惱此人以內功害人，但見其武功之高，仍發出一聲讚來。紅衣人甫一落地，一道藍色的身影快逾閃電，幾乎與其同時落在了地上。紅衣人收住了笑聲，道：「紫光真人，好俊的梯雲縱啊。」

紫光冷冷地回道：「不敢不敢，陸大人的**御風萬里**和**三笑催魂散**才是神功蓋世，只是尊駕固然武功蓋世，就一定要在天下英雄前如此顯擺麼？」

李滄行仔細一看這紅衣人，只見其年約三十六七歲，中等身材，國字臉膛，稜角分明，面色黑裡透紅，濃眉深目，雙眼精光四射，鼻梁高聳，渾身上下一股強烈的氣場，不怒自威，但是眉宇間有種說不出的陰森氣息。一身大紅武官服，上面用金線繡著蟒紋，風吹起衣袂，隱然可見其內穿護身連環甲，站在臺上如玉樹臨風，英氣逼人。

陸炳雙目如電，向著臺下慢慢掃去，李滄行與其目光一相交，不由渾身打了個哆嗦，他也見過不少江湖人物，這次英雄大會上正道高手基本上都來齊了，但**從來沒有人給過他這種強烈的壓迫感**。

只聽那陸炳打了個哈哈：「今日本官聞得天下正道英雄會集於此，也想來湊個熱鬧，一時興奮，不免有些得意忘了形，還請在場各位英雄不要計較。」

此話軟中帶硬，一方面自行請罪讓人不好發作，一方面又顯露了武功，眾人雖惱他喧賓奪主先聲奪人，但此時也無話可說。

見性雙手合十，說道：「我等江湖草莽，今日來武當賞月會友，又不是圖謀不軌，不知犯了哪條王法，有勞陸大人親自走這一趟？」

陸炳「嘿嘿」一笑，還了個禮：「不敢不敢，只是本官聽說眾位今日在此是準備去攻打魔教，可有此事？」

見性白眉一動：「這是江湖上的事，朝廷也不太好過問吧。」

陸炳搖了搖頭：「普天之下，莫非王土，你們聚集了這麼多武林人士準備打打殺殺，若是有地方官員向皇上上個奏摺什麼的，本官恐怕無法周旋啊。」

「這個不勞大人費心了，我等武林正道，一向與官府井水不犯河水，武當曾被當今聖上敕筆親封，張真人也被尊為護國真人，**皇上既然賦予了我們斬妖除魔的權力，朝廷又不出兵剿滅魔教這樣為禍世間的邪惡組織，我等替天行道，有何不可？**」

見性此話有理有節有力，眾人皆知當今聖上酷愛修仙問道，也曾在即位之初即親筆敕封過武當，拿這個回擊陸炳，自是再有力不過。

陸炳撞了個沒趣，不由得一時語塞，眼珠一轉後又開口道：「既是如此，本官則不再勸阻此事，希望各位好自為之，不要鬧得太大，最後無法收拾。」

見性點了點頭：「這個自然，我等是正義之士，只想誅除元凶，對受了蒙蔽的普通教眾自不會斬盡殺絕的。」

陸炳看了一眼場下，繼續開口道：「還有一事，此次上山的人裡，有不少是吃公門飯的，我錦衣衛的成員也有上百人這次告假，回歸師門助拳，可否行個方便，讓他們不要參與？」

見性對此早有準備，不慌不忙地說道：「此次滅魔，全憑自願，我正派弟子是有些人出了師後加入公門，這次回來助拳也絕無威逼之舉，要不大人自己問問他們？」

陸炳行了個禮後站到臺前，朗聲道：「可有公門捕快與錦衣衛人士在此？請站到左邊空地，然後選一名官長出來說話。」

陸炳說完後，從人群中三三兩兩地走出不少人來，最後加到一起足有四五百。

不少人到此時才認出竟有同事也在此，執手相認的也有不少。

片刻之後，人群中走出一條大漢，向陸炳抱拳道：「屬下**錦衣衛飛魚組千戶尹天仇**，見過總指揮使大人。」

陸炳的眼中閃過一絲憐憫：「天仇，你跟了我十幾年了，上月你說老母病危，要回家見最後一面，原來是奔到了這裡啊。」

尹天仇朗聲道：「屬下欺瞞大人實屬事出有因，待報得師門深恩後，自當回去向大人領罪。只是屬下自幼在師門長大，如今師門如此大事，不敢不從。若是屬下這次不能生還，還請陸大人照顧妻兒。」

陸炳環視四周，沉聲問道：「你們都是這個意思嗎？」

尹天仇點了點頭，表情堅毅：「是的，要不然屬下們也不會來此了，大家心意都已決。」

陸炳看到事已至此，無可挽回，搖頭嘆了口氣：「可否請大師與紫光真人借一步說話？」

紫光與見性對視一眼後，與陸炳站到臺子一角的無人之處私聊了起來。

眾人隔得遠了些，只見三人口齒啟動，卻聽不到一言半語，而陸炳一直在那裡說個不停，見性與紫光則只是一再搖頭。

最後三人回到了臺中，陸炳向著見性一拱拳道：「那在下就祝各位旗開得勝，一路凱歌了。」

「託大人吉言。」見性冷冷地回道。

陸炳言罷，又是一招御風萬里直接從人群上方飛過，頭也不回地下了山。

等到陸炳走後，見性和紫光回到了臺中，公孫豪忽然問道：「剛才陸炳對兩位說了些什麼？」

紫光說道：「他說他接到情報，說是魔教已經收到了我們要突襲他們的消息，也正召集各地弟子、散人與江湖上的旁門左道回幫護教；他還斷言我們這次攻打必不能成功，勸我等早點收手，現在就解散。」

此言一出，臺下群雄皆群情激憤：「奶奶的，老子來了就沒打算回去，跟魔狗拼了。」

「對，我們都不怕死，來了就不會走。」

「打都不打，就這麼回了，以後還怎麼在江湖上混？死也要打啊！」

「我們這麼多人還怕了魔教不成，打！」

見性等眾人聲音平靜了一點後，開口說道：

「陸炳應該不會虛言恫嚇，前日裡，武當道兄們受到有組織的突襲，應該就是魔教妖人所為。除此之外，巫山派的動態也值得關注，大家小心為上。還請各路的負責掌門選派得力幹將先行開路，行軍時預先留有退路，注意地形水源等，謹防魔教妖徒下毒偷襲，每日用飛鴿傳書保持聯繫，一路有事，其他兩路要迅速援救，等到落月峽會合後，相信魔教就無法與我們正面對抗了。」

眾人聞聽，無不嘆服見性大師心思縝密，實在是難得的統帥，即使剛才心中有所忐忑的人也都放下了心。眾掌門皆領了命，各自散去，安排起自己明天的行程。

李滄行等武當人眾隨著紫光，來到西大棚處一大塊空地，華山派的岳千愁夫婦也帶著弟子們來到了這裡，只見武當的本部弟子和俗家記名弟子們加起來足有一千多人，一半多穿了武當的天青色的高階弟子服，顯得整齊劃一。

而那華山派加起來只有稀稀落落的二三十人，衣服倒是挺標準的白色粗麻服，比起武當制服的料子是差了不少。

沐蘭湘悄悄拉了拉李滄行的衣服問道：「華山的人怎麼這麼少，穿的衣服比我們還土。」

黑石離他們較近，聽到後，回頭狠狠地瞪了二人一眼，小師妹嚇得一吐舌頭，再也不敢說話。

只見岳千愁衝紫光一拱手：「武當果然是兵強馬壯，高手如雲啊，岳某經營無方，華山人才凋零，這等實力只能讓武當的師兄們見笑了。」

紫光笑了笑，回了個禮：「哈哈，岳兄說笑了，我等身為正道，除魔衛道乃是本分，何必在乎人數多少？貴派今日之局面是岳先生上一輩的事，與先生又有何關？況且這些年來岳先生和李女俠到處行俠仗義，相信終有一日能讓門派徹底復興的。」

趁著他們客套，李滄行悄悄地把沐蘭湘拉到一處與黑石較遠的地方，指著華山的眾人一個個道：

「這位瀟灑儒雅的先生是『仁者劍』岳千愁，那位中年美婦是岳夫人李女俠，她的一手**湘女劍**和**公孫劍法**可厲害了，**破天一劍**更是馳名江湖。那位二十七八歲的高大漢子，應該就是**華山首徒司馬鴻**了，聽說此人機緣巧合，學成了**霸天神劍**，**放眼江湖也沒幾個對手**，後面那個老頭是**二師兄林力果**。」

李滄行指著一個五六十歲的瘦高老者說道。

沐湘蘭皺了皺眉頭，說道：「他怎麼這麼老啊，看起來比他師父年紀都大。」

李滄行笑了笑：「聽說是帶藝投師，所以年紀雖大但只能是二師兄。」

沐湘蘭「撲哧」一笑：「我明白了，就像石浩，雖然年紀比你都大，但來得晚，所以現在還要排小辛子後面，對吧。嘻嘻。」

李滄行也微微一笑：「師妹聰明。」

「那個穿綠衣服的年輕女子又是誰？眼睛大大的，真漂亮。」沐蘭湘其實第一眼就一直盯著這女子在看，只是李滄行說了好幾個人都沒提到她，終於忍不住主動問起來了。

「應該是**岳掌門的長女岳靈兒**吧。聽說也得了其母的真傳，只是不知道劍術究竟如何。站在她身邊的那個白白淨淨的書生模樣的，應該是**華山新收的弟子展慕白**，聽說他家門不幸被滅了門，最近才被岳掌門收下的。」

沐蘭湘哦了一聲，但顯然展慕白不是她關注的重點：「長女？她還有姐妹嗎？」

「聽說還有個小妹叫**岳靈素**，大概是年紀小沒帶出來吧。就像小師妹你，這次多半是不會帶下山的。」李滄行一邊想，一邊隨口說道。

沐蘭湘勾了勾嘴角，柳眉一揚：「誰說的，這次的事哪能少了我。我早就求過爹和師伯啦，他們說我的兩儀劍法是大殺器呢，一定能用得上。哼，別想甩下我。」

李滄行未曾想過兩儀劍法，聽沐蘭湘這一提，突然想到了徐林宗，轉眼四顧，只見徐林宗一個人魂不守舍地待在一個角落，想到這幾天徐師弟性情大變，不知為何，問道：「師妹可知徐師弟出啥事了？」

「我哪知道，問他也不告訴我，討厭死了。」沐蘭湘一聽李滄行提到徐林宗，不由得撅起了小嘴。

李滄行與徐林宗自幼長大，有快二十年的交情了，也從未見他如此過，心中不由悵然。

這時，只聽黑石在叫沐蘭湘，小師妹嘟著嘴，不情願地走了過去。

紫光與岳千愁夫婦聊了一會後宣布解散，要武當弟子們利用這最後的一晚上時間整裝待發。

李滄行拉著徐林宗去李鐵匠那裡選兵器裝備，各自挑了一套貼身軟甲，外面則罩上天青色勁裝，徐林宗挑了一把長劍，而李滄行在此基礎上還挑了一條軟劍，繫在腰上，二人各領了一個暗器百寶囊和一個傷藥包後算是整備完成。

李滄行本想開口詢問徐林宗下山時的事，但又想到徐師弟自小做事便極有主見，如果不是自己想開口說，那別人再怎麼逼他也是無用，眼下大敵當前，私事先放一旁，還是等此事結束後，再找機會跟他聊天，到時想辦法套套話。

一夜無語，次日五更時分，少林那路就先行下山，向西而行。過了一陣後，武當華山這路也集結弟子，宣布出發。

為了避免引起官府的盤查與警覺，這路近二千人並不是列成軍隊的行軍佇列，仍是以上山時的小組，三四十人一隊出發，前隊後隊間隔著差不多半里左右，肉眼可見，一旦有事則鳴彈示警。

一路上，大家不再投宿城鎮，而是露宿野外，糧食則由青葉師叔與林力果等人先行前往沿途的城鎮採辦。

三清觀的火華子、火松子師兄弟二人，上山時就跟李滄行混熟了，這次也一路跟著澄光這組。

此次滅魔大會，少林本來也邀請了**三清觀的教主——武林奇人雲涯子**，奈何此公生性淡泊名利，與世無爭，武功之外更喜奇門遁甲，星象醫卜之學，門下弟子也是亦正亦邪，不少人甚至跟魔教門徒都有往來。

有鑑於此，三清觀沒有大規模地參與此戰，雲涯子本人也是雲遊在外，不知所蹤，只是在臨走前作了安排，派首徒火華子與弟子火松子二人出來歷練一番。

火華子沉默寡言，待人接物均不卑不亢，極有名門大家首徒的風範，跟李滄行頗為投緣，遇事也是先與李滄行商量，然後再請示澄光定奪。

而那火松子則為人圓滑，在此團隊中，與各人都有意地拉拉關係，這三四天時間裡，跟李滄行等人皆稱兄道弟，與李冰等年紀稍長的前輩，則張口大俠，閉口前輩，叫得人好不受用。

李滄行則隱隱感覺到，火松子對人熱情的表面背後，似乎總與他師兄隔著點什麼，此二人的關係，比起自己跟徐林宗那種發自真心的師兄弟之情更是遠遠不如。

行得八九日後，武當華山這一路到了一處名叫黑水河的地方，眾人趕了一上午的路後，眼見日頭正午，便都找了處靠水的林蔭處歇息。

澄光這隊位於行軍縱隊的隊首位置，一停下來，後面的各隊也都陸續來到這河邊林中歇息，半個時辰左右，河岸邊就聚集了一千多人。

這幾日烈日當空，好不容易看到水源，不少人都奔向河邊取水，李滄行在水中洗汗巾時，突然聞到了一股刺鼻的血腥味，舉頭一看，發現從上游飄下來十幾具屍體，都是江湖人士打扮，其中一具李滄行見過，正是那日在武當山上回陸炳話的錦衣衛千戶尹天仇。

眾人一見此情形，全都站起身來，抽出了兵刃，這時只見西邊約十里地的上空中炸開了一枚信號彈。

紫光見狀沉聲喝道：「右路公孫幫主遇敵，大家速去救援。以出發時小隊為單位，保持好隊形。」

話音剛落，紫光就與岳千愁夫婦等施展輕功絕塵而去。

李滄行這隊跟著澄光向西邊奔去，澄光、李滄行等功力稍高的在前面有意地放慢了腳步，等著後面跑得較慢的人跟上，就這樣保持著隊形，無一人掉隊，過了大約半個時辰，趕到了西邊十里的一處山嶺上。

只見此處數千人已經在手持兵器結陣廝殺，其中有兩三百人已經變成了冰冷的屍體，差不多同樣數目的人受了傷，正在地上調息或者翻滾。

刀光、劍影、兵器相交之聲，鮮血、傷者的呻吟和臨死前的慘叫，使得李滄

行眼前的這一切宛如人間地獄。

李滄行眼見此處地勢寬敞，一道瀑布從旁邊一座山頂瀉下，看來像是那條黑水河的源頭，河兩岸已經盡成戰場。

丐幫這路雖然名為公孫豪帶隊，但由於丐幫並未以幫派名義派出大批弟子，公孫豪也只是以個人名義參加，因此這路反而是以衡山門下為主力，光衡山弟子即不下千人。

衡山派自掌門盛大仁以下，每名身著大紅戰袍的一代弟子，都領著上百名身穿淺紅衣的年輕弟子們結隊而戰。

一我等寶相寺眾人也聚成了一個兩百多人的大團，一我和不憂等功力較高者都站在外圍，抵擋敵人如雨點搬打來的暗器。

而那魔教教眾們倒是不如想像中的那樣穿著整齊劃一，多數人長得也是奇形怪狀，有的人形如侏儒，有些則三分像人，七分似鬼，使用的兵器更是千奇百怪：刀加鋸齒、劍尖分裂、帶刃盾牌、萬字奪、梅花鏢之類的許多武器，李滄行只聽師父描述過，今天一見總算開了眼。

敵人數量足有三四千，壓著正道的一兩千人近似半包圍了，而紫光岳千愁等人正在與圈外層的數十名敵人交手。

澄光見狀，馬上高聲叫道：「大家背靠背，結個圈，離敵五十步時暗青子招呼，向掌門那裡靠攏，爭取早點打進去！」

眾人聞言馬上互相掩護，組了個小圈，澄光、李滄行、李冰三人武功較高，站在了最前方。

只聽澄光道了聲「走」，所有人都快步保持著隊形向前衝去。

待衝到敵陣外百步時，紫光、岳千愁、李無雙這三人已經殺開一條通路，闖進了圈中戰場，一路上留下了二十多具屍體。

魔教徒眾見這三人俱是高手，一時不敢正面硬擋，放其入圈後，對其洩憤式地扔了一把暗器，又重新將這通道堵上。

轉眼間，澄光這組已經攻至圈外，三十步的距離上，澄光大吼了一聲：「射。」正面的十餘人紛紛將扣在手中的暗器打了出去，一時間，柳葉鏢、飛劍、飛蝗石、菩提珠、八仙針等呼嘯著破空而出。

李滄行在武當弟子中暗器功夫算是頂尖，這一仗知道是血戰，更是以雨戰八方的手法，用鐵彈弓在一口氣間將百寶囊中的數十枚石子一口氣擊出。

圍在外圈的魔教徒眾本就是武功相對較差之人，這一下又被從背後突襲，武功高強的尚可提氣運勁，將兵器舞得密不透風，擋掉暗器；武功稍差的，瞬間就給數枚暗器打中，一下子倒地不起，甫一照面就給打倒了十幾人。

趁著武當眾人的暗器打完，後排的魔教眾人或躍起或下蹲，一陣綠煙夾雜著眾多鬼火一樣的綠芒向澄光組撲來。

澄光大叫一聲：「有毒，閉氣，趴下。」

眾人迅速依言而行，只聽得頭上暗器嗖嗖的破空風聲不絕於耳，趴得慢的兩個弟子一下子腦子中了幾點寒光，慘叫著倒地，雙手拼命地向臉上抓去，其慘狀讓人不忍直視。

死的那兩人是李冰的弟子，他見愛徒遇難，立時血貫瞳仁，吼了一聲後，趁那毒煙從頭上飄過之時，雙掌向地上一拍，整個人趁勢彈起，凌空中一招「人不由命」，長劍脫手而出，隔著十幾步，凌空貫入當先的一名魔教門人的胸中。

那人悶哼一聲，仰天吐出一蓬血雨向後倒下，趁著周圍眾人一陣慌亂之時，李冰已經赤手殺入敵人群中，使出武當擒拿手，連續打倒了二人，但很快就被十餘人圍住，刀劍鞭齊下。

李冰手上沒了兵器，不能硬接刀劍，一時只能使出九宮八卦步的身法閃避，沒兩下左臂就中了一刀，頓時險象環生。

此時澄光等人也已衝近，李滄行一見李冰情況危急，大喊一聲「師叔接劍」，將自己手中長劍扔向李冰，順手摸出彈弓，把百寶囊裡剩下的石子全部打了出去。

李滄行的第一彈，打在正砍向李冰的一條藍衣漢子舉刀的右手神門穴上，他「哎喲」一聲，單刀落下，扶著右手跌坐在地。

其他人也都被迫使出亂潑狂風一類的護身功自保，李冰趁這間隙向後一躍，接得長劍，順手一劍從跌坐地上的藍衣漢子當胸刺入，然後一腳把他的屍體踹倒在地，抽出長劍，運起內力，一震劍上的血珠，隨即施展出柔雲劍法，與其他人鬥在一處。

這時，兩邊進入近身廝殺階段，每個人都各尋敵人，陣形也已散開，無法繼續保持。李滄行只見前面三四名黑巾包頭、面相凶惡的大漢盯著自己，為首一人指著自己吼道：「就是這小子壞了爺們的好事，廢了他！」

此人一邊說，一邊施展出五虎斷門刀的力斬破空，向自己當頭砍來。李滄行情急之間，腳下反踏九宮八卦躲開了這一刀，右手扔掉彈弓，抽出腰間的軟劍，大喝一聲，內力一繃，軟劍一下子緊得如同鋼劍一般，一招神門十三劍中的梅花三弄，直接就刺中了那漢子右手的神門穴。

這繞指柔劍法與神門十三劍都是武當的著名武學，李滄行平日裡練這一招抽軟劍、繃硬劍、轉刺神門穴的套路何止千萬遍，但與敵對陣，真劍傷人還是第一次。那大漢捂著手退後時，一左一右兩柄明晃晃的鋼刀又砍到了，左邊攻腰間，右邊攻膝蓋。

李滄行左手使出太極推手的**撞字訣**，使上內力直撞那人的刀柄；右手內勁一洩，又把軟劍放軟，使出繞指柔劍的**百煉成柔**這一招，直接以軟劍在那漢子的刀上纏了兩三圈，隨即右手畫個半圈，向後一拖，使出武當心法的粘字訣，一下子卸了那漢子刀法橫斬的來勢，帶得他身形不穩，向前一跌，背上空門大開。

李滄行不及細想，右肘一招鐵肘破嶽，結結實實打在這人後心之上，他自小練這推手掛磚的功夫，這一肘足可碎碑裂石，只聽一陣骨頭折斷的聲音，那人直接躺在地下，動也不動。

這是李滄行第一次直接出手殺人，雖然沒見到這人的臉，但仍然不免吃了一驚，左手力度稍差了點，沒把敵人的刀給撞掉，被一刀在左腿劃了一下。

幸虧李滄行做了準備，提前貫氣於身，這一刀未傷及皮肉，只是劃破衣服，在腿上留了道血印。

李滄行的腦中瞬間清醒，提醒自己仍身處殺場，當下再不及思考，右手的軟劍帶著那把刀在頭頂畫了一個大圈，直接手腕一抖，以柔劍脫刀式將刀貫出，直接插入左邊那人的小腹。

李滄行一個梯雲縱向前躍去，落地時一個滾翻，躲過了兩柄向頭上砍來的鋼刀，軟劍在地上如毒蛇般左右一劃，一招遊蝶戲柱，那兩人慘叫著捂著自己給割斷的後腳筋倒了下去，而李滄行則正好滾到了李冰殺的那名藍衣漢子身邊，自己的佩劍正插在此人的屍身上。

李滄行順勢拔出屍身上的長劍，起身使出柔雲劍法，向著圍攻澄光的四名老者撲去。這四名老者一使雙鉤，一使槍，還有兩人使劍，武功皆不弱，看來是這一撥賊人的首領。

他們也是一眼看出澄光在武當眾人中武功最高，便四人齊上，圍攻澄光。若論單打獨鬥，這四人均非澄光對手，但四人聯手，加上兵器有長有短可以互補，一時間竟與澄光鬥得旗鼓相當。

澄光被這四人所阻，剛才眼睛餘光掃處，見李滄行險象環生，一時心急，差點被槍捅中，忙打定心神，抱元守一，把門戶守得密不透風。等局勢穩定下來後，再見李滄行時，發現愛徒已經化險為夷，心下更是寬鬆，開始轉守為攻。

李滄行在奔來的路上一直觀察，已經判斷出這四人當中，使劍的二人配合默契，以守為主，加上使槍的用的三十六路岳家槍法可以遠距離攢刺，恰到好處。

而那使雙鉤的一直在找機會封鎖澄光的長劍，出招不多，但極為陰險毒辣，威脅反而最大。

於是李滄行打定了主意，出手直奔那使雙鉤的灰衣老者，離他尚有一丈遠時，即大吼一聲，軟劍使出狂風勁草鞭法，急襲他下盤。

那老者知道側面有勁敵殺到，捨了澄光，轉身面向李滄行迎戰，使槍的白衣老者本想一起對付李滄行，卻被澄光連攻三劍，逼得向右跳開，與使劍二人會合，這下就形成了李滄行獨鬥雙鉤老者，而澄光迎戰另外三人的局面。

灰衣老者使的是一對護手月牙鉤，其鉤頂端高聳，鉤尖鋒利，握手處有一月牙形護手刃，左手鉤以鎖拿李滄行的長劍為主，而右手則以鉤代劍，使出青城派的松風劍法。

李滄行與其幾度兵刃相交，感覺其招數頗為精妙，內力卻是一般，算不得一流的高手，只是其左鉤右劍的招數非常少見。武當派立派之初時，張三丰真人的五弟子張翠山，曾以銀鉤鐵劃的絕技馳名江湖，自他以後，武當少有使鉤高手。

李滄行平時與師弟切磋時，應對使鉤的情況也不多，當下屏氣凝神，使出柔雲劍法的黏字訣去化解其右手松風劍法的攻勢，而對其左手試圖鉤兵器的企圖，則以軟劍轉為**震字訣**，一旦兵器相交，就憑藉內力優勢去震他的左鉤。

幾次下來，那老者左手鉤差點脫手，再不敢輕易鎖拿，而改由右手松風劍法為主，只是以鉤為劍終不得其意，五六十招過後，李滄行便完全占了先機，若不是其與人實戰經驗太少，不少招數都習慣性地點到為止，那老者早已經中劍倒地了。

又鬥得二十餘招，那灰衣老者氣喘吁吁，鉤法散亂，李滄行左手軟劍一招柔雲出岫，挑開他右手劍，再以右手長劍轉刺他中宮，老者本能地左鉤回擋。

李滄行早已料到他這招，手腕使出震字訣，喝了聲「撒手」，兵刃相交，發出一聲震耳的響聲，那老者再握不住兵器，左手鉤「噹」地一下掉到地上。

李滄行見勝負已分，也收劍回身，抱拳行禮。那老者本已閉目待死，見李滄行並未下殺手，睜眼奇道：「為何不殺我？」

李滄行正色道：「晚輩僥倖勝得一招半式，前輩勿怪。」

灰衣老者怒道：「這不是你武當的同門切磋，而是生死相搏，不用跟老夫假惺惺，報上名來，也好教老夫死得心服口服。」

李滄行的語調平靜：「晚輩乃武當澄光真人弟子李滄行，掌門交代過，此次滅魔只誅元凶首惡，如果前輩願意棄惡從善，念在上天有好生之德，我可以網開一面。前輩你的兵刃沒有塗毒，使的武功也不是邪惡凶殘的路數，當與魔教妖人並非一路，還是早早離開得好。」

灰衣老者仰天長笑，言語中盡是悲涼與滄桑：「哈哈哈，年輕人，我聽說過你的名字，可是你沒聽說過**人在江湖，身不由己**的話嗎？我歸有常雖不是神教教眾，但受過神教長老大恩，今天唯有一死而報矣。你年紀輕輕倒是俠義心腸，武功不錯，未來不可限量，今天就用我的命來成就你李滄行的俠名吧。」

歸有常言罷，右手鉤向脖子上橫鉤一抹，帶出一抹血泉，身子向後倒去。

李滄行大驚之餘，想上前去救，哪還來得及！只得匆匆向其行了個禮，轉頭去幫澄光。

澄光自從去得那歸有常的雙鉤鎖拿後，壓力大減，二十多招內便尋機將那使槍老人刺死，等到李滄行打敗了歸有常時，那一對使劍老者也被他先後殺掉，李滄行轉頭找澄光時，發現他正微笑著看著自己。

「師父。」

「滄行啊，武功最近看來大有進步，連雙鉤震陝甘歸有常都敗在你手下。」

「什麼，他就是陝甘一帶的歸有常？聽說此人亦正亦邪，常有俠義之舉，為何也會為魔教效死？」李滄行有些奇怪。

澄光嘆了口氣：「這個我也不知，聽他方才言語，可能是受了魔教之人的恩惠前來助拳，我剛才所殺的那使槍之人，乃是山東泰安的劉一槍，使劍之人我不認識，用的似乎是南海一帶的劍法。這些人三教九流，有正有邪，但顯然都不是魔教的直系屬下，最多是外圍分支，看來這滅魔之戰的難度超過了我們原先的預料。

「滄行，你宅心仁厚，固然是好事，但這是**正邪之爭**，你死我活。且不說那魔教妖人凶殘惡毒，就連這些助拳之人，也多是成名高手，敗在你一個後輩手上，自然無顏活下去。滄行，你聽好了，**以後的滅魔之戰中，除非主動棄劍投降之人，不然只要武器在手，就不可手下留情，你可明白了？**」

李滄行心中黯然，嘴上卻說道：「弟子謹記。」

澄光的目光落在了李滄行的腿上：「對了，你腿上有傷，先包紮一下，止了血再說。」

李滄行先前腿上中了一刀，雖有脛甲和護體氣勁保護，導致受創不重，但連番惡鬥下來，傷口滲血不止，適才搏鬥之時尚不覺得，這會閒了下來倒有點頭暈目眩之感，忙坐下調息運功，並在傷口抹藥止血。

言語之間，澄光組的其他人眾已將這群百餘人的魔教隊伍殺散，打開了一條通向內圈的通道，火華子奔至澄光面前，問道：「當面之敵已退，可要入圈會合？」

澄光看了一眼四周的局勢，笑道：「不用了，抓緊時間撿回各人的暗器，受傷的人退到後面休息，留下二三人看守，其他人準備追殺妖徒們吧。」

李滄行隨著澄光的目光一看，只見武當這一路的近兩千人已經全部殺到，各自以組為單位，像一把把鋒利的尖刀，直插入魔教的外圍圈中。

適才魔教三四千人圍攻圈內正派一千多人尚不能完全吃下，這回被生力軍一陣突擊，頓時陣腳大亂，腹背受敵，匆忙間只能撤了包圍，企圖結陣相抗。

不一會兒，少林那路也殺到，數百名少林僧擺出三個羅漢大陣，直接衝進魔教人群之中，所過之棍影如山如林，留下敵人屍體傷者若干。

魔教徒們雖也結陣相抗，但顯然不及少林陣法訓練有素，一衝即散，最後只得以暗器遠距離射擊，以阻其追殺。

等到澄光這組人重新整理好了裝備與暗器，準備出擊時，魔教徒眾已經是潰不成軍，開始四散奔逃了。澄光下令不必保持隊形，喊了聲「追」，這組人便各展輕功向前奔去。

李滄行受的是輕傷，也跟著一起向前，只是怕牽動傷處，腿腳間留了三分力，這一來倒是落在了後面。

原來在內圈被圍攻的丐幫、衡山和寶相寺眾人與魔教之人近身相接，距離最近，這一下轉守為攻時，追擊也是衝在最前面。

寶相寺那二百多人是對方攻擊的重點，在防禦戰中倒下了三十多人，餘者也有不少身上有傷，連一我也中了兩劍，來不及止血，這下敵人一撤，眾僧先是原地療傷，沒傷的也都在附近護法戒備，顧不得追擊逃敵。

衡山核心弟子中的卜沉全和沙江二人戰死，弟子們也戰死約二成，餘者皆打紅了眼，帶領各小隊，留下傷者自行調理，沒傷的全部投入追擊。

一時只見五顏六色的魔教徒眾們潮水般地向南狂奔，而一股紅色為主的怒流正跟在其身後，緊追不捨，再後面跟著大批武當的天青藍色與少林的杏黃。

一路之上，跑得慢的魔教徒眾被追上後，無一不被亂刀分屍，慘叫聲此起彼伏。兩邊的距離只有二十多丈，雖然逃亡的魔教眾人中，不時有幾名悍匪返身再鬥，為同伴逃亡爭取時間，無奈螳臂當車，兩邊的距離反而越來越近，眼看不用半炷香，紅色怒流就能追上魔教的潰兵。

山谷突然兩邊湧出了數百名紅衣紅巾的漢子，每個人的手裡都持著一截小臂長短的銅管，一下子堵在了追兵與逃亡者之間，逃亡的魔教徒眾們紛紛從這些紅衣人列隊的間隙中衝了過去。

幾百具黑洞洞的管口正對著正派眾人，而在隊伍一側，有一圓頂矮胖老者，身著大紅袍，胸前繡著一團燃燒著的烈火，手持一把破天錘，高高舉起的左手倏地向下一落。

李滄行聽師父說過魔教自正副教主，光明左右使之下尚有四大護教尊者，為首的就是上次見過的那「血手判官」林一奇的師父，鬼宮尊者鬼聖，此外還有一位烈火尊者，他手下的烈火宮眾皆精通火器。

李滄行念及於此，不禁大叫一聲「停！」說時遲那時快，數百支銅管一下子發出一陣雷鳴般的巨響，而管口齊齊地冒出一陣濃煙，頓時煙霧瀰漫，看不到前方十步距離，空氣中瀰漫著一陣刺鼻的硝煙味。

衝在最前面的盛大仁和十三太保中的丁全、陸松等人，一見這架式，立馬一飛沖天。奔在後面收不住腳的普通弟子們就倒了大楣了，空中密集打來的鉛彈子如暴風驟雨，衝在最前面的二十多人瞬間給打成了篩子一樣，來不及吭一聲，就撲倒在地。後面的人見勢不好，連忙收住腳步，趴倒在地。

丁全落地後狠狠地踢了一個趴地的弟子屁股，吼道：「劉三兒，裝什麼慫，他們的火器裝填需要時間，快跟著我衝啊。」

丁全剛一抬頭，只聽到一陣巨響，暗道不好，想施展輕功起飛，卻已是來不及，忙運氣硬功相抗。

只聞得一陣鉛彈「劈哩叭啦」破空之聲，挨了那一腳踢的弟子劉三兒抬頭一看，就見那丁全鐵塔一般魁梧的身體轟然倒下，身上早被打出數十個血洞，眉心更是被轟出一個大洞，紅色的血與白色的腦漿正嘩嘩地向外流，嘴巴還未來得及閉合，神情中盡是驚懼不信。

劉三兒再一看那些紅衣漢子，原來他們分成了三排，第一排的人蹲地發射，一擊之後迅速撤到最後一排，而第二排的人則上前繼續發射，最後一排的人則在裝好彈後進到第二排。

這些火器手均是熟練裝填，二發之間就能把鉛子填好，加上煙霧瀰漫，讓敵人視線受阻，看不清虛實，只能聽得劈哩叭啦的火器聲如爆豆子似的，不絕於耳。

丁全一死，追擊的眾人皆趴在地上，動都不敢再動一下。

這時，只見一道身影迅如雷電，從眾人身邊一閃而過，爆豆聲再度響起，那道身形一飛沖天，大喝一聲，雙掌向前連續擊出，正是那屠龍十八掌的絕技龍翔天際，即使離得十幾丈遠，趴在地上的衡山眾人也能感覺到空氣劇烈的波動，耳邊也彷彿有龍吟之聲。

李滄行見得那人正是丐幫幫主公孫豪，此時公孫豪如天神下凡一般，威風凜凜，那支精鋼鐵棍正插在其腰間，擊出的三掌讓煙霧中那些紅色的人影一陣東倒西歪，爆豆般的聲音也是瞬間停了下來。

公孫豪的身影則落在那煙霧之中，李滄行在其身形沒入煙霧前，已經看到他的右手多出了那支鐵棍。

透著濃濃的煙霧，只聽得龍吟聲，鈍器擊中肉體時骨骼碎裂的聲音，慘叫聲與呼呼的風聲不絕於耳，而那火器的爆豆一樣的巨響則再也聽不見了。

地上的眾人紛紛爬起，拿起兵刃準備衝上，卻見又一道閃電般的身影搶在眾人之前衝進了煙霧中。

李滄行認得那人乃是華山派的大弟子司馬鴻，他單人獨劍就衝進了敵群，只聽煙霧中乒乒乓乓一陣響聲後，便盡是長劍入體時那種「噗噗」的聲音，跟著就是人體倒地時那個撲通聲不絕於耳。

伴隨著傷者在地上翻滾的身影和不絕於耳的呻吟聲，劍聲和龍吟聲開始由近及遠，而那煙霧也漸漸地散去。

隨著煙霧的消散，原先趴在地上的正道人士們也都起身殺了過去，此時只見一地的紅衣人在滿地打滾，足有四五十名，而稍遠處剩下的紅衣人們則多數棄了手中的銅管，拔出刀劍，與那公孫豪、司馬鴻二人相鬥。

只見司馬鴻長劍如電，劍術之精李滄行前所未見，武當本是使劍門派中數一數二的，但李滄行眼見司馬鴻所使的劍法超過了自己以前見過的任何一種，不少招數明明知道他會刺向哪個方向，但換了自己就是無法防範。

轉眼間，司馬鴻又刺倒了七八人，其天性似是不喜歡趕盡殺絕，出手均留有分寸，儘量不傷及性命。

另一邊的公孫豪則一把鐵棍使得如同活物一般，無論是刀劍均無法近其身，他的左手時不時地打出**屠龍十八掌**來，更是一掌既出，就會有數人口吐鮮血，倒地不起。

那烈火尊者見勢不妙，忙揮舞銅錘，上前擋住公孫豪，而司馬鴻則更是如入無人之境，當者莫不披靡，轉眼間群雄也殺到眼前，烈火宮眾人完全無力招架，瞬間倒下六七十人。

烈火尊者眼見情勢不妙，與公孫豪硬碰硬地拼了一掌後，發了聲喊，從懷裡摸出一物，狠狠地向地下一擲，頓時炸出一聲巨響，冒出一股濃煙。

剩下的烈火宮弟子們也都如此施為，一時間炸響聲此起彼伏，群雄對此已有一定防備，紛紛跳開，抬手間各種暗器出手，煙霧中又是一陣慘叫聲。

待到那煙霧散開後，大家發現地上除了躺了二百多具紅色的屍體與傷者外，能走路的烈火宮弟子均已撤離。

衡山派在這裡折了包括丁全在內的數十名弟子，剩下的人無不悲憤交加，盛大仁帶頭，所有人刀劍齊下，將還在倒地呻吟的烈火宮傷者一個個全部殺死。

盛大仁仍不解氣，又盯著幾具屍體揮劍猛斫，直到大卸八塊，內臟流了一地，才跟陸松停下手來，抱頭痛哭。

眾人默默地看著衡山派這樣發洩。換在平時，這些有違俠義的舉動必會被阻止，但今日一仗如此慘烈，多少人永遠地失去了同門的兄弟姐妹，沒人想著去阻止他們發洩心中的憤怒。

李滄行想起在李冰莊上時，那二位師兄對自己噓寒問暖，照顧得無微不至，就是剛才河裡洗漱時，還和其中一人潑水嬉戲過，不曾想這麼快就陰陽兩隔，不由鼻子一酸，差點落下淚來。

李滄行心裡覺得堵得慌，一個人默默地走到河邊，站著發呆。

過了一會兒，但覺有人在後面拉著自己的手：「大師兄，你怎麼受傷了？」

「我沒事，師妹你還好吧。」李滄行回頭看到沐蘭湘，清秀的臉龐上滿是汗珠，神色極是疲憊，身上衣服破了兩處，似是刀劍所劃，幸未見血，左耳的吊飾也已不見。

李滄行心中一驚，連忙抓住了沐蘭湘的手。「你受傷了嗎？快讓我看看。徐師弟在哪裡，他怎麼沒保護好你？」

沐蘭湘臉上微微一紅，輕輕地說了句「大師兄」，便掙脫了李滄行的手，低下頭，看著自己的腳尖不說話。

李滄行意識到自己剛才的失態，也不知如何是好，一時滿臉通紅地愣在原地，忽然聽到沐蘭湘低聲說道：

「大師兄，你可否陪我走走，我有些話想與你說。」

李滄行點了點頭，陪著沐蘭湘沿著小河一路走下去。

一路上，沐蘭湘一直默不作聲，低頭行路，心事重重，李滄行也不好多問，就這樣兩人越走越遠，一直走到五六里外，連人聲也聽不見的地方，沐蘭湘突然「哇」地一聲，放聲大哭，整個人像小鹿一樣撞進李滄行的懷裡。

李滄行自從幼時帶沐蘭湘上山看小狼時背過她一次外，從未有過如此親密的接觸，更何況此時自己已經年滿十八，算是成年，而沐蘭湘年方二八，也快到了出嫁的年齡。

剛才李滄行無意間拉了一下師妹的小手都已逾禮，這一下沐蘭湘的舉動更是讓他手足無措，一時呆立原地，連話也說不出來，只感覺天旋地轉，鼻子裡飄進師妹髮上的幽香與身上那熟悉的味道，心中有如吃了蜜糖一樣的甜蜜。

沐蘭湘哭了一陣後抬起頭來，眼淚汪汪的，那對漆黑的眼珠彷彿天上的寒星一樣閃耀，她盯著李滄行看了一會後，幽幽地道：

「大師兄，你，你殺了人嗎？」

第十章

重磅炸彈

曉風師太道：「不用為難大師與道長了，
不錯，你師父是死於我峨嵋派的幻影無形劍下。」
她剛才一言不發，這話一出扔了個重磅炸彈，
巫山派弟子，個個大驚失色，交頭接耳起來。

李滄行想起白天一戰中直接或者間接死在自己手下的那幾人，突然有種強烈的嘔吐感湧上嗓子間，他一把推開了懷中的軟玉溫香，趴在河邊吐了起來，一直吐得連膽汁都噴出，在那裡對著河乾嘔。

沐蘭湘一直蹲在他身邊，輕輕地拍著他的背，等到李滄行實在沒東西再吐，把頭浸在水裡的時候，才問道：「大師兄，好些了嗎？」

李滄行又覺得整個人輕飄飄地，像要飛了起來。他的頭一入清冷的河水，才覺得是如此的清涼，一下子清醒了過來，坐在地上一抬頭，水珠子沿著後頸直灌入背心，說不出的痛快。

沐蘭湘看著他這樣子，「撲嗤」一下笑了起來：「大師兄，你這樣子一定很痛快，我要不是女兒身，也想像你這樣玩呢。」

李滄行看著她如此開心，心中的煩悶與鬱悶一下子跑了大半，陪著她一起笑出聲來。

笑了一陣後，沐蘭湘情緒又低落起來：「大師兄，看來你也殺了賊人了，你害怕嗎？」

李滄行嘆了口氣：「我今天殺了有五六個，還有個敗在我手下後，當著我面自殺了。不瞞師妹，我剛才就是想到了他們才會吐的。」

「沙場之上，你死我活，讓人來不及細想，剛才你一提，我想到這些死在我手下的人，一下子就……讓你見笑了，沒想到我李滄行平時在你面前總是吹噓自己多英雄，多厲害，真正殺起人的時候也是如此的草包無能啊。」李滄行說到這裡時，表情也變得落寞起來。

「不，大師兄，你真的很了不起了，殺了這麼多賊人還能撐到現在！我，我，我……」

沐蘭湘突然放聲大哭，再也說不下去，又撲到了李滄行的懷裡，一邊哭還一邊握著小拳頭，使勁地捶著李滄行的肩膀。

李滄行幾次想摟著她，但多年受的男女大防又一次阻止了他的行為，只能任由沐蘭湘在自己懷裡的發洩。

半晌，沐蘭湘已經停止了大哭，只剩下輕輕的啜泣，許久，聽她說道：

「大師兄，我今天也殺了人了，是個四十多歲的大漢，他看起來好凶！我們一到戰場就各自為戰，爹爹一下子就不見影了，只有徐師兄一直在我身邊，我好害怕！到處都是死人，地上還有個滿是鮮血的人抓著我的腿，要我救命，我的腦子裡一片空白，都不知道要做啥！突然間那個大漢舉刀就向我砍來，我傻在原地，不知道如何是好。」

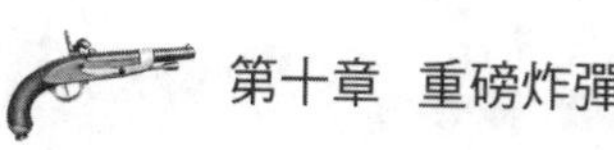

沐蘭湘說到這裡時，又想到當時的情景，嚇得臉色慘白，話都說不利索了：「後來，後來還是徐師兄推了我一把，我撞上去後，一劍正好撞進他心窩！好多血流了我滿手，他的刀掉在地上，狠狠地盯著我，喘的粗氣全噴在我臉上。大師兄，我真的好怕，我再也不要學武了，我再也不要殺人了，我，我……」

沐蘭湘開始只是輕聲地說，後面越說越激動，竟然在李滄行的懷裡暈了過去。

李滄行從未見過此種情況，搖了沐蘭湘幾下，而她卻毫無反應，他用手掬了把涼水，澆在沐蘭湘的臉上，仍不見她醒來，不禁急得要哭出聲來，深悔自己走得太遠，來到這無人應答的地方，這下真是呼天不應，叫地不靈了。

李滄行突然想起師父教過自己以嘴渡氣救人之法，正猶豫間，看到沐蘭湘面如死灰，連呼吸都似乎停了，再也顧不得這許多，趴下身來，就要把嘴湊上沐蘭湘的香唇。

就在這一刻，李滄行感覺後頸像被人拎小雞一樣地提起，身上頓時提不起一點勁，臉上「叭叭」兩下，挨了二記耳光，登時覺得眼前有幾千個金色的星星在晃，嘴角邊有些東西感覺在向下流，從口到鼻充滿了又苦又腥的味道，耳邊似乎聽到有個熟悉的聲音在說：「李滄行，你個禽獸。」

李滄行盡力睜開了眼，定睛一看，正是黑石那張氣得扭曲變了形的臉，他掙扎著說了句：「速救師妹。」便暈了過去。

當李滄行再次睜開眼時，天色已經黑了。黑石正負著雙手，背對著自己，李滄行覺得頭痛得像要裂開，費勁地爬起了身，耳邊仍然響著那記耳光上臉時的轟鳴聲。

李滄行使勁搖了搖頭，這才能依稀聽到河邊流水的聲音，黑石那冷冷的聲音鑽進他的耳朵裡：「李滄行，我有話對你說。」

李滄行回過神來，四下張望，看不到沐蘭湘的身影：「弟子謹受教。敢問師妹她……」

話音未落，黑石便擺擺手道：「蘭湘的事你不用費心，以後也請你離蘭湘遠一點，凡事不要逾越師兄妹之界，今天是你救了蘭湘，我錯怪了你，向你賠罪，以後還請記得我的話，好自為之。」

李滄行覺得自己的心在迅速地下沉，剛才抱著沐蘭湘的一瞬間，他彷彿擁有了全世界，現在，黑石冷冰冰的話彷彿又讓這個世界迅速地從他手中失去，在這一瞬間，**他終於明白，人世間最痛苦的事情不是從來沒有，而是得而復失。**

「為什麼？我到底哪點不如徐林宗了，為什麼我就不能和小師妹……」

一個聲音在李滄行心裡不停地回蕩，這是他心底最深處忍了十幾年，最真實的一個聲音。

每個晚上，李滄行都會夢到沐蘭湘；每當午夜夢迴時，他都會被這聲音折磨得快要發瘋，只能讓它在心底深處一遍遍地迴蕩，卻不敢說出口。

直到今天，經歷過了生存與死亡，經歷過了深愛之人與自己的親密接觸，李滄行再也不想忍了，衝著黑石把這些話吼了出來。

「啪！」又是一個耳光狠狠地打在李滄行的右臉頰上，「李滄行，搞清楚你的地位！」

李滄行的右耳什麼也聽不見了，但這句話一字一頓地從左耳鑽了進來，撕裂著他的心。

他感覺到自己的鼻孔和嘴角邊有鹹鹹的東西向下流，眼眶也熱熱的，視線開始模糊起來，身體搖搖欲墜。但他倔強地站直了腰，不捂臉也不擦拭，狠狠地瞪著黑石。

「就衝你今天這般目無尊長，膽大妄為的行為，我現在就可以廢了你武功。這事我一定會去找掌門師兄和你師父稟報，你給我聽著，只要我黑石活著一天，就不會把蘭湘許配給你。」黑石言罷，頭也不回地走了。

李滄行如泥雕木塑一樣呆立在原地，彷彿時間的流逝，世事的變遷皆與其無關。

也不知過了多久，李滄行感覺一陣強烈的怒意在自己的面前騰起，足以熔金煉玉，這才回過神來，定睛一看，卻是澄光。

李滄行強忍著快要落下的眼淚，輕聲叫了聲師父，又低下了頭，儘管隔著幾尺遠，李滄行還是能感覺澄光心中的怒火。

澄光上前兩步，緊緊地抓著李滄行的手，緊緊地箍著，像是一把有力的鐵鉗。只聽得澄光沉聲問道：

「滄行，今天的話我只問一遍，今後不會再問，**你可喜歡沐蘭湘？**」

李滄行點點頭，小聲地說道：「是。」

澄光的聲音抬高了一些：「**可願為她去死？**」

李滄行抬起頭來，表情變得堅毅：「……是！」

澄光臉色陰沉，鬚髮無風自飄：「**為了她，你一輩子留在武當，受人侮辱，任人欺凌，最後還要眼睜睜地看她嫁為人婦，你可願意？**」

李滄行想了想，搖搖頭：「……弟子不知。」

澄光不怒反笑，震得邊上小樹林裡鳥兒紛紛離枝而起：「你可是男人？」

李滄行挺起了胸膛，大吼道：「是。」

「你這樣也配叫男人？李滄行，看看你成啥樣了！給個沐蘭湘迷得神魂顛倒，不人不鬼的，可還有一點男人的尊嚴和骨氣？像你這個樣子，沒臉沒皮，上趕著倒貼，你覺得沐蘭湘能看得上你？就算沒黑石，你可知她心中有你嗎？」

澄光的話充滿了諷刺，像利劍一樣，每個字都刺著李滄行的心。

「師父，不要說了，您說的這些我都知道！可我就是喜歡她，就是忘不了她。每天晚上只要做夢，我就會夢到她，自從見到她的第一眼，我就忘不了她了。我也恨自己懦弱，恨自己不爭氣，恨自己無法割捨她，但我就是忘不掉她啊，師父！」

說到這裡，李滄行終於控制不住，眼淚像斷了線的珍珠一樣，下斷地落下。

澄光冷冷地看著李滄行如火山爆發般地發洩著情緒，一直等到他稍稍地平靜下來，才嘆了口氣，幽幽地道：「**你若真想娶沐蘭湘，只有一個辦法**。」

「真的嗎？我真的有可能娶到小師妹嗎？師父，你快告訴我是什麼辦法，不管有多難我都會去做。」

就像黑夜的行人看到了燈火，就像落水之人看到了一塊浮木般，李滄行彷彿看到了前途的希望，忙拉著澄光的手，迫不及待地問。

澄光神情肅穆，眼中光芒閃爍：「**此戰過後，我們師徒離開武當自立門戶！**只要你在武當一天，你就永遠要居於徐林宗之下，永遠不可能得到你師妹和你師伯們的正眼對待。就像為師，在武當一天，就永遠是被歧視和排斥的對象。滄行，為師連累了你，大好男兒何患無家？憑我們師徒的本事，在江湖上還怕闖不出一番名堂嗎？**為師要你在功成名就後，風風光光、堂堂正正地去武當迎娶沐蘭湘。現在就等你一句話，肯還是不肯？**」

「這……」

李滄行從沒有想過有朝一日會離開武當，更沒想過這話會從澄光口中說出，一下子沒了主意。

「剛才的一切，為師都看在眼裡，你這麼多年受的委屈和白眼還不夠？為什麼不教你兩儀劍法這樣的高深武功，你哪點比徐林宗差了，更不用說沐蘭湘！

「為什麼要你去練二三流門派的普通武功？你以為這樣在武當待一輩子，就能成高手嗎？你的天賦遠遠高於為師，天生就是武學的奇才，只要能學到頂級武功，必可成一代宗師！

「他們越是怕你，就越是防你，你在武當，只會埋沒你的才華，浪費你的青春，最後眼睜睜地看著最珍愛的東西被人奪走。徐林宗愛上了巫山派的屈彩鳳，你以為他會好好對你師妹嗎？」澄光咬牙切齒地說。

「什麼？師父你怎麼知道的。屈彩鳳不是巫山派的少寨主嗎？徐師弟怎麼會愛上她？他不是要娶小師妹的嗎？你騙我，我不信，我要自己去問徐師弟。」

李滄行如遭雷擊，瞪著眼，只是不信，轉身欲奔。

「站住！」澄光喝道。

李滄行被這聲威嚴的命令定住了身形。

「從小到大，為師對你或許有過隱瞞，但從未有過欺騙，你說是也不是？」

李滄行滿眼淚水點點頭，確實，從小到大，澄光並沒有騙過他一次，即使是七年前的那次中秋測試，他也只是保持沉默，並沒有說謊。

澄光冷冷說道：「你自己也應該感覺到，這一年來徐林宗有多反常了吧，你為何不想想沐蘭湘為什麼最近找你的次數多了起來？**如果她和徐林宗兩情相悅，怎麼會找你說心事？如果徐林宗心裡沒有別人，對她一心一意的好，那為什麼她第一次殺人還要找你安慰？還要倒在你懷裡哭？**」

這些話一個字一個字就像錐子一樣戳著李滄行的心，他不願意相信每一個字，卻又知道這些都是真的，想要反駁卻根本無法開口，只能搖著頭，兩行淚下。

「我還是不相信徐師弟會為了一個新認識的女子就拋棄武當，拋棄小師妹，我知道從小到大小師妹一直喜歡徐師弟，只要小師妹能開心能快樂，我就快樂。師父，我要找徐師弟談談。」李滄行咬咬牙道。

澄光冷笑道：「不用找徐林宗！你以為他看得起你，拿你當兄弟嗎？」

李滄行強辯道：「不會的，我跟徐師弟從小一起長大，我們的關係比別人都好，我問他，他一定會說的。」

「說什麼？說他要去娶屈彩鳳，把沐蘭湘讓給你嗎？如果他真的這麼愛那女人，根本就不會跟著你黑石師伯回山，他還是扔不下武當，扔不下這掌門位置。**只要他在，你永遠不會有機會！**紫光師兄在這事上不會妥協的，**徐林宗最終還是會娶他不愛的沐蘭湘，接掌武當**，你的小師妹嫁給他，永遠不會有幸福可言。」

澄光的話鑽進李滄行的耳裡，像一盆冷冷的冰水，澆滅了他心中最後的希望，李滄行面如死灰，過了半晌才說：「**我究竟應該怎麼做？**」

澄光正色道：「你剛才的話，為師全聽在耳朵裡，你說你哪裡不如徐林宗，憑什麼不能娶小師妹？這恐怕才是你最真實的心聲吧。壓抑了這麼多年，剛才吼出來，想必你也是一身輕鬆。話既然已經說開，以後在武當更無你我師徒的容身之地，最好的結果就是如為師剛才所說的，否則你將會一輩子永遠教新弟子們紮馬，練入門功夫，而他們若是找到機會，就會把咱們趕到某處下院，或者逼我們還俗。與其坐等人家趕你，不如自己離開！**天下之大，何愁沒有去處？大丈夫有了志向，還怕沒有一番作為?!**闖出了名堂讓武當看看，到時候說不定沐蘭湘會主動投入你懷抱。」

澄光的雙眼炯炯有神，兩隻手緊緊握著拳，臉上現出那種喝醉酒似的紅暈，興奮不已。

李滄行低著頭想了半天，多年來在武當的畫面一幕幕湧上心頭，剛才黑石說的幾句話，更是始終在耳邊迴蕩，最後他咬咬牙，抬起頭，目光如炬：

「師父，我聽你的。」

澄光猛的一擊掌：「好樣的，為師果然沒有看錯你，這次滅魔之戰就是你我為武當最後一次盡力，這麼多年，咱們算是對得起武當了。打完後不用回武當，為師修書一封給紫光，咱爺倆闖江湖去。」

李滄行點點頭：「一切但憑師父作主。」

李滄行跟著澄光回到那瀑布附近的空地時，天色已經黑下來了，空地邊支起了數個巨大的柴火堆，把戰死的魔教眾屍體就地焚化，空氣中瀰漫著一股難聞的味道。

戰死的正派弟子屍體則被裝上大車，運回各自門派，此戰中受了重傷，無法再繼續作戰的百餘名弟子也都跟隨這些大車回去。

在回來的路上，澄光向李滄行說明了此戰的起因，原來是魔教徒眾在此聚集，企圖對水源下毒，以毒殺下游的武當少林眾人，幸虧丐幫這路安排了尹天仇等精幹高手，先行在前面開路探查，尹天仇見事情緊急，不顧自己安危，直接發了信號彈報信，結果自己被圍攻致死。

隨後趕到的丐幫、衡山和寶相寺這一路與魔教徒眾一場大戰，初時因敵眾我寡而顯得吃力，等他們堅持到武當與少林二路殺到時，攻守之勢逆轉，後來的事情就是李滄行在下午所經歷過的了。

提到這批魔教部眾時，澄光認為這些並非魔教總堂直屬的高手，更像是江湖上受魔教節制的旁門左道之士。

這一戰下來，正派高手折損了三四百人，殺敵則有二千有餘，只是消滅的敵人多數並非敵人的精銳主力，看來魔教的實力超過了事先的預料，生死存亡之際，他們動用了所有能找來幫忙的力量。

澄光此時最擔心的是此處離巫山派很近，**就怕巫山派與魔教也有勾結，會聯手襲擊正派的大軍，到時候腹背受敵，就會非常被動了。**

澄光向李滄行指了一處燈火通明的帳篷，告訴他，各派掌門正在裡面商議接下來的行動。

回到澄光這一小組的休息處，李滄行發現本組人在白天的戰鬥中死了五人，重傷了四人，重傷的人已經跟著運死者的大車一道返回，剩下的人幾乎個個都帶了輕傷。

大戰之後的興奮勁一過，人人都感覺極度的疲勞，在這一天死了太多的人，流了太多的血，大家在吃飯時都默默無語，偶爾提到的事，也多是稱讚公孫豪與司馬鴻的大發神威。

李滄行想起這一天自己的經歷，整個人都有種空虛的感覺，匆匆吃完晚飯後，找了一處僻靜角落沉沉地睡去。當他被火華子搖醒時，天色已經大亮了。

三路人馬既已會合，就不再分路了，此處已經到了三峽一帶，地廣人稀，即使官府在此地的統治力量也很薄弱，巫山派作為綠林總部在這裡建立了數十年也沒招致圍剿，所以正派眾人完全不用擔心這種數千人的行軍。

昨天一戰的死者和重傷撤回的加起來有六七百，剩下的四五千人仍然是以小組為單位，首尾相連，足有十餘里。

正派聯軍的前方、兩側和後路都有精幹的斥候探路，每過一處的水源糧食都

有人事先準備與打探，昨天一戰衡山和寶相寺都受重創，今天的行軍則由武當弟子們打前站，走在前面，而澄光這組排在了整個隊伍的最前方。

一路行來，正派聯軍如臨大敵。魔教遭重創後，一路上也再無大的行動，一天趕路下來，大軍到了川西巫山派外。

此時太陽將近落山，澄光等人都點起了火把趕路，舉目四顧，只想找一處能容得下數千人歇息的地方。

李滄行聽師父說過，這巫山派乃是處在巫山之中，地形險要，易守難攻，三面環山，只有一處進峽的通道。當年**林鳳仙練成天狼刀法後，以絕世的武功收服了江南七省的綠林豪傑，尊其為盟主，聽其號令。**

而林鳳仙本人則用打劫來的銀兩，在此建立了巫山派，收養或者搶劫了許多孤兒，教其武功。近些年來，巫山派的勢力越來越大，甚至開始越過大江，插手兩湖一帶的黑道勢力，與魔教向北發展的勢力也多有摩擦。所以本次正派滅魔行動，巫山派的動向是見性和紫光最為關注的。

李滄行跟著澄光又向前走了一段，只見前方人影幢幢，似是有人阻路，走近才發現，原來是數百披甲蒙面的兵士，身形卻比起平常山賊要矮小瘦弱一些。

最前面乃是一隊少女，前面四人，提著碧紗燈籠，後面四人，左右分列，擁著一位美若天仙的少女，頭上繫著紅色雙環結，大紅披風，犀皮腰帶，眼淚蕩漾，雙眉斜飛，雖然美豔之極，卻透出一股英氣，笑盈盈的一步步走來。

李滄行自下山以來，從未見過如此美麗的人兒，感覺她就像畫中的仙女一般，一時不由得呆立原地，說不出話。

只見少女走到近前，一陣野菊花的香氣迎面而來：「各位想必是武當的道長吧，晚輩乃是巫山派屈彩鳳，奉家師之命，在此恭候多時了。」

澄光回禮道：「貧道乃是武當澄光，紫光師兄與見性大師還在後面，請容貧道遣人通報。」言罷，向李滄行使了個眼色。李滄行心領神會，急施輕功向後奔去。

李滄行匆匆向後趕，每經過一個分隊，都要向帶隊的長輩們詢問紫光與見性的位置，就這樣一路向後，等到他經過黑石那隊時，只見黑石看都不看自己一眼，而沐蘭湘始終低著頭，躲在人群裡，目光一直不與自己接觸。

李滄行心中不由一陣難過，匆匆向黑石行了禮，向後奔去，又奔了四五隊後，發現紫光、見性、公孫豪等人都在一起，忙上前行禮，告之前面發生的事。

眾人皆沉吟不作聲，片刻，見性對紫光道：「道長，你怎麼看？」

紫光面沉如水，說道：「巫山派態度不明，但似乎並不願與我等為敵，不然也不至於由首徒親自出面，如果他們想下手的話，應該是埋伏偷襲。」

見性點了點頭：「老衲也是這樣的想法。但害人之心不可有，防人之心不可無啊。而且林鳳仙自己始終不現身，卻要她的徒弟約我們去見面，有違常理。這樣，貧僧讓智嗔去探探她的虛實，紫光道長是否也派一位高徒前往？」

紫光低頭沉吟，卻不言語。李滄行本以為這種外交之事讓徐林宗出面，是沒有任何疑問的，突然想到昨夜師父提起過那徐林宗愛上巫山派屈彩鳳之事，不由虎軀一震，手中舉的火把差點沒掉到地上。

火把的火光一晃，眾人均轉頭看著李滄行，公孫豪突然道：「李少俠，你的臉是怎麼了，昨天的打鬥中可有受傷？」

李滄行想起自己昨夜被黑石誤會，加之頂撞於他，三個耳光打得自己是七暈八素，頓時羞得面紅耳赤，低下頭，不知如何回答。

公孫豪料想他定是碰上了對方高手受辱，也有點後悔揭了人的短，立馬打個哈哈，顧左右而言他。

剛才一直沉吟不語的紫光道：「滄行，你和少林的智嗔師父去回覆屈彩鳳，只說我正派聯軍途經寶地，無意叨擾，自會繞道而行。此次要事在身，改日紫光一定親自登門，向林老前輩問好。」

說到這裡時，紫光又把李滄行拉到一邊，耳語道：「若是巫山派的人問及任何與武當有關的事，只說你不知，尤其是問及你徐師弟時，只說他還在武當，這次未來，切記、切記！」

李滄行等到智嗔來時，與其一道前行。

那智嗔比李滄行大了三四歲，乃是一個沉默寡言的少年僧人，看上去不是那種肌肉發達的外家高手，但舉手投足間異常沉穩幹練。

李滄行曾聽徐林宗提過此人，說智嗔號稱正派年輕一代弟子中數一數二的人物，二十歲出頭即練成七十二絕技中的二項，是少林建派千年來少見的天才。徐林宗去年走訪少林時，曾與他有過切磋，回山後，坦言其武功比自己尚高了半分，自己使出了兩儀劍法仍然輸了他半招，當時便驚得李滄行咋舌不已。

但此刻李滄行心中一直想著徐林宗與屈彩鳳的事，一路與智嗔並肩快步而行，竟未顧得上與其說話。

路過黑石那組時，李滄行突然被黑石從後面叫住：「滄行，前方出了何事，需要你與少林的師父一路同行？」

李滄行的臉上露出一絲為難，而且他也實在不想再跟黑石多廢話：「這個，是紫光師伯交代的。」

「隨我過來一下。」黑石把李滄行拉到邊上一處無人背風的角落，而智嗔則與黑石組中眾人一起在原地等著。

李滄行看了一眼黑石那組，徐林宗始終無精打彩地一人獨處，游離於眾人之外，而沐蘭湘則完全沒了平日的活潑可愛，也是一言不發地埋在人群之中。

李滄行看她的時候，她也正向李滄行這裡觀望，四目相對，馬上就把頭又低了下來，只是擺弄自己的衣角。

黑石沉聲問道：「到底前面出了何事，是巫山派來人了嗎？」

「這……確實如此。」李滄行心中此時厭惡黑石已極，但念及在武當一天，他始終是長輩，又是沐蘭湘的父親，還是作了回答。

黑石追問道：「來者可是林鳳仙？」

李滄行搖了搖頭：「不是，是她徒弟屈彩鳳。」

「什麼！居然是她。哼！」李滄行注意到黑石的眼中突然光芒四射，像是要噴出火來，忙垂下頭來。

過了片刻，又聽黑石道：「你紫光師伯可是要你與智嗔師父一起去見屈彩鳳？」

李滄行答道：「正是。」

黑石沉吟了一下，又問了一句：「他還交代過什麼沒有？」

「這個……師伯說不要回答她任何有關武當的事。」李滄行本想隱瞞，但想想反正也要離開武當了，也沒什麼可擔心的，於是抬起頭說了實話。

黑石貌似不經意地提了一句：「有沒有提到你徐師弟？」

李滄行心中一沉，一下子不知道如何回答：「這個……」

黑石冷笑一聲：「在我面前就不用裝了，想必你徐師弟和那妖女的事，你早知道了吧，要不然你也不會對我女兒趁虛而入。」

「師伯，徐師弟和屈彩鳳的事我也是剛剛得知的。」話一出口，李滄行立即後悔了。

黑石一下子來了勁：「嘁，這下不打自招了，是你師父告訴你的吧。哼。」

「不是的，是弟子聽別的師弟們提起的。」李滄行急得方寸大亂，一下子變得結巴起來。

「好了好了，不用多說了，這事我已經知道了，你去吧，別失了我武當的面子。」黑石不耐煩地擺了擺手。

李滄行正巴不得找個地縫鑽進去呢，聽到這話，如蒙大赦，忙行了禮向後逃去。

「等等，我還有話要說。」

李滄行腦子「轟」得一聲，臉上好像又開始疼了。

李滄行硬著頭皮停下腳步，轉過身來行了個禮：「師伯還有什麼指教？」

只見黑石那張冰塊臉突然掛上了笑容，李滄行自打記事以來，好像就沒見黑石笑過，一下子懷疑自己的眼睛是否出了問題。

黑石和顏悅色地說道：「滄行，這陣子你辛苦了，跟你師父下山歷練以來長進很大。昨天一戰，你的表現也非常好，現在同道間都流傳著你的俠名，沒給我們武當丟臉，這些我都看在眼裡，高興在心裡。」

李滄行不知道黑石這話何意，硬著頭皮拱了拱手：「師伯過獎了。」

黑石走近一步，低聲道：「我其實留意你很久了，我們武當不止徐林宗一個優秀的弟子。昨天我惡戰之餘，心情不太好，我這一組三個師侄戰死了，他們可都是我親自接上山的。這種感覺想必你昨天也感同身受吧，所以我一時心情低落，才會錯怪了你。」

李滄行想起了昨天自己這組倒下的五個同門，心頭一陣難過，一下子說不出話來。

黑石嘆了一口氣：「昨天師伯對你確實過分了些，但有些話你應該能理解，蘭湘的事不僅僅是她一個人的婚姻之事，還牽涉我武當的傳承與穩定，你應該明白我指的是什麼吧。」

李滄行無言以對：「……」

黑石拍了拍李滄行的肩膀：「好了，多的話我不多說了，你去忙吧，在外人面前別失了武當的面子，有些事情，此戰結束後，我會好好考慮的。」

李滄行行了禮後，與智嗔上了路，心中卻反覆在想黑石最後一句話。

行到屈彩鳳處，李滄行先與澄光耳語了幾句，然後與智嗔走上前去向屈彩鳳各自施了禮。

智嗔宣了聲佛號，說道：「少林派智嗔與武當派李滄行，謹代表此次滅魔的俠士向巫山派屈女俠致意。貴派既然是江南七省綠林盟主，與魔教妖人並無關係，不知阻我等前路，有何指教？」

屈彩鳳格格一笑，走進兩步細細打量了兩人，對李滄行笑道：「這位小哥可真是武功蓋世啊，鐵步衫練到臉上了，人家說太陽穴高高鼓起叫高手，今天看到你臉頰練得這麼高，本姑娘可是開了眼哦。」

屈彩鳳言罷，以手掩嘴，笑得前仰後合，後面的幾個少女也都是放聲大笑。

李滄行初聽此話，心中慚愧，又無法發作，恨不得找個地縫鑽進去，突然他想到這屈彩鳳必是沒見到徐林宗，心生惱火，又見正道人士只派了二代弟子來回應，所以才心生不滿，出言相辱。

李滄行雖然平時話不太多，但人卻極是聰明，想到了這點，心中反而不氣不惱了。

他面帶微笑站在一邊，等幾名女子笑完後，謙恭地行了個禮，不緊不慢地說道：「我武當派自張真人立派以來，一向是以武功人品實行對等交流，對方若是武功人品上乘，自是派出一流弟子接待；若是武功人品一般，則派出普通弟子；若是武功不入流，人品又低劣，則只好派出相應的弟子走動了。李某不才，武功低微，昨天與敵接戰被打成這副豬頭樣子，正好用來走訪貴派，還請姑娘萬勿責怪。」

「你……」屈彩鳳氣得柳眉倒豎，杏眼圓睜，萬萬想不到這名在江湖上從未聽說過的武當弟子竟然敢這樣諷刺自己。

智嗔與李滄行一路走來都面無表情，聽了這話卻差點沒笑出聲來。

屈彩鳳眼珠子一轉，換了個話題：「哼，本姑娘不跟你們做這種口舌之爭，為何見性大師與紫光道長不來，而是派了你們兩個二代弟子前來，是看不起我們巫山派麼？」

智嗔道：「阿彌陀佛，剛才李施主說得明白，幫派外交應該對等進行，貴派林老前輩自己不曾現身，而是讓屈姑娘率眾在此，為何就要我派的見性大師與紫光道長前來？這恐怕也於禮不合吧。」

屈彩鳳勾了勾嘴角：「算了算了，你們這些正派人士就是愛講這些亂七八糟的繁文縟節，煩都煩死了，我師父有要事在身，所以特地囑咐我前來，你們兩個說話能算數麼？」

智嗔正色道：「如有大事需要回稟掌門決定，一般的事情自己就可作主。」

屈彩鳳也表情嚴肅起來：「那好，我問你，你們這麼多人來巫山派這裡，想做什麼？」

智嗔微微一笑：「魔教凶殘，為禍武林，我等這次正是為了降妖除魔，進攻魔教老窩黑木崖，路經貴派寶地，並無別的想法，還請屈姑娘放心。」

屈彩鳳的聲音中透出一股不滿：「我師父說了，請神容易送神難！我們巫山派跟你們這些武林正道一向井水不犯河水，跟魔教也談不上啥深仇大恨，所以這次我們是兩不相幫，但請你們不要進入巫山派二十里範圍，就此折向南行吧。」

智嗔點點頭：「明白了，小僧這就回報家師，我等在此處轉頭南行就是。」

「這樣再好不過。」智嗔和李滄行向屈彩鳳行了禮後轉身欲走，只聽屈彩鳳突然道：「武當的李少俠，請留步。」

李滄行微微一愣：「屈姑娘還有何見教？」

屈彩鳳看著李滄行，眼中閃過一絲複雜的神情：「可否借一步說話？」

李滄行本已完成任務，不願與這女子多生枝節，但一想到這屈彩鳳有關徐林宗與小師妹，就讓智嗔先行回報，自己則跟著屈彩鳳走到邊上一處僻靜之處，開口問道：「屈姑娘有話請說。」

屈彩鳳淺笑盈盈，目光勾魂奪魄：「看不出你年紀不大，倒是頗有膽色，也挺會機變，我原以為武當都是幫迂腐無趣的臭道士，似乎也不盡然啊。」

「姑娘過獎，不過還請積點口德，不要隨便辱人師門。」李滄行一直抬頭挺胸兩眼正視屈彩鳳。

屈彩鳳秀目流轉：「喲，還不高興了。你們武當就教你這樣直勾勾地盯著人家姑娘看？」

李滄行面無表情，淡淡地說道：「在下這是代表武當與別派交流，並無任何淫邪之心，心底坦蕩，有何不可直視。」

屈彩鳳勾了勾嘴角，現出一個酒窩：「罷了罷了，說話硬梆梆的，又加上一堆大道理，我最煩這樣了。我且問你，為何徐林宗不來？」

「掌門師伯安排自有他的道理，豈是我等弟子所能料及。」

屈彩鳳收起了笑容，追問道：「這麼說，徐林宗這次是跟著你們武當的大軍來打魔教了？」

李滄行暗罵自己不謹慎，險些被她套出話，但臉上仍是不動聲色，回道：「姑娘不用套在下的話，涉及我武當機密的一概不會作答，還望見諒。」

屈彩鳳走近一步，語速也加快了一些：「我只想知道他是否安好，聽說你們昨天和魔教打得很厲害，他可有受傷？」

李滄行冷冷地說話：「無可奉告。姑娘若沒有別的事，在下就先行告退了。」

屈彩鳳粉面霜，說話間帶了一分慍意：「哼，徐林宗對我提起你時，總是把你誇得世上少有，還說什麼跟你兄弟情深，堅逾金石。沒想到你李滄行年紀不大，卻也跟黑石那牛鼻子一樣迂腐死板，我又不是要吃了他，只是想知道他是否平安。」

李滄行盯著她，突然發現她的眼中竟然隱隱有淚光，心中頗有不忍，嘆了口氣道：「徐師弟的位置，我不便透露，我只能告訴你，他現在安然無恙，你不用擔心。屈姑娘聰慧過人，當知徐師弟在我武當的地位，有些話不用我說，你也應該明白。」

「武當涉及外務之事一向是由他來辦，為何這次由你前來？如果他不是重傷不能行動，哪至於此！你騙不了我的，你們武當騙不了我的。」屈彩鳳越說越激動聲音，高了起來，惹得遠處眾人都向這裡張望。

「我再說一遍，徐師弟的事情涉及本派機密，無可奉告。向姑娘提及他現在的狀況，已經超過了在下的許可權，還請姑娘自重。在下告辭。」李滄行言罷，轉身欲走。

「等等。」屈彩鳳突然伸出手來，直扣李滄行的脈門，快如閃電，李滄行不料她此時竟會向自己出手，腳下習慣性地踏出九宮八卦步，饒是他反應迅速，仍險些被屈彩鳳抓住手腕，半片袖口卻是已被她扯裂。

「屈姑娘意欲何為?!」

李滄行一閃身，轉到背光處，全身提氣戒備，同時也開始留意退路，從剛才那一下，他試出屈彩鳳的武功比自己略高，加上這裡是此人地界，動起手來實非明智之舉。

屈彩鳳擺了擺手，示意李滄行不必如此防備自己：「我沒別的意思，只想求你一件事。」

李滄行仍然不敢掉以輕心，一邊提氣戒備一邊問道：「何事？」

屈彩鳳的眼中現出一絲哀怨：「我知道徐林宗肯定來了，也知道你們武當肯定不讓他和我見面，你們跟魔教的大戰我沒法參與，只能求你一定要念及兄弟情分，保護好你徐師弟的性命，好嗎？」

李滄行心中暗暗有些感動，又恢復了正式的說話姿態：「這個不用姑娘說，我們也會這樣做的，而且在下從來沒說過徐師弟這次也前來參戰，姑娘就不用瞎操心了，還請回覆林老前輩，武當上下向其問好。」

屈彩鳳跺了跺腳：「你，哼！今天要不是事關雙方大事，以我平日的個性，早就教訓你啦。李滄行，我記得你了，以後我們還會打交道的。」

「那在下到時候再聆聽姑娘指教，告辭了。」

李滄行向屈彩鳳一抱拳，回頭大踏步地回到了武當的人群中，跟師父打了一聲招呼後，就回去找紫光覆命。

向紫光和眾位掌門覆命時，李滄行才知道智嗔已經將剛才的情形作了回報，眾人皆讚李滄行處事機智，有大將之風，未來不可限量云云。

李滄行找了個機會，私下又跟紫光彙報了屈彩鳳問及徐林宗之事，紫光囑咐他，對任何人都不要提及此事。李滄行應允後，辭別眾人回去睡覺。

這一夜他興奮得輾轉反側，盯著那值夜弟子們手中的火把，突然又覺得自己的前途一片光明，不知何時進入了夢鄉。

一陣嘈雜的人聲把李滄行從夢中驚醒，起身一看，卻發現還是五更。

李滄行向人聲處走了幾步，突然聽到有人在叫自己：

「李滄行，你給我過來。」

李滄行定睛一看，卻發現那人正是屈彩鳳。昨天晚上她一身大紅，風華絕代，現在卻是一身黑衣，頭紮白巾，全身上下除了嘴脣外，只有黑白二種顏色，臉上不施任何粉黛，卻見了不少淚痕，讓人好生奇怪。

李滄行心中打著問號，上前行禮作答：「屈姑娘，有何貴幹？」

「李少俠?!還請煩勞你叨擾一下各位掌門，請他們速來此有要事相商，尤其是請峨嵋派的曉風師太一定要來此。」

屈彩鳳的語調在微微地發著抖，和昨天晚上的那種鎮定從容完全判若兩人。

李滄行遲疑了一下，抱拳道：「屈姑娘，昨天我已經說得很明白，這個對等外交……」

李滄行話音未落，屈彩鳳就突然尖叫起來：「你告訴他們，林鳳仙在此，請他們速速前來，聽到了嗎？」

李滄行見此情形不好再多說，回身即奔，耳邊似乎能聽到屈彩鳳和身後侍女們低低的啜泣聲。

見到紫光與見性後，李滄行原話轉告，二人立即找來峨嵋弟子去通知曉風師太前來。

不一會兒，一位六十多歲，中等身材的老尼帶著幾個弟子匆匆前來，這曉風師太看起來精明幹練，滿臉盡是風霜，六十多歲的人倒是七十多歲的面相，走起路來也完全不似出家人的穩重，而是如風如火。

曉風師太後面那二位弟子均是俗家打扮，一人著黃衫，一人著白衣，火光下站在曉風的身後，看不清容顏。曉風師太匆匆行禮，低語幾句後，即與紫光、見性及各位掌門一起前往屈彩鳳處。

眾人來到前方時，發現仍只有屈彩鳳站在前面，身後是密集的手下，頓時心中頗有不快。見性上前行禮道：「阿彌陀佛，敢問林施主大駕可曾到了？」

屈彩鳳也不回禮，咬牙切齒地擠出一句話：「我師父就在這裡，眾位請看。」言罷手一揮，身後的手下讓開了一條通道。

眾人一看，那通道的盡頭正擺著一副擔架，上面停放著一具屍體，見性與紫光對視一眼，走到那屍體前，借著火光細看了一眼，雙雙臉色一變。

見性雙手合十道：「阿彌陀佛，善哉善哉，想不到半年不見，林施主居然就此仙去，武林從此失一宗師，痛哉，悲哉！」

此言一出，在場正道眾人無不大驚失色，而李滄行則本能地看了澄光一眼，只見一向沉穩的師父也是臉色一變，繼而眉頭擰成了一個川字。

紫光沉吟了一下，回頭對屈彩鳳道：「屈姑娘還請節哀，貧道幾個月前還見過尊師，當時她老人家身體康健，絕無患病中毒之狀，而尊師的武功獨步天下，在巫山派裡絕沒人能這樣殺了她，這到底是怎麼回事？」

屈彩鳳恨聲道：「道長不妨好好看看家師屍體，再下結論。」

這時岳千愁、公孫豪等人也都看過了林鳳仙的屍體，個個沉默不語，曉風師太則盯著屍體目不轉睛，雙拳緊握，身體卻一直在微微地晃動。

紫光與見性一起走到屍體身邊，蹲下身子，仔細地查看起來。李滄行站得挺遠看不到屍體，只得把耳朵豎了起來，想聽到那邊的對話。

良久，見性與紫光對視一眼後，雙雙站起，見性沉聲道：「**尊師的確是死於非命**，這點毫無疑問。」

此言一出，正派弟子這邊一陣譁然，而巫山派眾人則個個怒目而視，齊刷刷地看向了曉風師太，由於臉上戴了面具看不出表情，但眼中則都是快要噴出火來。

屈彩鳳盯著曉風師太，冷言質問道：「以大師之見，家師死於何種武功，何種兵器？」

「應該是死於劍傷無疑，至於這劍法……」見性看了一眼紫光，突然收住了話。

「紫光道長，江湖皆傳你劍術通神，天下各門各派的劍法無一不知，無一不曉，還請道長明示，家師死於何門劍法之手？」屈彩鳳咬牙切齒地說道，還不忘向著紫光行了個禮。

「這……茲事體大，貧道也不敢妄加斷言，尊師身上數十道劍傷，傷口深度和寬度全部一樣，致命一劍乃是咽喉處一劍，似乎是……」

紫光抬起頭來，欲言又止。

屈彩鳳勾了勾嘴角：「哼，**你們名門正派就是這樣互相包庇嗎**？見性大師，紫光道長，你們很清楚這劍法，甚至這兵器，為何就是不敢直言凶手是何人？」

紫光無奈地搖了搖頭：「屈姑娘，非是我等有意包庇，只是茲事體大，總不能因為劍傷就判斷出武功，既而認定凶手吧。貧道認為此事還是謹慎些得好。貧道保證，待我等滅魔歸來，一定會集合各派的力量徹查此事，必會還林寨主一個公道。」

屈彩鳳聞言只是冷笑不止。

「不用為難大師與道長了，不錯，**你師父是死於我峨嵋派的幻影無形劍下**。」曉風師太沉聲道。

她剛才一直站在屍體邊一言不發，這話一出無異於扔了個重磅炸彈，無論巫山派之人還是正派弟子，個個大驚失色，交頭接耳起來。

片刻之後，巫山派眾人七嘴八舌地傳出要滅了峨嵋派為寨主報仇的聲音，多數又尖又細，明顯是女子所發出的聲音。

屈彩鳳眼睛轉都不轉地緊盯著曉風師太，那表情似要將曉風生吞活剝，她一舉手，示意後面的眾人噤聲，一字一頓地道：

「我巫山派上下需要一個解釋。」

「尊師練成天狼刀法，護身的天狼勁乃是天下至強的護體真氣，尋常刀劍根本近不得身，即會被真氣折斷。而現在看尊師身上這些傷口，皆不見血，可見凶手乃是以至強內力配合一把神兵，使出我峨嵋派的至高武學幻影無形劍，在瞬間擊破了尊師的天狼勁。」曉風師太一邊看著傷口，一邊平靜地分析道。

曉風師太蹲下身子，又仔細看了一下林鳳仙的傷口：

「尊師傷口處的血液被其以霸道的火熱內力蒸發，是以不見血而呈現烙傷。最後的致命一擊是在咽喉，用的是幻影無形劍的幻影追魂一式。所有的傷口寬一寸二分，深二寸，如果我沒猜錯的話，傷你師父的兵器，應是我峨嵋派的鎮派神兵**倚天劍**。」

屈彩鳳的聲音在微微地發抖：「哼，曉風，你說傷我師父的武功是你峨嵋派的至高武學幻影無形劍，兵器是你峨嵋派的鎮派神兵倚天劍，那凶手想必也是你峨嵋派的人吧。到底是哪位英雄，還請見告。」

曉風臉上的肌肉跳了兩下：「凶手是何人，我心中大體有數，但牽涉本派機密，事關前人名譽，恕貧尼現在不能告知天下英雄，不過曉風可以立誓，滅魔之戰結束後，一定會親手抓到這凶手，給巫山派一個交代。」

請續看《滄狼行》3 詭秘之局

滄狼行 卷2 驚天突變

作者：指雲笑天道
發行人：陳曉林
出版所：風雲時代出版股份有限公司
地址：10576台北市民生東路五段178號7樓之3
電話：(02) 2756-0949
傳真：(02) 2765-3799
執行主編：朱墨菲
美術設計：許惠芳
行銷企劃：林安莉
業務總監：張瑋鳳

初版日期：2020年12月
版權授權：閱文集團
ISBN ：978-986-352-893-7
風雲書網：http://www.eastbooks.com.tw
官方部落格：http://eastbooks.pixnet.net/blog
Facebook：http://www.facebook.com/h7560949
E-mail：h7560949@ms15.hinet.net
劃撥帳號：12043291
戶名：風雲時代出版股份有限公司

風雲發行所：33373桃園市龜山區公西村2鄰復興街304巷96號
電話：(03) 318-1378
傳真：(03) 318-1378
法律顧問：永然法律事務所 李永然律師
　　　　　北辰著作權事務所 蕭雄淋律師

行政院新聞局局版台業字第3595號 營利事業統一編號22759935

定價：270元

國家圖書館出版品預行編目資料

滄狼行 ／ 指雲笑天道 著. -- 初版 -- 臺北市：風雲時代，2020.11- 冊；公分

ISBN 978-986-352-893-7（第2冊；平裝）

857.7　　　　109013225